당신 옆을 스쳐간
그 소녀의 이름은

제15회 한겨레문학상 수상작
최진영 장편소설

당신 옆을 스쳐간
그 소녀의 이름은

한겨레출판

차례

0...

암흑 속에서
너무 무섭고 외로워
톡톡. 세상을 두드리면
울던 엄마가 웃었다. 그 느낌 하나만 믿고
바깥으로 나왔다.

1부

장미언니

1...

내 이름은 언나다. 황금다방 언니들은 나를 그렇게 부른다. 언나 이전의 이름은 이년 아니면 저년이었다. 나를 이년이나 저년이라 부르던 사람에 대해서는 말하고 싶지 않다. 내 마음대로 이름을 지을 수 있다면 나는 드드덕이라고 짓고 싶다. 왜냐면 그런 이름은 부르기가 힘드니까(나는 남들이 나를 부르는 게 싫다). 게다가 드드덕은 기차 소리와 비슷하다. 나는 기차가 좋다. 드드덕이라고 지을 수 없다면 장미라고 짓고 싶다. 장미에선 달콤한 향기가 나고, 황금다방에서 내가 제일 좋아하는 언니의 이름이 장미니까. 내가 자기와 똑같은 이름을 갖는 걸 언니가 허락하지 않을 수도 있다. 하지만 언니가 소주를 진탕 마시고 카센터 아저씨와 싸울 때 했던 말을 나는 똑똑히 기억한다.

내 이름은 경남이다, 박경남이!

그러니까 장미언니도 진짜 장미는 아니란 말이다. 진짜 장미가 누구인지 나는 모르니까 장미란 이름을 가지려면 누구에게 허락을 받아야 하는지도 알 수 없다. 허락받지 않은 이름을 쓰는 건 좀 찝찝하다. 그럴 바엔 그냥 드드덕이라고 짓는 게 나을지도. 그런 이름은 세상천지 누구도 쓰지 않을 테니까. 사실 이름 같은 건 없어도 상관없다. 마음에 안 들어도 나는 이년이거나 저년이었고 지금은 언나다. 부르는 대로 대답하면 그뿐이다.

진짜부모는 나를 버렸다. 아니 잃어버렸다. '버렸다' 앞에 '잃어'가 붙으면 그 의미가 완전히 달라진다. 기분이 좋을 때나 나쁠 때나 나는 진짜부모가 나를 '버렸다'고 생각한다. 그럼 좋았던 기분도 나빠지고 나빴던 기분은 더 나빠진다. 기분이 좋은 것보다는 나쁜 게 편하다. 사람들에게 좀 더 못돼질 수 있으니까. 사람들에게 괴롭힘을 당하지 않으려면 못되게 굴어야 한다. 착하면 피곤하다. 사람들은 착한 사람을 우습게 보고 제 뜻대로 이용하려 드니까. 게다가 착한 사람은 아무것도 아닌 일로 괴로워하고 미안해한다. 잘되면 남 탓, 못되면 자기 탓이다. 그런 사람들은 따로 동네를 만들어서 그곳에만 살게 해야 한다. 그래야 착한 사람도 덜 괴롭고 착하지 않은 사람도 덜 불편하다. 아무튼, 사람들이 나를 괴롭게 할 때마다 나는 마음의 이빨로 진짜부모가 나를 '버렸다'는 생각을 꼭꼭 씹는다.

내가 진짜부모에게 버려졌다고 생각하는 이유는 가짜부모가 너무 고약했기 때문이다. 가짜아빠가 나를 백칠십두 번째로 때리고 가짜엄마가 백삼십다섯 번째로 밥을 안 주던 늦겨울 밤, 나는 확신했다. 이 사람들은 나의 진짜부모가 아닌 게 분명해. 그들은 길바닥에 버려진 장갑 줍듯 나를 주워 온 거다. 나는 재작년에 숫자 세는 법을 익혔다. 손가락 없이도 숫자를 셀 수 있게 되자마자 가짜아빠가 나를 때리는 횟수와 가짜엄마가 밥을 안 주는 횟수를 차근차근 셌다. 숫자가 커질 때마다 더러운 이불을 목구멍으로 마구 쑤셔 넣는 기분이었다. 나는 백이 세상에서 가장 큰 수인 줄 알았다. 하지만 가짜아빠가 백한 번째 나를 때리던 날, 백보다 더 큰 수를 알게 됐다. 그건 천이라는 수였는데, 백이 열 번은 모여야 되는 수라고 했다. 천보다 더 큰 수를 알게 될 때까지 계속 맞을 생각을 하니 정말이지 만사가 지긋지긋했다. 나는 너무 지겨워서 **씨발새끼 나가 죽어!**라고 욕했다. 가짜아빠는 내 욕을 듣고 퉁퉁 불은 라면이 담긴 냄비를 내게 집어 던졌다. 나는 바닥에 나뒹구는 라면 가닥을 밟고 집을 나왔다. 냄비를 집어 던지는 대신 욕은 나쁜 거라고 가르쳐주며 나를 꼭 껴안아줄 진짜아빠를 찾기 위해서.

드라마의 주인공은 집을 나올 때 꼭 큰 가방에 옷을 챙겨

넣고 기차역으로 간다. 우리 집엔 큰 가방이 하나밖에 없었는데, 그 가방 속엔 늘 가짜엄마의 옷이 가득 들어 있었다. 가짜엄마는 그 가방을 들고 계절마다 집을 나갔다. 한번은 집을 나가는 가짜엄마를 몰래 따라간 적이 있는데, 가짜엄마는 거리를 한참 서성이더니 버스 터미널 앞 대지여인숙으로 들어갔다. 나는 입술로 방귀 소리를 내며 담벼락 밑의 민들레를 마구 짓이겼다. 겨우 대지여인숙에나 가려고 큰 가방에 짐이란 짐은 다 싸 들고 나왔나. 그럴 바엔 뭐 하러 큰 가방씩이나 들고 나온담. 무겁게 시리.

나는 기차가 뒤로 달리는 걸 한 번도 보지 못했다. 기차는 오직 한 방향으로만 달린다. 하지만 버스는 앞뒤로 움직인다. 정말 집을 나가서 다시 돌아오지 않을 생각이라면 무겁고 긴 기차를 타야 한다. 그리고 돌아오는 길을 까먹을 만큼 아주 멀리 가야 한다. 가볍고 짧고 후진을 잘하는 데다가 우리 집 앞을 지나가고 중간에 내릴 수도 있는 버스는 타나 마나다. 버스는 떠나려는 마음을 고무줄처럼 당겼다가 확 놓아버리고 만다. 나는 가짜엄마가 백 번 넘게 나를 굶기는 것보다 집을 완전히 나가지 않고 자꾸만 돌아오는 게 더 싫었다. 가짜엄마가 가짜가출을 많이 할수록 가짜아빠의 행패는 헤아리기 어려울 만큼 잦아졌다. 나는 내 가짜 가족이 갈기갈기 찢어진 종이처럼 각자의 바람을 따라 멀리 날아가길 바랐다. 돌아보지도 돌아오지도 멈추지도 않고 전혀 다른 방향으로 멀리, 아주 머얼리.

　이번에도 가짜엄마가 먼저 큰 가방을 들고 버스 터미널로 갔기 때문에 나는 빈손으로 집을 나왔다. 집은 찻길 바로 옆에 붙어 있어서 문을 열고 다섯 걸음만 나가도 차에 치여 죽을 수 있었다. 나는 눈을 감고 걸었다. 오토바이가 나를 피해 가면서 죽으려고 환장했냐며 욕을 했다. 버스가 내 뒤에서 빵빵거렸다. 나는 인정상회 앞까지 걸어갔다가 다시 집으로 뛰어갔다. 돈이 있어야 기차표를 살 수 있으니까. 가짜아빠는 함부로 벗어놓은 바지처럼 방 안에 너부러져 있었다. 방바닥이 미끄덩거려 몇 번이나 넘어질 뻔했다. 나는 가짜아빠의 잠바 주머니와 바지 주머니를 뒤졌다. 1000원짜리 몇 장과 동전을 챙기고 방구석에 처박아두었던 바비인형을 찾았다. 그건 내가 씻기고 입히고 머리 빗겨준, 전 세계를 통틀어 오직 단 하나의 내 것이며, 가짜아빠와 가짜엄마가 나를 어떻게 괴롭히는지 눈 한 번 깜빡이지 않고 지켜본 유일한 증인이다. 나는 걔를 가져갈지 두고 갈지가 아니라 살려둘지 죽일지를 고민했다. 방바닥은 난장판이었다. 프라이팬과 도마와 세숫대야와 칼과 부서진 라디오와, 하여튼 별의별 것들이 방 안 가득 너부러져 있었고 누런 벽지엔 시뻘건 라면 국물이 잔뜩 묻어 있었다. 나는 주방의 쥐새끼가 모두 튀어나와 가짜아빠의 발가락부터 머리카락까지 모두 갉아 먹으면 좋겠다고 생각했다. 가짜아빠를 다 갉아 먹은 뒤에 옷장이나 이불이나 장판 같은 것도 모조리 갉아 먹어서 이 집을 아예 텅 빈 집으로 만들어주면 더욱 좋다. 다시 누구도 돌아올 수 없게 말이다.

나는 손을 깨끗이 씻고 세수도 했다. 머리를 단정하게 묶은 뒤 바비인형을 수건으로 둘둘 말아 들고 방문을 안에서 잠근 채 다시 집 밖으로 나왔다. 겨울바람에 손과 볼이 찢어질 것 같았다. 인형을 잠바 속에 집어넣고 기차역으로 갔다. 가장 먼 곳으로 가는 차표를 달라고 해야지. 가장 먼 곳으로 가는 동안 나는 단숨에 열 살쯤 나이를 먹을 것이다. 키도 크고 머리카락도 길고 피부도 새하얘질 것이다. 사람들은 나를 보고 예쁘다고 할 것이고, 예쁘니까 다들 내게 친절하게 굴 것이다. 그 사이 쥐새끼는 가짜아빠를 말끔히 갉아 먹고 가짜아빠의 살 조각으로 이루어진 수백 마리의 새끼를 낳을 것이다. 수백 마리의 쥐새끼는 곳곳을 돌아다니며 지독한 가짜아빠의 냄새를 퍼뜨릴 것이다. 가짜엄마는 대지여인숙에서 가짜아빠 냄새를 풍기는 쥐새끼를 발견하고 더 먼 곳으로 도망가겠지만, 쥐새끼는 수백 마리나 되고 또 금세 수천 마리가 될 테니까 아무리 멀리 가더라도 가짜아빠 냄새에서 도망칠 순 없을 것이다. 결국 나만 예뻐지고, 나만 행복해질 것이다. 나만 가장 먼 곳으로 가는 기차를 탈 테니까.

하지만 가짜엄마는 대지여인숙이 아닌 기차역에 있었다.

그래서 나는 역 안으로 들어가지 못했다. 가짜엄마는 가방을 꼭 쥔 채 울고 있었다. 사람들이 눈치 못 채게 눈물이 나면 즉시 손등으로 닦아냈지만, 나는 가짜엄마가 울고 있다는 것을 알 수 있었다. 가짜엄마는 매일 그런 식으로 울었으니까. 가짜엄마가 대지여인숙으로 가지 않고 기차역으로 왔다는 것이 반갑기도 하고 원망스럽기도 했다. 가짜엄마가 비로소 똑똑한 선택을 한 것은 반가웠지만, 가짜엄마가 가장 먼 곳으로 가버리면 내가 그곳으로 갈 수 없으니 그건 좀 원망스러웠다. 가짜엄마와 같은 곳으로 갈 순 없다. 우린 갈기갈기 찢어져야 하니까.

나는 동전을 세워 흙바닥에 기다란 선을 그었다. 선의 제일 오른쪽엔 가짜아빠의 점을, 제일 왼쪽엔 가짜엄마의 점을 찍고 그 중간에 나의 점을 찍었다. 선은 안전하지도 않았고 예쁘지도 않았다. 다시 동전으로 내 팔이 닿을 수 있는 가장 먼 곳에 점 하나를 찍고 가장 아래쪽에 점 하나를 찍고 가장 왼쪽에 점 하나를 찍은 후 세 점을 이었다. 안전하고도 예쁜 세모가 그려졌다. 세모는 한번 세워놓으면 굴러가지도 않고 넘어지지도 않는 데다 날카로우니까 아무도 함부로 잡으려 들지 않는다. 나의 가짜 가족도 그렇게 서로서로 가장 멀어진 채 누구에게도 잡히지 않고 어디로도 굴러가지 않았으면 좋겠다.

기적 소리가 들린다.

역 안으로 들어가보니 가짜엄마는 사라지고 없었다. 기차표를 끊어주는 아저씨에게 방금 떠난 기차가 결국 어디로 가는 기차냐고 물었다. 결국 어디로 가냐니? 아저씨는 내 말을 이해하지 못했다.

기차가 가는 가장 먼 곳이 어디냐고.

종착역 말이나? 청량리야, 청량리.

나는 청량리가 어디쯤이냐고 다시 물었다. 아저씨가 벽에 걸린 지도 속의 청량리를 가리켰다. 청량리는 내가 있는 곳에서 그리 멀어 보이지 않았다. 가짜엄마는 어째서 겨우 그 정도만 가려는 걸까. 나는 회령으로 가는 차표를 한 장 달라고 했다.

회령? 거기가 어딘데?

여기.

나는 지도의 제일 위에 있는 글씨를 가리켰다. 아저씨는 나를 보고 어이없다는 듯 웃었다.

너 몇 살인데 아직도 북한을 모르나? 너 몇 학년이야?

아저씨가 나를 빤히 쳐다봤다. 나는 북한도 모르고 몇 학년인지도 모른다. 학교를 안 다니니까. 학교에 다니는 애들은 북한을 아나?

너 몇 살이야? 아저씨가 다시 물었다. 나는 대충 열한 살쯤으로 알고 있다. 나랑 키가 비슷한 동네 애들이 열한 살이라고 말하는 걸 들었으니까. 학교는 안 다니지만 나는 숫자도 셀 줄 알고 글도 읽을 줄 안다. 밥도 할 줄 알고 설거지도 할 줄 안다. 말도 할 줄 알고 욕도 할 줄 알고 소리도 지를 줄 안다. 아저씨가 한 번만 더 나를 무시하면 소리를 질러버릴 테다. 아저씨가 집으로 가라며 내 등을 밀었다. 악! 나는 기다렸다는 듯 소리를 질렀다. 그리고 품속에 넣어둔 수건 뭉치를 바닥에 내팽개쳤다. 꼬질꼬질한 수건 속에서 바비인형이 툭 튀어나왔다. 인형의 몸에서 떨어진 얼굴이 역 밖으로 데구르르 굴러갔다. 아저씨가 두 눈을 부릅뜨며 소리를 질렀다. 그런 건 하나도 안 무섭다. 소리 따위 질러봤자 귀만 막으면 된다. 눈을 아무리 무섭게 치떠봤자, 내 엉덩이를 아무리 때려봤자 나는 끄떡없다. 나를 겁줄 생각이라면 나를 죽여야 할 것이다. 죽을 만큼 때리는 것도 안 된다. 진짜 죽여야 한다. 죽는 순간 공포나 고통을 느낄 수도 있겠지만, 상관없다. 죽으면 끝이니까.

끝이란 걸 어떻게 아느냐고? 왜 모르겠나. 엄마의 구멍을 찢고 바깥으로 나왔던 그 순간, 나는 이미 끝을 경험했다.

2...

황금다방엔 두 종류의 여자가 있다. 예쁜 여자와 안 예쁜 여자. 나는 흰색과 검은색을 구분하듯 두 종류의 여자를 단번에 나눌 수 있었다. 마담과 해자언니는 안 예쁜 여자. 장미언니는 예쁜 여자. 여기서 중요한 건 '못생긴' 게 아니라 '안 예쁘다'는 거다. 장미언니는 지나치게 예뻐서, 마담과 해자언니의 외모를 부서진 연탄재처럼 만들었다. 나는 장미언니처럼 이마가 넓고 코가 높지만 마담처럼 눈이 가느다랗고 해자언니처럼 입이 커서 예쁘지도 안 예쁘지도 않다.

나는 밤에만 집에 들어갔다. 정말 들어가고 싶지 않았지만, 달리 갈 곳이 없었다. 밖에서 자다간 얼어 죽을 게 뻔하니까. 날이 아주 깜깜해지면 몰래 집에 들어가 신발을 벗어두는 시멘트 바닥 위에서 웅크린 채 잠을 자고, 날이 밝기 전에 집에서 나왔다. 워낙 조용하게 드나들었기 때문에 가짜아빠에게 들킬 걱정은 없었다. 가짜엄마가 없는 집에선 늘 고약한 냄새가 났다. 나는 자다가도 냄새에 질려 코를 막았다. 쥐 소리도 많이 들렸다. 나는 쥐가 어서 자라 100마리 1000마리 1100마리의 새끼를 낳길 빌었다. 그래서 얼른 가짜아빠를 갉아 먹어라. 나는 매일 밤 기도했다. 기도란 건 누가 그 방법을 가르쳐주지 않아도 스스로 깨달아 할 수 있다. 밥 먹고 잠자고 울고 웃는 것처럼.

찬수와는 역 앞 슈퍼에서 처음 만났다. 슈퍼에는 인형 뽑는 기계가 있는데, 찬수는 그 기계 앞에 딱 붙어 서서 떨어질 줄을 몰랐다. 기계 안에는 인형도 있고 총도 있고 자동차도 있고 재떨이도 있고, 별의별 것이 다 있었다. 나는 처음부터 찬수가 황금다방 마담의 아들이란 걸 알고 있었다. 찬수가 그 기계에 코를 박고 있으면 마담이 다방 창문을 벌컥 열고 걸걸한 목소리로 찬수를 불렀으니까. 야이 머스마야, 불알 얼어터지기 전에 빨리 안 드오나!

하루 종일 역 안에 앉아 있다 보면 차표 끊어주는 아저씨가 나를 괴롭혔다. 너 집이 어디냐. 이름이 뭐냐. 몇 살이냐. 부모님은 어디 있냐. 왜 집에 안 가냐. 자꾸 물었다. 내가 대답할 수 없는 것만 골라서. 그렇다고 역 밖에만 있자니 너무 춥고 배도 고팠다. 나는 역을 떠날 수 없었다. 왜냐면 역은 많은 사람들이 오가는 곳이고 그렇다면 분명 내 진짜부모도 한 번쯤은 그곳을 지나갈 테니까. 나는 진짜부모의 얼굴도 이름도 목소리도 모르지만 딱 보면 단번에 알 수 있다. 분명 그럴 수 있다. 왜냐. 그건 진짜니까. 진짜란 그런 거니까.

살이 찢어질 것처럼 추운 날이었다. 머리카락이 사나운 바람을 따라 미친년 웃음소리처럼 흩날렸다. 나는 황금다방을 올려다보며 생각했다. 저기가 딱 좋은데. 황금다방 창가 자리에선 역과 플랫폼이 한눈에 보일 것 같았다. 나는 우선 찬수를 꾀기로 했다.

어렵진 않았다. 기차표를 사기 위해 감춰두었던 돈 중에서 1000원짜리 한 장을 찬수에게 줬다. 찬수는 눈 쌓인 산봉우리처럼 하얗게 튼 손으로 콧물을 닦으며 나를 빤히 봤다. 나는 1000원짜리를 기계에 집어넣고 찬수에게 어서 인형을 뽑아보라고 했다. 찬수는 인형도 로봇도 총도 자동차도, 아무것도 뽑지 못했다. 1000원짜리 한 장을 더 꺼냈다. 기계는 돈만 먹고 아무것도 내놓지 않았다. 찬수가 돈을 더 넣어보라고 했다. 나는 더 이상 돈이 없다는 듯 두 손을 들어 보였다. 다방 창문을 열고 마담이 찬수를 불렀다. 찬수는 나를 모른 척하며 다방으로 올라갔다. 나도 찬수를 따라 계단을 올랐다. 찬수가 험악한 표정을 지어 보였지만 하나도 무섭지 않았다.

다방에 들어서자마자 카운터를 지키고 있던 마담과 마주쳤다. 이 언나는 뭐나? 마담이 찬수에게 물었다. 거지새끼. 찬수가 눈을 밑으로 내리깔며 대답했다. 뭐라고? 거시기? 마담은 찬수의 말을 제대로 알아듣지 못했다. 그러고 보니 찬수는 말을 좀 어눌하게 하는 것도 같았다. 말 똑바로 안 하나! 찬수는 내 눈치와 마담의 눈치를 동시에 살피며 입안에서만 말을 웅얼거렸다. 마담이 카운터를 탕 내리치며 말을 똑바로 하라고 또 소리를 지르기에, 내가 찬수 대신 대답했다.

찬수 친구예요.

이 언나가 니 친구라?

마담이 찬수에게 물었다. 찬수는 겨우 고개만 끄덕였다. 말을 똑바로 하지 않는 것만으로도 저렇게 성화인데, 내 돈으로 뽑기를 한 것을 알면 마담이 가만있을 리 없으니까. 나는 2000원으로 친구를 사고 황금다방을 샀다.

찬수를 따라 다방 구석에 붙은 방 안으로 들어가며 나는 기다렸다는 듯 말했다. 마담은 네 진짜엄마가 아니야. 진짜엄마는 절대 저렇게 윽박지르지 않아. 너도 이제부터 나랑 진짜엄마를 찾아보자. 찬수는 내 말을 믿지 않았다. 마담은 자기의 친엄마가 확실하다고 했다.

너는 진짜가 뭔지도 모르는 등신이야.

찬수는 자기의 아기 때 사진을 보여줬다. 까까머리에 동그란 얼굴, 하얀색 아기 내복을 입은 아기 사진 아래에는 '백일 기념'이라고 씌어 있었다. 무지개 색깔의 한복을 입은 사진 밑에는 '돌 기념'이라고 씌어 있었다. 그래서, 뭐? 나는 이런 게 다 무슨 소용이냐는 듯 찬수를 노려봤다. 찬수는 다른 사진을 더 보여줬다. 마담과 눈사람을 만들며 찍은 사진. 방 안에서 마담에게 꼭 안겨 찍은 사진. 유치원 소풍 때 손가락 두 개를 세우고 마담과 함께 찍은 사진. 케이크를 앞에 두고 촛불을 끄는 사진. 나는 눈알이 빨개지도록 찬수를 노려봤다.

친엄마니까 생일 케이크도 사 주고 겨울이면 같이 눈사람도 만들고 유치원 소풍도 따라가는 거야.

알아듣게 말해, 멍청아.

나는 찬수의 말을 알아들을 수 있었지만 일부러 그렇게 말했다. 솔직히 나도 다 알아듣는 찬수의 말을 마담이 못 알아듣겠다고 자꾸 야단을 치는 건, 마담이 찬수의 진짜엄마가 아니기 때문이다. 나는 그런 식으로 찬수를 설득했다.

엄마도 내 말을 잘 알아듣지만 더 똑똑히 말하라고 일부러 그러는 거야.

찬수는 끝까지 마담 편을 들었다. 그래, 좋아. 그렇다 치자. 마담이 네 친엄마라고 치자 이거야. 하지만 친엄마라고 다 진짜엄마는 아니야. 나는 앨범을 탁 덮으며 말했다. 찬수는 그런 헛

소리가 어디 있느냐고 대거리를 했다. 마담이 네 진짜엄마라면, 네가 그렇게 좋아하는 뽑기를 왜 못 하게 하겠어? 마담이 네 진짜엄마라면, 왜 너는 만날 마담 눈치만 보는데? 마담이 네 진짜엄마라면, 네 진짜아빠는 도대체 어디 있는 거지?

찬수가 벌떡 일어나 내 머리를 때리고 얼굴을 때리고 배를 발로 찼다. 방 앞을 지나가던 장미언니가 꽥 소리를 질렀다.

어디서 못 돼먹은 것만 배워서 벌써부터 여자를 패는 거야?

찬수는 말도 잘 못 하고 글씨도 제대로 못 썼다. 찬수는 4학년이라니까, 내가 만약 학교에 다닌다면 적어도 7학년 정도는 될 것이다. 나는 찬수보다 말도 잘하고 글씨도 잘 쓰고 숫자도 잘 세니까. 마담은 찬수를 볼 때마다 얼른 방학 숙제를 다 해놓으라고 성화였다. 찬수는 다방 구석진 자리에 공책을 펼쳐놓고 멍하니 앉아 딴생각만 했다. 그럼 마담은 얼른 방으로 들어가라고 또 성화였다. 다방에는 쪽방이 두 개 있었는데, 하나는 장미언니와 해자언니의 방이고 마담과 찬수는 그보다 조금 더 큰 방을 썼다. 마담의 방은 대낮에도 불을 켜야 할 만큼 어두컴컴했다. 찬수와 나는 어두운 곳을 싫어했다. 왜 그러느냐고 물으면 할 말 없지만, 우리는 강아지풀처럼 밝은 곳으로만 자꾸 얼굴을 디밀었다. 하지만 나와 같이 방학 숙제를 하기에는 어두운 방이 더 좋다. 이유는 두 가지. 첫째, 내가 찬수의 방학 숙제를 대신 해주기로 했는데, 그걸 마담이 알면 안 되니까. 둘째, (이건 나에게만 해당되지만) 마담의 방 창문에서 역이 더 잘 보이니까.

나는 찬수를 앞세워 황금다방에 들어갔고, 마담의 방에 들어갔다. 황금다방, 그중에서도 마담의 방은 세상에서 가장 아늑하고 배부른 곳이었다. 방바닥은 언제나 따뜻하고 마담의 화장품과 옷에선 좋은 냄새가 났다. 어둡긴 하지만 그게 싫으면 형광등을 켜면 되니까. 내가 숙제만 잘 해주면 찬수는 냉장고에서 맛있는 빵이나 우유 같은 걸 들고 왔다. 그리고 가끔 마담이나 언니들이 자장면이나 짬뽕을 나눠 주기도 하고, 그런 게 없으면 김치찌개에 밥을 비벼주기도 했다. 마담은 찬수가 먹을 것, 입을 것, 공부할 것을 끔찍하게도 잘 챙겼다. 찬수의 간식거리는 떨어질 줄 몰랐고 찬수는 매일 옷을 갈아입었다. 나는 찬수가 매일 옷을 갈아입는 것에 큰 충격을 받았다. 찬수는 내 몸에서 고약한 냄새가 난다며 나를 거지새끼라고 불렀다. 찬수가 나를 거지새끼라고 부르면 장미언니가 꽥 소리를 지르며 찬수를 야단쳤다.

그래도 애가 세수는 잘하고 다니나 봐. 얼굴은 늘 뽀얗잖아. 해자언니와 장미언니가 하는 말을 들은 적이 있다. 맞다. 나는 틈날 때마다 세수를 하고 손을 닦았다. 왜냐면 느닷없이 진짜부모를 만날 수도 있는데, 그때 내 더러운 몰골을 보고 진짜부모가 실망하거나 나를 모른 체하면 안 되니까. 머리도 늘 단정하게 묶었다. 하지만 옷은 나도 어쩔 수가 없다. 옷이 더러워졌다고 벗고 다닐 수도 없고, 빨 수도 없다. 왜냐면 옷을 빨고 말릴 때 입고 있을 옷이 없으니까.

다른 어른들이 그렇듯 황금다방 마담과 언니들도 내게 이름이 뭐냐, 집이 어디냐. 부모님은 뭐 하시냐, 순서로 질문을 했다. 이름은 없으니까 뭐라 말을 못 했고 집은 대충 인정상회 근처라고 대답했고 부모님에 대해서는 대답하지 않았다. 나의 진짜부모가 무얼 하는지 나도 아직 모르니까. 해자언니는 분명 고아일 거라는 둥, 애가 좀 수상쩍다는 둥, 저런 애들한테 정 주면 안 된다는 둥 별의별 말을 다했지만 장미언니는 그런 해자언니를 못마땅하게 쳐다보며 내게 제법 다정하게 굴었다. 내가 나타난 뒤로 찬수의 방학 숙제가 밀리지 않았기 때문에 마담도 나를 그렇게 싫어하는 눈치는 아니었다. 마담은 찡한 표정으로 찬수를 쓰다듬으며 애가 그동안 같이 공부할 친구가 없어서 밖으로만 나돌았나 보다, 그런 말도 했다. 내겐 여러모로 바람직한 마담의 착각이었다.

찬수는 공책이나 문제집이란 걸 펼쳐놓고도 멍하게 앉아 있었다. 그런 찬수가 너무 답답하기도 했지만, 만약에 찬수가 뭐든지 척척 잘하는 아이였다면 황금다방에 내 자리는 없었을 테니까 똑똑한 찬수보다는 멍한 찬수가 좋았다. 나는 찬수를 더 멍하게 만들기 위해 창문에 붙어 선 채로 공터 건너편의 여관을 가리켰다.

야, 저기 손바닥만 한 창문 보이지? 저기가 어딘지 알아?

여관이잖아.

여관이 뭐 하는 덴 줄 알아?

잠자는 데잖아.

잠만 잔다고?

그럼 뭘 해.

여기서 저기, 저 창문을 잘 보고 있으면 아주 신기한 걸 보게 될 거야.

내 말에 찬수는 까치발을 하며 머리통을 쭉쭉 뽑아냈다. 나는 선반에서 제일 두꺼운 책을 내려 찬수의 발밑에 깔아줬다. 찬수와 나의 키가 얼추 비슷해졌다.

저기를 계속 보고 있으면 여자랑 남자가 홀딱 벗은 걸 볼 수 있어.

목욕탕도 아닌데 홀딱 벗어?

찬수가 대번에 되물었다.

역시 넌 아는 게 없구나.

찬수가 커다란 눈을 데굴데굴 굴렸다.

여기서 잘 보고 있어. 남자랑 여자가 홀딱 벗고 뭘 하는지.

찬수는 두꺼운 책 위에 서서 목이 빠져라 여관을 쳐다봤다. 하지만 보일 리가 없지. 여관 창문은 불투명한 데다가 까만

색 커튼으로 가려져 있으니까. 절대 볼 수 없는 것을 보려고 애쓰는 찬수 옆에서 나는 역을 드나드는 사람들을 관찰했다. 찬수는 멍하긴 해도 뭐든 잘 참는 애였다. 너무 오래 서 있어 무릎이 딱딱하게 굳을 때까지 찬수는 조그맣고 불투명한 창을 쳐다보았다. 그동안 나는 찬수의 책을 들춰보고 마담의 화장품 뚜껑을 열어보고 바닥에 너부러져 있는 마담의 옷에서 돈을 훔치기도 했다. 그러면서 종종 물었다. 보이냐? 찬수는 대답 없이 고개만 저었다. 찬수가 포기하고 두꺼운 책 위에서 내려오려고 하면 나는 굉장히 다급하게 말했다. 야, 지금 보일 수도 있잖아. 그러면 찬수는 다시 창문 쪽으로 고개를 돌렸다.

나는 밥상 앞에 앉아 찬수의 숙제를 대신했다. 산수 문제 풀기와 일기 쓰기와 독후감 쓰기가 있었는데, 일단 산수 문제부터 풀기로 했다. 그런 건 하루에 몇 장씩 일정하게 해놓아야 마담의 눈에 띄고, 그래야 찬수가 마담에게 야단을 안 맞고 결과적으로 내가 편해지니까. 문제집에는 나눗셈 문제가 한가득 있었다. 나는 솔직히 찬수를 만나기 전까지는 나눗셈이 뭔지도 몰랐다. 하지만 찬수가 문제를 푸는 걸 보고 어떻게 하는 건지 대충 짐작은 할 수 있었다. 나눗셈을 하려면 일단 구구단이란 걸 외워야 했기에 나는 밤새도록 구구단을 외웠다. 3일쯤 미친 듯이 외우니까 대충 외워졌다. 구구단을 외우니까 곱셈이란 것도 하게 되었고, 곱셈을 할 줄 아니까 나눗셈도 어렵지 않았다. 황금다방을 내 맘대로 드나들기 위해서는 적어도 나눗셈 정도는 척척 해낼 수 있어야 한다. 문제를 풀기 싫고 귀찮을 때도 있지만 하루 종일 추위에 떨며 배를 곯는 것보다는 나으니까. 황금다방에 드나드는 사람들이 커피값을 내듯 나는 나눗셈 문제를 풀었다.

찬수가 내 옆에 앉더니 입술을 실룩거리며 아무것도 안 보인다고 중얼거렸다.

도대체 뭐가 보인다는 거야.

못 봤어?

아무것도 안 보여.

계속 봐.

안 보인다니까.

너, 마담이 홀딱 벗은 거 본 적 있어?

찬수가 눈을 부라리며 소리 질렀다.

마담이라고 하지 마!

다들 그렇게 부르잖아.

그래도 너는 그렇게 부르지 마. 거지새끼야.

그래. 그럼 이거 니가 해.

나는 문제집을 찬수 쪽으로 밀었다.

하지만 진짜 아무것도 안 보인다고.

찬수가 기죽은 목소리로 중얼거렸다.

넌 여자랑 남자랑 홀딱 벗고 뭘 하는지 아직도 몰라?

무슨 생각을 하는지 찬수는 발개진 얼굴로 입술을 잘잘 떨었다.

학교에선 그런 거 안 가르쳐주나?

실수로 내가 학교에 안 다닌다는 티를 내고 말했지만 찬수는 아무것도 눈치채지 못한 것 같았다.

…… 나도 알아.

한동안 가만히 있던 찬수가 심하게 작은 목소리로 대꾸했다.

뭘 알아?

텔레비전에서 봤어.

피.

나는 시시하다는 듯 웃었다.

진짜로 봤어?

그럼.

아니 텔레비전으로 말고 진짜로 봤냐고.

진짜?

그래 진짜.

…… 응.

잠시 머뭇거리던 찬수가 입술을 꽉 물며 대답했다. 나는 그게 거짓말이라는 걸 대번에 눈치챘다.

뻥치지 마.

찬수가 흠칫 놀란 표정으로, 하지만 오기로 가득 찬 눈빛으로 나를 봤다.

진짜로 봤으면, 그럼 너, 보지에 자지를 집어넣는 것도 봤겠네?

뭐에 뭐…… 뭘?

보지에 자지를.

그…… 그…… .

거봐. 넌 진짜는 못 봤잖아.

너…… 넌 봤어?

봤으니까 알지.

어, 어떻게.

엄마 아빠가 하는 거 봤어.

엄마 아빠가 그걸 왜 해?

찬수가 나쁜 놈의 약점을 찾아낸 착한 놈처럼 단호한 목소리로 물었다.

엄마 보지에 아빠 자지를 넣어야 아기가 생기는 거야.

찬수의 두 눈이 인형 눈알처럼 데굴거렸다. 찬수가 못 알아들은 것 같아서 나는 다시 한번 확실하게 말해줬다.

너도 그렇게 생긴 거야.

갑자기 방문이 벌컥 열렸다. 마담이 험상궂은 표정으로 내게 달려들어 머리와 얼굴을 마구 때리며 욕을 했다. 이 언나가 뒤질라고 환장을 했나. 어디서 지저분한 말을 함부로 내뱉고 지랄이야! 이 더러운 년이, 입을 갈기갈기 찢어서 개밥으로 줘도 시원찮을 년이 어디 내 아들 앞에서 못 돼먹은 말을 나불대나! 나는 손으로 얼굴을 감싸 쥐며 낑낑 소리를 냈다. 찬수는 겁에 질린 채 벽에 딱 붙어 앉았다.

그게 왜 나빠!

마담의 손찌검이 아주 잠깐 잦아들었을 때 나는 대뜸 말했다.

왜 나빠! 내가 거짓말을 한 것도 아닌데, 뭐가 나빠!

이 개 같은 언나. 말하는 본새 좀 보라!

마담이 다시 욕을 해대며 나를 팼다. 홀에 있던 장미언니가 뛰어 들어와 마담을 말렸다. 마담이 장미언니의 손을 뿌리치며 고래고래 소리를 질렀다. 이 생기다 만 년이, 이 돼먹지 못한 언나가 지금 내 아들한테 무슨 말을 지껄이고 있는지나 알아? 알고 편을 드는 거나? 장미언니는 마담을 말리는 대신 내 머리를 감싸 안았다.

아무리 그래도 그렇지 애를 왜 이렇게 패요 언니! 애가 사람이라도 죽였대?

마담한테 너무 많이 맞아서 코피가 나고 눈이 부었다. 그래도 뭐, 예전에 가짜아빠한테도 이렇게 맞아봤으니까 그리 놀랄 일은 아니다. 하지만 억울했다. 내가 도대체 뭘 잘못했다고 나를 이렇게 때리나. 가짜아빠도 그랬다. 가짜아빠의 기분이 나쁘다는 이유만으로 나는 작살나게 맞아야 했다. 장미언니가 아니었다면 나는 정말 마담의 손에 죽었을지도 모른다. 그래서 나도 쥐새끼들의 일용할 양식이 되었을 것이다. 마담이 씩씩거리는 목소리로 (화가 나서 마구 지껄이는 마담의 말은 절반 정도밖에 알아들을 수가 없었는데, 그걸 듣고 있자니 마담이 찬수에게 말을 똑바로 안 한다고 야단치는 것도 좀 웃긴다는 생각이 들었다) 이 돼먹지 못한 언나가 내 아들한테 남자랑 여자랑 거시기하는 걸 나불대고 있었단 말이야!라고 말하자 장미언니가 거시기?라고 되물었고 그래, 이년아. 남녀가 붙어먹는 거 말이다!라는 마담의 격앙된 말에 장미언니는 오히려 깔깔 웃어버렸다. 요 쪼끄만 게 요 쪼끄만 것한테? 장미언니는 내 머리통을 가리키며 마구 웃었고 마담은 웃는 장미언니에게 다시 욕을 퍼부어댔다. 에라이 이 더러운 년아. 니는 그게 웃기나? 내가 보기엔 너나 이 언나나 똑같은 종자야. 이 언나도 가슴만 달리면 바로 남자한테 붙어먹을 종자야. 그러니까 대갈빡에 피도 마르기 전에 그딴 소리나 지껄이고 다니는 거다. 이 더러운 종자들이라는 마담의 말에 장미언니의 눈이 고무 대야만큼 커지더니 마담의 가슴팍까지 달려들어 언니! 다시 한번 말해봐. 언니가 어떻게 그렇게 말할 수가 있어?

언니는 나랑 뭐가 달라? 다르냐구!라며 마구 따져 묻기 시작했고 배달을 갔던 해자언니가 뒤늦게 합세하여 처음엔 막무가내로 마담 편만 들다가 장미언니의 말을 듣고는 마담한테 마구 덤비기 시작했고, 아무튼 난장판이었다. 마담은 밥상을 쾅쾅 내려치고 가슴을 치며 니들이 자식을 못 낳아봐서 그런다고 악을 쓰고, 마담의 말에 장미언니는 득달같이 달려들어 언니! 내 앞에서 자식 얘기 하지 말랬지! 한 번만 더 그런 말 하면 내가 확 죽어버릴 거라고 했지!라며 길길이 날뛰었으며 마담은 팔을 걷어붙이고 삿대질을 하면서 그래, 나도 말 좀 하고 살자, 이년아. 바른말로, 니가 자식 못 낳는 게 내 탓이냐? 왜 걸핏하면 사람 숨통을 조이고 지랄이야 지랄이! 하며 악을 쓰니까 장미언니는 원통해서 못 살겠다는 듯 방바닥을 딱딱 내려치며 기어이 울기 시작했고, 해자언니는 씁쓸한 표정으로 껌만 쫙쫙 씹어대면서 장미언니의 등짝을 쓰다듬었다. (하지만 코피가 나고 눈이 붓고 볼이 시뻘겋게 달아오른 내 등짝을 쓰다듬어주는 사람은 아무도 없었다.)

나는 방구석에 처박혀 있던 찬수를 데리고 방을 빠져나왔다. 다방 홀에 앉아 쌍화차를 시켜놓고 줄담배를 피우던 할아버지 두 명이 도대체 왜들 그러는 거냐고 물었다. 아, 몰라. 나는 아주 귀찮아 죽겠다는 듯 대거리를 하고 다방을 나왔다. 내 뒤를 따라 나오던 찬수가 입술을 실룩거리더니 껙껙 울기 시작했다. 울지 마, 이 등신아. 나는 찬수의 머리를 쥐어박고 좁은 계단에 앉아버렸다. 찬수도 내 옆에 앉았다. 니가 왜 우냐? 나는 찬수를 못마땅하게 쳐다보며 중얼거렸다. 솔직히 울 사람은 나다. 나는 억울하게 마담에게 맞았다. 찬수가 모르는 걸 좀 가르쳐줬다는 이유만으로. 학교에서 나눗셈은 가르치면서 그런 건 안 가르쳐주나 보지? 근데 그게 나쁜 건가? 나쁜 거라서 학교에서도 안 가르쳐주고 마담이 그렇게 난리를 쳤나? 그럼 가짜엄마 가짜아빠가 나쁜 짓을 한 건가? 나쁜 짓이어서 불 꺼놓고 한 건가? 그럼 다른 어른들은 그런 걸 안 하나? 마담이 뭐라고 했더라…… 아, 거시기. 거시기라고 했다. 또…… 부…… 붙…… 붙어…… 붙어먹는다고 했다. 그거 이름이 거시기였구나. 진짜부모는 거시기를 안 하나? 가짜부모는 가짜니까 나쁜 거시기를 한 건가? 별별 생각이 다 들었다. 근데 나쁜 건데 텔레비전엔 왜 나오지? 나쁜 거니까 다 안 보여주는 건가? 그럼 어디까지가 나쁜 거지? 뽀뽀는 안 나쁜 건가? 몸을 막 만지는 건? 고양이 같은 소리를 내는 건? 보지에 자지를 넣는 것만 나쁜 건가? 홀딱 벗는 것부터 나쁜 건가? 그럼 목욕탕은? 아, 진짜 모르겠다. 나쁜 것인 줄 몰랐을 때는 이렇게 복잡하지도 않았는데, 나쁜 거라고 생각하자마자 모든 게 굉장히 복잡해져버렸다.

너 때문이야.

찬수가 코를 들이마시며 말했다.

다 너 때문이야.

나는 찬수의 가슴팍을 확 밀며 발딱 일어났다. 계단 벽에 머리를 찧은 찬수가 다시 울기 시작했다.

3...

찬수에게 거시기에 대해 말한 뒤 나를 대하는 황금다방 사
람들의 태도가 변했다. 일단 마담은 나를 볼 때마다 욕을 퍼부
었다. 마담의 욕은 대부분 이런 거였다. 이 종간나, 가슴 달리고
밑구녕에 털만 나면 바로 남자한테 붙어먹을 년. 다방 손님들이
나보고 누구냐고 물으면 마담은 이렇게 대꾸했다. 저 언나 조만
간 여기서 댁들 뒤봐줄 년이오. 잘 봐두쇼. 사실 나는 그게 욕이
라는 생각을 안 했다. 마담의 말투나 표정을 보면 욕이 뻔한데,
그 내용은 내 심기를 그다지 건드리지 않았기 때문이다. 하지만
마담의 그런 말을 장미언니는 아주 싫어했다. 그래서 마담이 그
런 말을 할 때마다 나 대신 마담과 싸웠다.

찬수는 예전처럼 나를 거지새끼라고 부르지도 않았고 내게

함부로 주먹질을 하지도 않았다. 그리고 은근히 나를 피하는 것 같으면서도 내가 안 보이면 똥 마려운 강아지처럼 나를 찾아 끙끙거렸다. 예전엔 내가 자기 숙제를 대신 해줄 때면 냉장고에서 빵이나 우유를 가져다주긴 했어도 비타민 젤리만큼은 절대 나눠 주지 않았는데 (나는 솔직히 비타민 젤리를 먹고 싶은 마음도 없었고 배가 부르기로는 빵이 최고라서 젤리를 그리 탐내지도 않았지만 왠지 찬수가 얄미워서 몰래 그것을 훔쳐 먹기도 했다) 이젠 자기가 먼저 비타민 젤리를 갖다 바쳤다. 그것도 내가 좋아하는 빨간색만 골라서. 황금다방이 문을 열 때쯤 찬수를 찾아가면 찬수는 어른들이 안 보이는 곳으로 나를 데려가서 빨간 젤리를 내 손에 쥐여주었다. 한번은 그런 찬수가 너무 우습고 또 귀엽기도 해서 손을 내미는 대신 입을 살짝 벌렸더니 찬수는 귓불까지 빨개지면서 내 입에 그것을 직접 넣어주었다. 이후 그것은 찬수와 내가 매일 치러야 하는 일종의 의식이 되어버렸다. 찬수가 내 입에 빨간 젤리를 직접 넣어주면 나는 찬수가 보는 앞에서 그것을 아주 천천히 빨아 먹는다. 일부러 입을 크게 벌리고 혀를 많이 움직여 쫙쫙 소리를 내면서. 찬수는 침을 꼴깍꼴깍 삼키면서 젤리가 녹아 사라질 때까지 내 입만 쳐다본다. 그런 의식을 치르고 나면 찬수는 내 말을 아주 잘 듣고 나도 찬수에게 조금은 다정해진다. 가끔씩 찬수는 젤리를 먹는 내 입을 더 보고 싶은지 초록색이나 노란색 젤리를 더 주려고도 했는데, 나는 굉장히 차

가운 표정으로 깍듯이 거절했다. 내가 그것을 다 받아먹으면 찬
수는 내가 그것을 먹기 위해 입을 벌리고 숙제를 대신 해준다고
생각할 테고, 그러면 나는 진짜 거지새끼가 되는 거니까. 나는
절대 찬수에게 뭔가를 먼저 달라고 말하지 않았다. 뭐든지 찬수
가 먼저 줄 때까지 기다렸다.

내가 제일 이해할 수 없는 건 장미언니의 태도였다. 거시기
사건이 있던 다음 날 장미언니는 나를 끌고 목욕탕에 갔다. 난
생처음 목욕탕에 가본 나는 모든 여자가 옷을 홀라당 벗고 물
속에 앉아 있는 걸 보고 너무 놀라 기절할 뻔했다. 또 꺼끌꺼끌
한 손걸레 같은 것으로 내 몸을 마구 문지를 때는 너무 아파서
눈물이 날 뻔했다. 때를 너무 많이 밀어서 그런지 온몸에 비누
칠을 할 때는 따끔거리기까지 했다. 좀 아프고 쓰라리긴 했지
만 목욕이란 정말 짜릿한 것이었다. 맨살을 휘감는 따뜻한 물
과 몸의 온 구멍을 드나드는 눅눅한 습기에 나는 홀딱 반해버렸
다. 공평하게 발가벗은 사람들은 다들 비슷하게 보였고, 그래서
그 안에서만큼은 나도 냄새나고 꾀죄죄한 언나가 아닐 수 있었
다. 언니는 나를 정말 열심히 씻겼다. 다 씻고 나면 내 몸에 하얀
색 크림을 발라주기도 했는데, 그것을 바르니 내 몸에서도 장미
언니와 똑같은 냄새가 났다. 그 냄새를 입자마자 나는 최고급이
된 것 같았다. 언니는 그 냄새가 장미 향기라고 말해줬다. 아, 장
미는 냄새라고 하지 않고 향기라고 하는구나. 나는 냄새와 향기

의 차이를 대번에 이해할 수 있었다.

언니는 나를 데리고 미용실에도 갔다. 아무렇게나 헝클어지고 긴 머리카락을 짧은 단발로 잘라달라고 했다.

너는 얼굴이 메추리알처럼 작아서 단발이 더 잘 어울릴 거야.

언니는 마치 나의 진짜엄마만이 낼 수 있을 것 같은 목소리로 말했다. 그 목소리에서도 달콤한 장미 향기가 났다. 거울을 오랫동안 쳐다보면서 나는 진짜엄마 얼굴을 상상했다. 진짜엄마도 얼굴이 메추리알 같아서 나처럼 단발머리가 더 잘 어울릴까? 그렇다면 이제부터 메추리알 같은 얼굴의 여자부터 찾아봐야겠다. 그러고 보니 장미언니의 얼굴도 자그맣고 반질반질한 게 꼭 메추리알 같기도 했다.

장미언니는 내게 새 옷도 사 줬다. 시장 트럭에서 산 옷이었지만 너무 예뻤다. 언니는 본능적으로 예쁜 것을 찾아낼 줄 알았다. 언니의 얼굴이 그렇게 예쁜 이유도 그 때문일 것이다. 엄마 배 속에 있을 때 언니는 수백 수천 가지의 눈과 코와 입들 중에서 가장 예쁜 것을 단번에 찾아내어 자기 얼굴에 붙인 게 분명하다. 장미언니는 그만큼 예뻤다. 세상에서 최고 예쁘다고 하고 싶지만, 그렇게 말하기는 좀 곤란하다. 왜냐면 세상에서 최고 예쁜 건 나의 진짜엄마여야 하니까. 하지만, 그렇지만, 만약에 말이다. 장미언니가 나의 진짜엄마라면, 그렇다면 장미언니가 세상에서 최고 예쁜 여자가 될 수도 있지 않나?

깨끗해진 내가 예쁜 옷을 입고 나타나자 마담의 눈빛은 더 뾰족뾰족해지고 찬수의 눈빛은 더 말랑말랑해졌다. 마담은 장미언니에게 너는 오지랖도 지랄맞게 넓다는 둥, 어디 정 퍼줄 데가 없어서 그깟 거지 같은 언나새끼한테 정성이냐는 둥, 아무튼 자빠진 술통처럼 오만 데다 정나미를 콸콸 쏟고 다닌다는 둥, 니가 아무리 그래봐라 저 언나새끼가 니 발바닥에 낀 때만큼이라도 고마워할 것 같으냐는 둥 한바탕 저주를 퍼부어댔다. (마담의 넓적한 광대뼈와 퉁퉁한 볼 속에는 아마도 욕 주머니가 주렁주렁 달려 있을 것이다.) 마담이 아무리 그래봤자 나는 하나도 상처받지 않으니 상관없다. 그렇지만 나 때문에 장미언니가 상처받는 건 싫었다. 나는 살면서 한 번도 고맙다는 말 같은 건 해본 적이 없지만 마담이 너무 얄미웠기 때문에 꼭 마담이 듣고 있을 때만 장미언니에게 고맙다고 말했다. 가랑이 사이로 머리를 집어넣는 아주 격렬한 행동까지 곁들여서. 내가 그렇게 인사를 하면 해자언니는 웃겨 죽겠다는 듯 깔깔거렸고 마담은 눈초리를 천장 끝까지 추켜올렸으며 장미언니는 굉장히 쓸쓸한 표정을 지었다. 쓸쓸한 게 뭔지 아느냐고? 모를 리 없지! 내가 엄마를 찢고 나오면서 제일 먼저 익힌 감정이 바로 그런 건데.

나는 장미언니와 늘 붙어 있고 싶었지만 그럴 수는 없었다. 언니는 배달이며 손님 대접으로 바빴고, 다방 안에서만큼은 내가 자기 곁에 딱 붙어 있는 것을 별로 좋아하지 않았으니까. 언니는 손님들이 자기한테 그러는 것처럼 나한테도 그럴까 봐 긴장했다. 가끔 내 볼을 쓰다듬으며 몇 살이냐고 묻는 손님들도 있었는데, 그럴 때마다 한 번도 신경 쓰지 않았던 내 나이에 대한 궁금증이 일기도 했다. 하지만 진짜엄마를 찾게 되면 나도 곧 알게 될 것이다. 나의 진짜 나이와 진짜 이름을.

장미언니에게는 애인이 한 명 있었는데, 그건 우리 둘만의 비밀이었다. 언니는 애인 집에 놀러 갈 때마다 나를 데리고 갔다. 그러면서 내게 신신당부했다. 이건 마담언니나 해자언니에게 절대 비밀이라고. 언니가 아무에게도 말하지 않은 비밀을 내게만 알려주는 것이 너무도 좋았기 때문에, 하마터면 나도 언니에게 나의 비밀을 말할 뻔했다. 하지만 나에겐 비밀이 너무나 많고 또 그것 중 하나라도 언니가 알게 되면 내게 더 이상 장미향기를 입혀주지 않을지도 모르니까, 나는 입을 꾹 다물었다. 입을 꾹 다무는 내 행동이 믿음직스럽다며 언니는 내 볼을 살짝 꼬집었다.

언니는 나를 데리고 일주일에 한 번씩 목욕탕엘 갔는데, 목욕을 다 한 다음에 꼭 애인의 집에 들렀다. 애인의 집에 갈 때 언니는 세상에서 제일 향기로운 여자가 되었다. 물기가 촉촉 맺힌 머리카락이 바람에 살짝 날릴 때마다, 가느다란 몸을 꼿꼿하게 세워 사뿐사뿐 걸을 때마다 언니의 몸에서는 달콤한 장미 향기가 났다. 다방의 언니가 시들고 흔해빠진 장미라면, 목욕을 마치고 애인을 만나러 가는 언니는 활짝 피어 반짝이는, 세상에서 가장 찬란한 단 한 송이 장미였다.

언니의 애인은 목욕탕 뒷골목의 3층짜리 빌라 지하 방에 살았다. 그 빌라는 내가 옥상에서 아주 세게 뜀뛰기를 하면 폭삭 무너지고 말 것처럼 낡고 부실해 보였다. 그래서 그곳으로 갈 때마다 나도 모르게 어깨를 움츠리고 까치발을 했다.

처음 언니의 애인을 만났을 때 나는 좀 실망을 했다. 통통한 몸집에 희멀건 얼굴은 꼭 백곰 같았고 두꺼운 안경 속에 갇힌 두 눈에선 멸치 똥 구린내가 날 것만 같았다. 백곰(언니는 그를 오빠라고 불렀다)은 집 안에서만 빈둥거리며 집 밖으로는 좀체 나가지 않았기 때문에 언니는 백곰 집에 갈 때마다 라면이며 쌀이며 휴지 같은 것을 바리바리 사서 갔다. 나는 그를 볼 때마다 찬수의 책장에 꽂혀 있던 동화책을 떠올렸다. 사람이 되고 싶은 곰과 호랑이에 대한 동화인데, 동굴 속에서 쑥과 마늘만 먹던 곰은 결국 사람이 되었고 호랑이는 사람이 되지 못했다는 이야기다. 그 동화를 읽으며 나는 사람이 된 곰을 등신이라 생각했다. 이왕에 곰 아닌 무언가가 될 거라면 사람보다는 호랑이가 낫지 않나? 도대체 뭣 하러 사람 같은 게 되겠다고 100일 동안 쑥과 마늘만 처먹은 거지? 곰이 쑥과 마늘만 먹다가 사람이 돼버린 건 멍청한 곰에게 내려진 최고의 벌이 분명하다.

백곰 역시 동굴 같은 지하 방에서 (쑥과 마늘 대신) 언니가 가져다주는 일용할 양식을 먹어치우며 벌을 받듯 살아가는 존재였다. 백곰의 집에 가면 언니는 일단 쌀을 안치고 청소를 했다. 언니가 분주하게 집 안을 들어서 탈탈 털고 단정하게 내려놓는 동안 백곰은 컴퓨터 앞에 앉아 손가락만 까딱거리고 있었는데, 나는 또 그 모습이 너무나도 보기 싫었다. 그렇지만 언니가 너무나 즐거워 보였기 때문에 나는 그냥 입 다물고 얌전히 앉아 벽지의 네모 수를 세거나 검지를 장판 위에 빡빡 문지르거나 했다. 언니가 방 청소를 다 하고 밥을 차려주면 백곰은 끙, 소리를 내며 몸을 돌려 아주 천천히 밥을 먹었다. 그러면서 반찬을 타박하기도 하고 언니의 젓가락질을 야단치기도 했다. 언니는 젓가락을 나란히 잡는 대신 엇갈려 잡았는데, 백곰의 눈엔 그게 되게 거슬렸나 보다. 그래서 밥 먹을 때마다 젓가락질을 자기 식대로 가르쳤는데, 언니는 그걸 잘 따라 하지 못했다. 백곰은 그 꼴을 못 보고 계속 자기처럼 쥘 것을 강요하고, 그럼 언니는 젓가락을 탁 놓고 숟가락으로만 밥을 먹었다. 젓가락질에도 맞는 게 있고 틀린 게 있다니. 나는 백곰의 고집에 질려 빽 소리라도 지르고 싶었다. 젓가락이야 자기 편한 대로 잡으면 되는 거지, 거기에 무슨 정답이 있어!

백곰은 언니가 왼손을 자주 사용하는 것도 싫어했고 밥 먹을 때 언니가 이런저런 이야기를 하는 것도 싫어했다. 백곰에겐 언니의 모든 행동이 트집거리였지만, 내 눈엔 그런 백곰이 꼴 불견이었다. 세상에서 가장 향기로운 여자를 이런 식으로 구박 하다니. 하지만 언니가 백곰을 너무너무 좋아하는 것 같으니까, 나는 그냥 가만있는 수밖에 없었다. 하지만 한편으로는 겨우 그 정도밖에 안 되는 백곰을 사랑하는 언니에게도 좀 실망이었다. 장미언니가 누구를 사랑하느냐는 나에게 아주 중요한 문제인데, 왜냐면 장미언니는 이미 '나의 진짜엄마 가능성'에 들어와 있으므로 언니가 사랑하는 사람이 나의 진짜아빠가 될 수도 있으니까. 나는 백곰의 좋은 점을 찾아보려고 최대한 애썼다. 나의 진짜아빠가 될 수밖에 없는 그런 이유를.

　　장미언니는 백곰을 서울에서 최고 좋은 대학을 다닌, 아주 똑똑한 청년이라고 소개했다. (지금은 하는 일 없이 집에서 빈둥거리는 것처럼 보이지만 그건 절대 놀고 있는 게 아니라 장차 자기가 할 일을 계획하고 탐색하는 과정이라나 뭐라나.) 백곰은 굉장히 똑똑해서 보통 사람은 듣도 보도 못한 것들에 대해 일사천리로 설명할 수 있고, 아주 어려운 책만 수천 권 넘게 읽었다고 했다. 하지만 언니가 아무리 백곰을 치켜세워도 나는 백곰이 싫었다. 왜냐면 백곰은 자기가 세상에서 제일 잘난 줄 아는 잘난 척 대마왕이니까. 백곰은 뭐든지 자기만이 옳다고 우겼고, 옳은 건 자기니까 사람들도 모두 자기처럼 생각하고 행동해야 한다고 했다. 그래서 언니가 자기처럼 젓가락질을 안 하고 자기처럼 생각을 안 하면 언니를 굉장히 무시하고 못살게 굴었다.

한번은 언니가 밥을 먹으며 요즘 정말 경기가 안 좋은지 시장에 가면 가격이 안 오른 게 없다고, 술값이며 빵값이며 기름값까지 다 올랐다고 말하자 백곰은 굉장히 재수 없는 표정으로 니가 경제에 대해 뭘 안다고 그런 소리를 지껄이느냐며 면박을 주었다.

아니, 진짜 다 올랐던데?

물가는 원래 오르는 거야. 절대 내려가지 않아.

그런가. 근데 갑자기 다 올라서 좀 황당했어. 우리 같은 사람들 살기 좋은 세상은 언제나 올까 몰라.

우리 같은 사람들?

그래, 만 원짜리 한 장 들고 장 보러 가는 사람들.

그 사람들이랑 너랑 같냐?

나는 백곰의 표정이나 말투만으로도 백곰이 말하는 '그 사람들'과 언니의 차이를 단박에 알아챘지만, 언니는 백곰을 너무 사랑하고 백곰도 자기를 사랑한다고 믿으니까, 그런 걸 눈치채지 못하는 것 같았다.

같지, 그럼.

그래?

백곰이 무김치 하나를 와작 씹으며 건성으로 대꾸했다.

근데 뉴스 보니까 부자들 세금은 다 깎아줬다고 그러던데, 우리 세금은 왜 안 깎아주지? 돈 한 푼 아쉬운 건 우린데.

어디서 또 그런 소리는 들어서. 니가 뭘 안다고 지랄이야.

(백곰이 입가를 슬쩍 올리며 야비하게 웃는 걸 나는 봤다.)

뉴스에서 봤다니까.

니가 그런 걸 보면 이해는 하냐?

뉴스를 뭐 이해까지 하면서 봐.

부자들이 세금 덜 내고 더 잘살아야 없는 사람들도 덩달아 잘살게 된다는 걸, 니가 이해한다고?

말도 안 돼.

(내 생각에도 백곰의 말은 말이 안 된다.)

니가 레이거노믹스를, 신자유주의를 알아?

(그런 건 나도 모르지만 아무튼 백곰의 말은 좀 이상하다.)

그런 것도 모르면서 함부로 나불대지 마. 밀가루값 좀 오른 것 가지고 나라 돌아가는 꼴을 다 아는 양.

(하지만 언니랑 나는 두 눈으로 똑똑히 확인을 했다. 식용유에 반찬에 라면값까지 다 올라서 언니는 결국 내게 사 주겠다고 약속했던 우유도 못 샀는데!)

꼭 없이 사는 것들이 위에서 하는 일엔 기를 쓰고 반대하지. 쥐뿔도 모르면서.

아니, 나는 반대를 하는 게 아니라…… .

그럼 입 다물고 그냥 살아. 괜히 뭐라도 아는 척 여기서 이 말, 저기서 저 말 주워듣고 나불대지 말고. 하여튼 없는 것들은 없이 사는 티를 너무 낸단 말이야. 그게 무슨 자랑이라고.

모든 게 그런 식이었다. 백곰은 세상에서 자기가 제일 잘났고 똑똑한 줄 안다. 그리고 자기보다 돈 많고 힘센 사람이 하는 일은 뭐든 다 옳다고 했다. 왜냐면 자기가 그런 사람이랑 동급이라고 생각하기 때문에. 그러면서 자기가 그렇게 무시하는 언니가 사다 주는 옷은 왜 입고 밥은 왜 먹나 몰라, 없어 보이게.

아무튼 나는 이해할 수 없었다. 백곰의 재수 없는 행동도, 언니가 백곰을 사랑하는 이유도. 언니는 백곰이 자기한테 친절할 때도 있다고 했지만, 나는 그런 걸 한 번도 못 봤다. 내가 본 백곰의 최고 친절한 행동은 언니가 청소를 할 때 엉덩이 한쪽을 슬쩍 들어주는 것뿐이다. 그런 건 절대 친절이 아니다. 내가 언니라면 얄미워서 백곰의 엉덩이를 앙 물어버릴 텐데. 나는 그런 식의 비열한 친절을 잘 안다. 만날 나를 패던 가짜아빠가 하루 정도 그냥 지나갈 때, 그럴 때면 나도 모르게 고맙다는 착각을 하게 만드는 것. 언니는 백곰이 똑똑해서 좋다고 했다. 그리고 또 뭐랬더라…… 과…… 광…… 광장공포증인가 뭔가가 백곰에겐 있다고 했다. 그래서 집 밖엘 잘 못 나가는 것이라고. 원래는 아주 큰일을 할 사람인데 그것 때문에 집 안에만 있는 거라고. 언니는 백곰이 워낙 마음이 약하고 부드러운 사람이라서 그런 거라고 했다. 언니는 백곰을 생각하면 너무 마음이 아프다고 했다. 언젠가는 자기가 백곰을 넓은 세상으로 데리고 나가 꼭 큰일을 하게 만들 거라고도 했다. 자기가 잘해주고 많이 사랑해주면 분명히 그렇게 될 거라고 했다. 백곰이 자기한테 난폭하게 굴고 못된 말을 하는 것도 백곰의 진심은 아니란다. 백곰도 자기를 많이 사랑하지만 그걸 제대로 표현할 줄 모르는 거라고, 자기가 백곰을 떠날까 봐 불안해서 그런 거란다. 그러니까 자기가 이해해야 한단다. 백곰은 상처받은 갓난아이 같은 존재고, 그래서 언니한테 아프다고 응석을 부리는 것과 같다고.

지랄, 웃기고 있네. 하마터면 나는 그렇게 말할 뻔했다. 백곰은 그냥 싸가지 없는 나쁜 놈이다. 사람들 많은 데로 못 나가는 것도 그들을 무시하기 때문이다. 전부 다 자기보다 못나고 무식한 자들이니까 가까이하지 않겠다, 뭐 그런 것이다. 백곰을 몇 번 안 본 나도 그걸 알겠는데, 언니는 왜 그걸 모를까? 그것도 사랑의 힘인가? 사랑은 다친 데를 치료해주는 연고 같은 건가? 정말 그런 거라면, 언니는 상처가 아닌 곳에 연고를 덕지덕지 바르고 있는 게 분명하다. 멀쩡한 곳에 자꾸 연고를 바르니까 진짜 상처는 점점 썩어 들어가고 멀쩡한 곳의 연고는 미끄덩미끄덩, 언니와 백곰의 관계를 자꾸 엇나가게 하는 것이다. 근데, 그럼, 언니는 나를 사랑하나? 나를 사랑한다면, 언니는 나의 어떤 곳에 연고를 바르고 있나. 그곳은 다친 곳인가, 멀쩡한 곳인가. 나에게 멀쩡한 곳이 있긴 하나. 온몸에 연고 떡칠을 해도 나는 계속 아프고 썩어 들어갈 거다. 나도 언니를 사랑하는데, 나는 언니의 어느 곳에 연고를 바르고 있나. 언니는 어디에 상처가 났나. 근데 사랑은 정말 연고를 바르는 건가? 아, 모르겠다. 또 무지하게 복잡해진다. 그냥 그건 사랑도 뭣도 아니라고 하자. 그게 제일 간편하다. 하지만 언니가 백곰을 사랑하듯 나를 사랑한다면 그것만은 진짜 사양하겠다. 백곰을 먹이고 입히는 마음으로 나를 목욕시키고 예쁜 옷을 사 주는 것이라면, 나는 가짜엄마를 미워하는 것보다 언니를 더 미워할 것이다. 언니가 사 준 옷을 다 찢어버리고 단발머리도 빡빡 깎아버릴 것이다. 그리고 백곰이 언니를 무시하고 괴롭히는 것보다 더 강렬하게 언니를 저주할 것이다. 그건 나를 조롱하고 경멸하는 것보다 더 나쁜 거니까. 그건 나를 배신하는 거니까.

겨울바람이 온 세상을 뒤집어놓을 만큼 거세게 불던 날이었다. 밥을 다 먹고 상을 치우려는데, 마담한테 전화가 왔다. 언니는 다급히 전화를 받더니 알겠다는 말만 하고 끊었다. 그리고 가방을 들고 일어났다. 백곰은 언니를 못 가게 하려고 일부러 화를 내고 트집을 잡았다. 너 오늘 저녁까지 쉰다며. 마담이 너를 왜 부르냐. 정말 마담이 부른 거 맞냐. 어느 놈한테 달려가는 거냐. 그럴 거면 뭐 하러 왔냐. 더러운 년. 카센터 사장이 부른

거 내가 모를 줄 알아? 그 새끼는 얼마 주고 너 따먹냐. 아니야? 아니면 누구, 태성갈비 그 노친네? 개새끼들. 그 개새끼들한테 붙어먹는 너도 똑같은 년이야.

언니가 하얗게 질린 얼굴로 대꾸했다.

우린 티켓 안 한다니까!

웃기지 마. 요즘 티켓 안 끊는 데가 어디 있어.

난 안 해!

마담이 너를 잘도 가만두겠다, 쌍년아.

우린 그런 거 안 한다니까. 정말이야.

지랄, 차라리 평생 똥 뉘본 적 없다고 뻥을 까라, 씨발년.

언니가 입을 꽉 다물고 집을 나가려고 하자 백곰은 언니의 머리를 확 잡아채서 방구석으로 집어 던져버렸다. 백곰이 집에서 아무것도 안 하고 몸만 불리고 있는 건 언니를 단숨에 집어 던지기 위해서다. 나는 그걸 그제야 알았다. 구석에 처박힌 언니가 발딱 일어나는 것을 보고 백곰은 언니의 뺨을 쫙 때렸다. 휘날리는 긴 머리카락이 언니의 예쁜 얼굴을 온통 가렸다. 나는 좀 놀라기는 했지만, 가짜엄마 가짜아빠가 자주 하던 일들이니까 그렇게 기겁을 하거나 그러진 않았다. 나는 인형처럼 가만히 앉아 숨도 쉬지 않았다. 언니가 고개를 들면 백곰은 뺨을 또 때리고, 고개를 들기도 전에 또 때렸다. **쫙쫙쫙쫙쫙쫙.** 언니와 백곰은 마치 어떤 한계를 시험하는 사람들 같았다. 때릴 만큼 때리고 맞을 만큼 맞는 그 순간이 올 때까지 어떤 반성도 의심도 반항도 폭발도 없이 그저 기계적으로 때리고 맞는 거다. 그 행위는 백곰과 언니의 어떤 약속 같기도 했다. 정말 지긋지긋하다. 어른들은 하나같이 멍청하고 지긋지긋해서 나를 죽고 싶게 만든다.

백곰과 가짜아빠의 다른 점은 단 하나뿐이었다. 가짜아빠는 가짜엄마의 몸 곳곳을 닥치는 대로 때렸지만 백곰은 오직 언니의 뺨만 때렸다. 가장 잘 보이고 가장 예쁘고 가장 연약한 그곳을. 언니의 왼쪽 볼이 잘 익은 홍시처럼 빨갛게 부어오르고 얇은 입술에서 새빨간 피가 나는 것을 확인한 뒤에야 백곰은 주먹질을 멈췄다.

됐다, 이제 가라.

백곰은 야비하게 웃었다. 그 몰골로 가면 카센터 박 사장이 열라 좋아하겠다, 그지? 언니는 입술을 잘근잘근 씹기만 할 뿐 어떤 대꾸도 하지 않았다. 그리고 매질이 멈추기만을 기다렸다는 듯 신발을 꿰신고 밖으로 나갔다. 나도 언니를 따라가려고 신발을 주워 신는데, 야! 백곰이 나를 불렀다. 힐끔 돌아보니 백곰은 나를 향해 손가락을 까딱거리고 있었다. 그러든 말든 나는 신발을 신고 현관문을 열었다.

이리 오라고, 이 고아년아.

그 순간 나는 세상에서 가장 거대한 빨대를 봤다. 백곰이 그

빨대에 입을 대고 나를 훅, 빨아 당기자마자 나는 지옥의 밑바닥으로 와락 빨려 들었다.

장미가 그러던데, 너 쓰레기 주워 먹고 사는 거지새끼라며? 처음 봤을 때 너한테서 지린내에 사람 썩은 내가 풀풀 풍겼다던데. 너 집도 없지? 매일 밤 어디서 자냐? 너도 자지 빨아주고 사냐? 벌써 그 맛을 알아?

장미가 그러더라는 말에 나는 한 번 넘어졌다.

너 때문에 졸라 피곤해 쌍년아. 너 그만 달고 오라고 생지랄을 다해도 그년은 불쌍한 애 지가 거둬야 된다고 지랄발광이고. 씨발, 불쌍하기로 치면 지가 더 좆같은 인생이면서. 새끼야, 너 때문에 내가 지금 한 달째 못 싸고 있잖냐.

백곰은 손바닥 두 개를 맞부딪치며 이상한 소리를 냈다.

이리 와서 내 것도 한번 빨아봐.

백곰이 손가락을 까딱거리며 나를 불렀다.

나는 이미 한 번 넘어졌기 때문에 다시 넘어지는 것 따위 겁나지 않았다. 나는 현관에 선 채로 백곰을 노려봤다. 눈알이 뒤통수로 돌아갈 만큼 온 힘을 다해서.

니가 아무리 좁쌀만 해도 씨발년은 씨발년이지, 안 그래?

백곰의 묵직한 두 다리가 거대한 못을 박듯 쿵쿵쿵쿵 내 앞으로 다가왔다. 나는 바로 옆의 싱크대에서 칼을 빼 들었다. 백곰은 두 손을 위로 들어 올리며 피식 웃었다.

그걸로 뭐, 찌르겠다고?

못할 것 같아?

아마 그 집에서 내가 처음 한 말인 것 같다. 백곰과 함께 있을 땐 내내 입을 다물고 있었다. 짐승이랑은 말이 안 통하니까.

돼지새끼처럼 처먹을 줄만 알고, 너, 니 손으로 쥐새끼 하나 못 잡지?

백곰의 표정이 서서히 굳어갔다.

난 니 창자까지 뜯어 먹을 수 있어.

나는 칼을 꼭 쥐고 또박또박 말했다. 백곰의 눈엔 내가 열 살도 안 된 어린애로 보이겠지만, 나는 이미 태어나기도 전에 보고 듣고 짐작하는 천년의 세월을 살았다. 태어나서는 그보다 훨씬 지독한 세월을 단숨에 견뎌냈다. **맞고 때리고 지르고 울고, 부수고 찌르고 할퀴고 물고, 박살내고 집어 던지고 다치고 도망가고, 닦고 짓이기고 삼키고 내 혀부터 씹어대는 그런 것들.** 입으로 주먹으로 나불댈 줄만 아는 백곰은 내가 아는 것의 천만 분의 일도 모를 것이다. 백곰이 상을 뒤엎어 들었다. 나는 온몸을 던지듯 칼을 집어 던졌다. 머리 위로 날아간 상이 현관문에 부딪쳤다. 백곰의 입에서 시뻘건 신음이 흘러나왔다. 백곰의 두툼한 발등 위에 비스듬히 꽂힌 칼. 덜 닫혔던 문이 스르르 열리며 날 선 바람이 방 안으로 다급히 몰려왔다.

4...

나는 장미언니를 더 이상 믿지 않는다. 백곰에게 내가 고아에 불쌍한 년이라고 떠벌려서가 아니라, 더러운 백곰 집에 나 혼자 두고 가서가 아니라, 짐승을 애인이라고 생각하는 등신이어서가 아니라, 백곰에게 맞고서도 가만있었기 때문이다. 그런 사람은 나의 진짜엄마가 될 자격이 없다. 엄마가 가짜가 된 이유도 그 때문이다. 가짜엄마는 그냥 맞고만 있었다. 나는 그게 너무 싫었다. 처음엔 모든 게 내 탓인 줄 알았다. 내가 보기에 아빠가 엄마를 때릴 이유는 하나도 없었으니까. 아빠는 토끼 같은 사람이었다. 곤히 잠들었을 때도 쥐의 걸음 수를 헤아릴 만큼 예민했고 하얀 밥에 반찬 양념 묻히는 걸 싫어할 만큼 깔끔했으며, 누군가에게 나쁜 말을 들으면 맨살을 사포로 문댄 것처럼 오랫동안 아파했다. 그런 사람이 단숨에 괴물로 변해서 여자를 미친 듯이 때리는 데엔 분명 이유가 있을 텐데, 아무리 생각해도 엄마에게는 아무 문제가 없었다. 엄마는 마음이 전화번호부 책장처럼 여리고 투명했다. 엄마의 마음이 구겨질 때마다 **바스락 바스락 바스락.** 그 소리 때문에 귀가 아파 죽을 지경이었다. 나는 한 번도 고기반찬을 먹어본 적이 없는데, 그건 엄마가 고기를 못 먹기 때문이다. 엄마는 고기의 벌건 살을 만지지도 못할 만큼 겁이 많았다. 내 몸에서 피가 나면 엄마가 먼저 울었다. 그런데도 자기가 맞을 때는 찍소리도 안 했다. 왜 그랬을까? 그 이유를 알 수가 없어서, 도무지 찾을 수가 없어서 나는 결국 모든 게 내 탓이라는 결론을 내렸다. 내가 죽어서 없어지면 아빠가 엄마를 때리지도 않을 테고, 엄마도 맞고만 있진 않을 것이라고 생각했다. 그러면 아빠와 엄마는 진짜 사이좋고 행복한 가정을 갖게 될 거라고. 그래서 처음엔, 그러니까 두 사람이 모조리 가짜라고 생각하기 전에는 나만 죽으면 만사 오케이다, 그런 생각을 했다. 하지만 나는 쉽게 죽지 않았고, 내가 살아남았기 때문에 아빠는 엄마를 계속 때렸다.

죽기가 너무 힘들어서 죽은 척도 해봤다. 하지만 아무도 내가 죽은 척만 하는지, 진짜 죽었는지 신경 쓰지 않았다. 그들은 살던 대로 살았다. 그래서 나는 알았다. 아, 아무도 내겐 관심이 없구나. 내가 살았는지 죽었는지는 애당초 그들의 관심사가 아니었구나. 나는 살아 있어도 죽은 애로구나. 나는 죽고 싶어 하는 것도, 죽은 척하는 것도, 어떻게든 살아남으려 애쓰는 것도 다 그만두고 그들을 가짜로 만들어버렸다. 당신들은 어차피 가짜니까 때리든 맞든 죽든 살든, 내 알 바 아니야. 나는 진짜를 찾을 거야. 그래서 행복해질 거야. 행복이 뭐냐고? 행복은 진짜다. 나는 아직까지 진짜를 본 적이 없으니까, 그게 어떤 건지는 잘 모른다. 하지만 딱 보는 순간 알 수 있다. 장담한다. 진짜란 그런 거니까.

나는 진짜를 찾기 위해 가짜를 하나하나 수집하는 중이다. 세상의 가짜를 다 모아서 태워버리면 결국 진짜만 남을 것이다. 시간은 좀 오래 걸리겠지만, 그게 제일 확실한 방법이다. 나는 첫 번째로 가짜아빠를 태웠고, 그리고 가짜엄마를 태웠고, 그리고 장미언니를 태웠다. 백곰은 말할 것도 없다. 그들은 바싹 마른 종이인형처럼 활활 잘도 타올랐다. 다 타버린 그것들은 모두 공평하게 재가 되었다. 그래, 가짜니까 타버리는 거야. 진짜는 아무리 태워도 타지 않지. 나는 올바른 선택을 한 나를 칭찬했다. 하지만 아무리 스스로를 칭찬해도 괴로움 같은 건 절대 사라지지 않았다.

더 이상 황금다방에는 가고 싶지 않았다. 흔해빠진 가짜가 된 장미언니도 보기 싫었고, 마담의 욕지거리도 듣기 싫었다. 장미언니를 좋아할 때는 마담이 아무리 욕을 해도 상관없었지만, 이젠 마담의 욕이 작살처럼 나를 자꾸 찌르는 것 같았다. 게다가 찬수의 겨울방학도 거의 끝나가니까. 찬수가 학교에 있을 시간에 내가 황금다방에 있으면 사람들은 내가 학교에 안 다니는 애라는 걸 눈치챌 것이다. 그럼 마담은 나를 황금다방에서 쫓아낼 것이고, 찬수와도 못 만나게 할 것이다. 시간이 별로 없다. 찬수가 개학을 하기 전에 진짜엄마를 찾아야 한다.

평소보다 많은 사람들이 역을 드나들기에, 오늘은 왜 이렇게 사람이 많으냐고 혼잣말을 했더니 찬수가 대꾸했다. 내일이 설날이잖아. 설날이 뭐더라. 명절이라던가. 그땐 가족들이 다 모여서 맛있는 것을 해 먹는다고 들었다.

우린 아무 데도 안 가.

묻지도 않았는데 찬수가 먼저 말했다.

그렇지만 떡국은 먹어. 그래야 한 살 더 먹는 거니까.

내일은 다방에 오지 말아야겠다고 생각했다. 나도 가족들과 맛있는 음식을 먹는 척해야지. 너, 한복 있어? 찬수가 물었다. 세뱃돈을 많이 받아서 내가 인형을 다 뽑아버릴 거야. 찬수는 혼자 묻고 혼자 대답했다. 세뱃돈이 뭐냐고 물어보고 싶었지만, 묻지 않았다. 그런 건 물어보면 안 된다. 나도 아는 척을 해야 한다. 내일은 나도 떡국을 먹고 한복을 입고 세뱃돈을 많이 받을 것이다. 그런 연기쯤이야 얼마든지 할 수 있다. 그래서 나를 고아라고 떠벌리는 장미언니의 코를 납작하게 해줄 것이다.

찬수가 창문 아래로 걸쭉한 침을 뱉었다. 갈색 고양이 한 마리가 도망갔다. 야, 하지 마. 찬수를 밀쳐냈다. 역 근처에 사는 길고양이인데, 종종 나와 눈도 마주친다. 고양이는 매일 어디서 잘까. 고양이가 자는 곳에서 나도 자고 싶다. 고양이가 옥상과 담벼락을 마구 뛰어오르듯 나도 그랬으면 좋겠다. 낯선 상대를 만나면 절대 기죽지 않고 노려보듯, 나도 그러고 싶다. 옷을 입지 않고도 추위를 잘 견디는 고양이처럼 나도 옷 없이 살고 싶다. 고양이처럼 소리 없이 걷고 싶고, 씻지 않고도 늘 깨끗하고 싶다. 고양이는 절대 흔적을 남기지 않는다. 음식도 부스러기 하나 없이 말끔히 먹어치우고 똥오줌은 반드시 흙으로 가린다. 내가 고양이라면 아무에게도 들키지 않고 세계 곳곳을 돌아다니며 금세 진짜부모를 찾을 수 있을 텐데.

야, 저거 지금 뭐 먹는 거지?

찬수가 아래를 빤히 보며 물었다. 찬수가 가리키는 곳엔 아까 그 고양이가 있었다.

쥐네.

나는 고양이처럼 두 손을 창턱에 걸쳐놓고 말했다.

쥐?

응.

무슨 쥐?

쥐도 모르냐, 멍청아.

아니, 무슨 쥐. 시궁창에 사는 그런 쥐?

그런 데서도 살고, 뭐 아무 데서나 살지.

더러운 쥐를 먹는다고?

나는 대꾸를 안 했다. 자꾸 같은 걸 물어보니까.

쥐를 어떻게 먹어?

아, 씨. 잡아먹겠지.

(학교에선 그런 걸 안 가르쳐주나.)

살아 있는 쥐를 잡아먹는다고?

(찬수는 정말 등신인 걸까?)

아닐 거야. 생선 대가리 같은 거겠지.

찬수가 고개를 설레설레 흔들며 말했다.

저기 봐. 꼬리 있잖아. 쥐 꼬리.

고양이가 물어뜯는 먹잇감엔 가느다란 꼬리가 분명 달려 있었다.

아니야!

찬수가 대뜸 소리를 질렀다. 그 소리를 듣고 놀란 고양이가 먹잇감을 물고 더 어두운 곳으로 잽싸게 피했다.

넌 학교에서 그런 것도 안 배우냐?

나도 모르게 학교 얘기를 꺼내고서 뜨끔했지만, 찬수는 그런 건 신경도 안 쓰는 것 같았다. 찬수는 오직 고양이가 살아 있는 쥐를 잡아먹는 사실에만 온 신경을 집중하고 있었다.

내가 저 고양이를 얼마나 좋아하는데!

(그래서, 뭐. 나도 저 고양이를 아주 좋아한다.)

내가 저 고양이 먹으라고 소시지도 저기 갖다 놓고 그랬어. 근데 왜 쥐 같은 걸 잡아먹겠어?

찬수는 심지어 울려고도 했다.

쟤는 아마 소시지보다 쥐를 더 맛있어할걸?

쥐같이 더러운 건 아무도 안 먹어!

찬수는 사실을 말하는 나를 거짓말쟁이로 몰았다.

쥐가 왜 더럽냐.

시궁창에 사니까.

그럼 고양이도 더럽지.

고양이가 왜 더러워!

고양이도 시궁창에 사니까.

고양이는 그런 데서 안 살아.

그럼 어디서 사는데?

아무튼 그런 데서 안 살아.

니가 봤어?

찬수는 단호하게 고개를 끄덕였다.

뻥치지 마.

너나 뺑치지 마. 거지새끼야.

한동안 그렇게 안 부르더니. 찬수는 왜 말도 안 되는 걸 자꾸 우기지? 쥐도 시궁창에서 살고, 고양이도 시궁창에서 살고, 나도 시궁창에서 산다. 시궁창에서 살면 더러운 건가. 더러운 거면, 싫어해야 하나. 찬수처럼 화를 내야 옳은 건가. 그래, 뭐. 화를 낼 수도 있다. 싫어할 수도 있다. 하지만 그런 찬수 때문에 나도 화가 났다. 찬수도 화를 낼 수 있으니 나도 화를 낼 수 있다. 찬수는 오늘도 내게 빨간 젤리를 줬다. 그리고 내가 숙제를 대신해줄 때는 내게 우유와 곰보빵도 줬다. 빨간 젤리와 우유와 곰보빵을 먹는 내 입에 자기 혀를 집어넣기도 했다. 내 허락도 없이. 찬수의 입에서는 똥 냄새가 났다. 아니, 내 입에서 나는 냄새인지도 모른다. 누구의 입에서 나는 냄새건 간에, 우리 입에서는 똥 냄새가 난다. 그런 냄새는 고양이의 입에서도 날 것이고 쥐의 입에서도 날 것이다. 찬수는 자기 입에서 똥 냄새가 나는 줄도 모르고 쥐를 더럽다고 하고, 쥐를 먹는 고양이는 싫다고 한다. 그럼 매일 밤마다 수십 마리의 쥐와 같이 잠을 자는 나는?

쥐가 더러우면 고양이도 더럽고 세상이 다 더러워!

나는 눈을 하얗게 치뜨고 이를 드러내며 쏘아붙였다.

마담이 죽어서 땅에 묻으면 쥐가 마담을 다 갉아 먹을 거야. 그 쥐를 고양이가 잡아먹고 쥐똥 고양이똥 사람똥 뭐든 닥치는

대로 씹어 먹어서 뒤룩뒤룩 살이 찐 돼지를 너는 맛있다고 잡아
먹겠지. 너는 마담을 씹어 먹게 될 거야! 아주 맛있게!

　싸울 줄은 모르고 우길 줄이나 아는 찬수는 아니야, 아니
야, 아니야란 말만 수십 번 반복했다. 그러거나 말거나 나는 계
속 말했다. 니가 제일 좋아하는 다방의 금붕어를 저 고양이한테
던져 줘볼까? 니 뱃살을 잘라서, 니 손가락을 잘라서, 니 눈알을
뽑아서 던져 줘볼까? 니 살을 돼지고기에 섞어서 마담에게 줘볼
까? 배가 고프면 뭐든지 먹어. 먹을 수 있어. 배가 안 고파도 맛
있으면 뭐든 다 먹어. 그게 더러워?

　찬수는 하얗게 질린 얼굴로 울음을 터뜨렸다. 아니나 다를
까. 즉시 뛰어온 마담에게 찬수는 어버버버 말했다. 내가 엄마
를 먹는대. 내가 엄마를 먹을 거래. 마담은 역시나 찬수의 말을
제대로 알아듣지 못했고, 그러면서도 다짜고짜 내게 달려들었
다. 이 돼먹지 못한 언나가 또 우리 아들을 잡아먹고 지랄이야!
잡아먹는다는 소리에 찬수는 더 자지러지게 울었다. 어차피 개
학도 가까워오고, 내일은 설날이고, 마담은 나를 싫어하고, 나
는 장미언니가 싫고, 찬수는 싫으나 마나 등신 같은 울보고, 아
무리 역을 둘러봐도 진짜부모는 찾을 수가 없고, 나는 더 이상
이 지긋지긋한 사람들을 견딜 수가 없다. 나는 맞고만 있는 가
짜가 아니다. 나는 마담의 손을 앙 물어버렸다. 마담이 소리를
지르며 내 머리를 마구 때렸지만, 나는 내가 맞은 만큼, 내 안의

상처만큼 마담을 물어뜯을 작정이었다. 찬수까지 내게 달려들어 내 머리카락을 마구 쥐어뜯었지만, 그까짓 머리카락, 다 쥐어뜯어버리라지. 어차피 장미언니가 만들어준 단발머리다. 마음에 안 들었다. 내 손으로 다 뽑을 수만 있다면 다 뽑아버리고 싶었으니까. 나는 내 이빨로 마담의 손가락을 끊어버릴 것이다. 끊어서 찬수가 즐겨 먹는 돼지고기 반찬에 숨겨놓을 것이다. 찬수가 맛있게 제 엄마의 손가락을 씹어 먹는 걸 볼 때까지, 나는 절대 마담에게서 떨어지지 않을 것이다.

나는 부드럽고 따뜻한 물속에서 태어났다. 콩알만 한 두 손으로 엄마의 구멍을 잡아 늘이자 바깥세상이 정수리로 뚝뚝, 떨어졌다. 엄마 안에서만 일생을 살아온 내게 세상은 처음부터 너무 서늘하게 굴었다. 나는 최초로 다짐했다. 아주 조금씩만 세상에 젖어가야지, 절대 흠뻑 빠져들지 않을 거야. 밖으로 나오자마자 차가운 공기가 맨살에 쩍쩍 들러붙었다. 사람들은 내가 보지도 듣지도 말하지도 못한다고 믿었으나 나는 이미 보고 듣고 말하는 일생을 천년 넘게 보낸 존재였다. 포대기에 싸인 나는 장갑만큼 작았다. 엄마 아빠는 사람들에게 축복받느라 나를 지킬 틈이 없었다. 벙어리장갑 한 짝이 눈밭에 떨어지듯 나는 땅바닥에 떨어졌다. 가짜아빠는 언제나 땅만 보고 걸어 허리가 구부정했다. 눈 속에 파묻힌 나는 죽어가는 생쥐처럼 몸을 뒤틀었다. 가짜아빠는, 분명, 그랬다. 먹을 것인 줄 알고 나를 집어 들었다. 당장은 너무 작아 먹을 수 없지만 언젠가는 먹음직스럽게 크겠지. 더러운 주머니 속에 나를 담으며 가짜아빠는 분명 그렇게 생각했다.

2부

태백식당 할머니

5...

설날 아침. 나는 장미언니가 사 준 옷을 입고 바비인형을 허리춤에 끼고 집을 나왔다. 장미언니가 사 준 옷을 버리고 싶은 마음이야 굴뚝같았지만 더럽고 냄새나는 옷을 입은 채 진짜엄마를 만날 수는 없으니까 꾹 참고 입었다. 현관문을 잠근 뒤 열쇠는 하수구에 버렸다. 두 번 다신 돌아오지 않을 테니까.

내가 예쁘고 깨끗한 옷을 입고 있으니까 역의 아저씨도 나를 쫓아내지 않았다. 나는 역의 기다란 의자에 앉아 오가는 사람들을 찬찬히 살폈다. 점심시간이 지나고 해가 땅에 점점 가까워질수록 역을 드나드는 사람들은 점점 많아졌다. 그들은 나보다 더 예쁘고 따뜻한 옷을 입고 짐을 가득 들고 있었다. 어떤 짐에서는 고소한 기름 냄새가 솔솔 피어났다. 배고픔을 느끼지 않으려고 나는 열심히 딴생각을 했다. 내 머릿속에는 진짜엄마가 될 사람의 여러 가지 형태가 떠올랐다. 일단은 얼굴이 메추리알처럼 희고 작아야 한다. 그리고 힘이 세진 않더라도 맞고만 있진 않아야 한다. 메추리알 같은 얼굴이야 딱 보면 알겠지만, 맞고만 있지 않는 건 어떻게 알 수 있지? 내가 막 때려봐야 하나? 아무튼. 또 진짜엄마는 나도 좋아할 수 있는 진짜아빠를 사랑해야 한다. 진짜아빠라고 해서 뭐 거창한 조건을 가져야 하는 건 아니다. 일단 엄마나 나를 무시하지 않고, 괴물로 변해 엄마나 나를 때리지 않으면 되고, 밥상을 뒤엎거나 칼을 휘두르거나 그러지만 않으면 된다. 그리고 이건 굉장히 중요한 건데, 진짜엄마는 내가 살아 있다는 것을 언제나 알고 있어야 한다. 그래서 내가 죽은 척을 하면 금방 알아채야 한다. 그리 어려운 조건은 아니지 않나? 어렵기로 치자면 그런 사람을 단번에 찾아야 하는 내가 더 어렵지.

　아무리 딴생각을 해도 배고픔은 더 극성스러워졌다. 기름 냄새가 솔솔 새어 나오는 짐 보따리에 나도 모르게 눈이 갔다. 그 짐의 주인은 뽀글뽀글 파마머리에 약간 굽은 허리의 할머니였는데, 까무잡잡한 얼굴에 빨갛게 칠한 입술이 인상적이었다. 할머니의 얼굴엔 골판지 같은 주름이 자글자글 새겨져 있었다. 그 주름을 모두 세어보면 할머니의 나이를 알 수 있을 것도 같았다. 할머니는 기차표를 한 손에 꼭 쥐고 다른 손으로는 보따리 속의 지짐을 한 개씩 꺼내 먹었다. 기름 묻은 할머니의 손가락을 보고 있자니 저절로 침이 꿀꺽 넘어갔다. 나도 한 개만 아니, 세 개만 먹었으면 좋겠다. 안 된다면 할머니의 손에 묻은 기름이라도 빨아 먹고 싶다고 생각하는데, 할머니가 지짐 하나를 불쑥 내밀었다.

먹어라.

내가 그 지짐을 빤히 보고만 있자 할머니가 다시 말했다.

먹어라. 안 죽는다.

지짐은 아주 차가웠고 입속에서 금방 녹아 사라졌다. 할머니는 지짐 하나를 더 꺼내 주더니 아예 보따리의 매듭을 풀어버리고 비닐봉지에 담긴 지짐을 몽땅 내놓았다.

니랑 내랑 다 먹어치우자.

혹시 나를 놀리는 게 아닌가 싶어 할머니 눈치를 몇 번 살핀 후, 나는 지짐을 마구 집어 먹기 시작했다. 지짐이 다 사라지자 할머니는 보따리에서 다른 비닐봉지를 꺼냈다. 그 속에는 단 과자가 가득 들어 있었다. 할머니는 또 그것을 습관적으로 씹어댔다. 나는 지짐을 집어 먹듯 과자를 집어 먹었다. 그것은 바삭바삭하고 하얗거나 분홍색이었고 꿀을 바른 듯 달콤했다. 곧 배가 불러왔지만, 나는 계속 먹었다. 할머니는 배를 채우기 위해서가 아니라 심심하니까 먹는 것처럼 보였다. 할머니 집에 가면 왠지 먹을 게 천장 끝까지 쌓여 있을 것 같았다.

니 어마이 아바이는 어디 있나?

할머니가 자글자글 주름진 입술을 슥 닦으며 물었다. 나는 대답하지 않고 할머니처럼 과자를 씹기만 했다.

니 여기 아라?

씹던 과자를 꿀꺽 삼켰다.

이 간나 버버리라?

내가 계속 대답을 안 하자 할머니가 내 어깨를 툭 치고 손으로 자기 입을 꾹 잡더니 고개를 절레절레 흔들었다. 말을 못하냐고 행동으로 묻는 듯했다. 나는 고개를 끄덕였다. 말을 못하는 척하는 게 편할 것 같았다. 할머니는 쯧쯧, 혀를 찼다. 그리고 역 주위를 휘휘 둘러봤다. 나의 부모를 찾는 것 같았다. 나는 할머니가 역무원 아저씨한테 나를 갖다 줄까 봐 긴장을 했다. 곧 기차가 도착한다는 방송이 나왔다. 나는 자리에서 벌떡 일어났다. 여기 아무리 앉아 있어봤자 진짜엄마를 찾긴 그른 것 같으니 우선 기차를 타고 아무 데로나 가자. 아주 먼 곳으로 가면 좋겠지만 일단 이곳이 아니라면 어디든 좋다. 내가 일어나는 것을 보고 할머니도 주섬주섬 짐을 꾸려 일어났다. 그리고 나를 앞질러 갔다. 나는 할머니 등 뒤에 딱 붙어 걸었다. 남들이 나를 할머니의 손녀라고 봐주면 표를 사지 않고도 기차를 탈 수 있을 것이다. 할머니는 나를 힐끔 돌아보더니 아무 말도 없이 개표구를 빠져나갔다.

황금다방 2층에서나 보던 플랫폼에 나도 드디어 서게 되었다. 다방에서 보던 이곳은 정말 딴 세상 같았는데, 단 스무 발자국 만에 다다를 수 있는 곳이라니. 나는 플랫폼에 선 채로 황금다방을 쳐다봤다. 창문에 턱을 괴고 이곳을 내다보는 단발머리 여자아이. 그 아이가 나를 향해 손을 흔들었다. 나는 모른 척 고개를 돌렸다가, 다시 그곳을 바라봤다. 여자아이가 울고 있었다. 그래서 나는 그게 나의 상상이란 걸 알았다. 나는 절대 울지 않으니까. 여자아이가 작은 고양이로 변해 창문에서 뛰어내린다. 등을 둥글게 말면 아무리 높은 곳에서 떨어져도 다치지 않지. 고양이는 땅바닥에 놓아둔 소시지를 먹는 대신 팔팔하게 살아 있는 쥐를 잡는다. 쥐의 목을 콱 문 뒤 앞발로 꾹 밟고 죽을 때까지 침착하게 기다린다. 죽어가는 쥐에서 가짜아빠 냄새가 난다. 그 쥐는 가짜아빠를 갉아 먹은 쥐다. 여자아이였던 고양이는 쥐를 흔적도 없이 몽땅 먹어치운다. 빨개진 입술을 혀로 훔친다. 가짜아빠를 갉아 먹은 수백 마리의 쥐 중 한 마리를 해치웠다. 수백 마리를 다 먹어치우려면 아직 한참 멀었지만 배는 또 금방 고파질 테니까 문제없다.

할머니는 영감의 산소에 다녀오는 길이라고 했다. 내게 한 말이 아니라 옆에 앉은 아줌마에게 한 말이었다. 영감한테 잘 보이려고 입술도 빨갛게 칠했다고 했다. 그 영감 생전에도 분 바른 내 얼굴을 아주 좋아했거든. 아줌마가 자식들은 어쩌고 혼자서 다녀오냐고 물었다. 할머니는 자식 같은 거 없다고 했다. 아줌마가 급히 말을 얼버무리다가 나를 봤다. 그럼 옆에 언나는 누구래요? 나는 자는 척했다. 이 간나는 설에 왜 지 혼자 돌아댕기나. 할머니가 내 머리를 쓸어 넘기며 중얼거렸다. 나는 더 깊이 자는 척하다가 그만 진짜 잠이 들어버렸다.

할머니가 나를 흔들어 깨웠다. 얼핏 눈을 뜨자 할머니는 짐을 들고 자기를 한 번 가리키더니 창밖을 가리켰다. 자기는 이제 내릴 거라는 뜻 같았다. 할머니의 눈빛이 너는 어떻게, 여기서 내릴 거냐고 묻는 것 같았다. 나는 할머니를 따라 일어났다. 할머니는 역을 나오자마자 내 손을 잡고 파출소로 가려고 했다. 나는 본능적으로 알았다. 절대 경찰의 손에 잡히면 안 된다는 걸. 경찰에게 잡히면 진짜엄마를 찾지도 못하고 나는 진짜 고아가 될 것이다. 나는 할머니의 손을 뿌리쳤다. 할머니가 다시 내 손을 잡아끌었다. 할머니를 밀어버리고 무작정 달렸다. 야, 야이 간나야! 바닥에 넘어진 할머니가 나를 불렀다. 근처에 있던 사람들이 할머니를 일으켰고 내 옆을 지나가던 아저씨가 내 어깨를 꽉 움켜잡았다. 나는 아저씨의 손에 번쩍 들려 할머니에게로 옮겨졌다. 아저씨가 나를 가리키며 도둑년이냐고 물었다. 할머니는 아니라고 했다. 자기 손녀라고 했다. 아저씨가 나를 바닥에 내려놓았다. 할머니는 이 간나가 버르장머리가 없어서 걱정이라고 말했다. 그러면서 내 엉덩이를 때렸는데, 때리는 시능만 해서 하나도 아프지 않았다. 할머니는 아저씨에게 고맙다고 인사를 했다. 아저씨는 할머니 말 잘 들으라며 내 머리를 한 번 쥐어박았다. 할머니가 나를 파출소로 끌고 갈까 봐 나는 다시 달아나려고 했다. 할머니가 내 손을 꽉 쥐며 말했다.

야, 야, 가자. 일단 내 집에 가자.

할머니는 시장 제일 안쪽에 있는 태백식당으로 들어갔다. 식당은 아주 작았다. 식탁도 네 개밖에 없었는데, 제일 구석에 있는 식탁 위에는 잡다한 물건이 올라가 있어 상을 차릴 수 있는 식탁은 세 개뿐이었다. 할머니는 주방 옆에 붙은 쪽방에 나를 앉혔다. 작은 옷장과 화장대가 있는 방이었다. 군데군데 까만 흉터가 새겨진 누런 바닥엔 두꺼운 이불이 깔려 있었다. 할머니가 내 손을 잡고 이불 속으로 집어넣으며 중얼거렸다. 이 간나가 버버리라 부모가 야를 버렸나? 식당 문 열리는 소리가 들렸다. 할머니가 고개만 빠끔 내밀며 소리쳤다. 오늘 장사 안 한다우. 하지만 식당에 들어온 사람을 보고는 벌떡 일어나 식당으로 나갔다.

아이, 덕이네.

할매 떡국은 자셨소?

나는 영감 무덤에 갔다 왔어.

추운 날 고생하셨네. 내는 할매랑 농가 먹을라고 떡국 좀 뎁혔어요. 할매나 나나 적적한 날인데 우리끼리라도 명절 기분 내야 안 되나 싶어가.

주방에서 그릇 꺼내는 소리가 났다. 찬수가 말하던 떡국이란 걸 나도 좀 보고 싶었지만, 잠자코 있는 게 좋을 것 같아서 숨도 쉬지 않고 가만히 앉아 있었다. 할머니가 방으로 얼굴을 디밀더니 이리 나오라는 손짓을 했다.

과연 떡국은 맛있고 배부른 음식이었다. 왜 떡국을 먹어야 한 살 더 먹는 건지 이해가 되었다. 나는 한 살만큼의 세월을 먹듯 떡국을 알차게 먹었다. 할머니는 또 내 머리를 쓰다듬었다. 그러면서 떡국을 가지고 온 아줌마에게 이 간나가 버버리라는 둥, 어마이가 버리고 간 것 같다는 둥 나를 만나게 된 과정을 상세하게 이야기했다. 아줌마는 세상천지 어떤 어마이가 설에 아를 내버리느냐며, 천벌을 받을 거라고 했다. 떡국을 다 먹고 나니 다시 잠이 왔다. 나는 앉은 채로 꾸벅꾸벅 졸았다.

할머니는 식당에서 콧등치기국수를 팔았다. 할머니의 국수는 먹으면 금방 배가 불렀지만 또 금방 배고파지는 국수였다. 그래서 먹자마자 또 먹게 되는 국수였다. 할머니 식당에서 처음 잠든 밤, 나는 내일 당장 이곳을 떠나야겠다고 생각했다. 할머니가 나를 경찰에게 갖다 줄까 봐 불안한 데다 무엇보다 나는 진짜엄마를 찾아야 하니까. 하지만 할머니가 만들어주는 국수가 너무 맛있고, 떠나려고 하면 또 배가 고파지고 그래서 한 그릇만 더 먹고, 딱 한 그릇만 더 먹고 하다가 결국 떠날 수가 없게 되었다.

식당에 처음 오는 손님들은 할머니에게 여기서 뭘 파느냐고 물었다. 할머니는 국수도 팔고 밥도 팔고 막걸리도 있다고 일일이 대답했다. 식당엔 메뉴판이 없었다. 할머니가 글을 쓸 줄도 읽을 줄도 몰랐기 때문이다. 나는 달력 하나를 찢어서 메뉴판을 만들었다.

코뜽치기국수 오천원
된장찌개 오천원
비빔밥 오천원
막걸리 이천원
소주 이천원

많이묵고 더묵고 냉기지마라

'많이 먹고 더 먹고 남기지 마라'는 할머니가 내게 국수를 줄 때마다 하는 말이었다. 할머니는 다 먹을 수 없을 만큼 많이 주면서도 남기는 걸 싫어했다. 음식을 남기면 벌 받는다고 했다. 벌을 받기 싫어서가 아니라 늘 배가 고팠기 때문에 나는 할머니가 주는 대로 다 먹었다. 할머니는 내가 만들어준 메뉴판을 아주 좋아했다. 할머니가 좋아하니까 나는 글씨 쓸 일이 또 없나 찾아다녔다. 달력을 찢어 의자에는 의자라고 붙이고 식탁에는 식탁이라고 붙이고 벽에는 벽이라고 써 붙였다. 냉장고에는 냉장고라고, 문에는 문이라고 붙였다. 할머니는 내가 써 붙인 글씨들을 골똘히 쳐다보다가 식탁이라고, 의자라고, 문이라고 말했다.

어느 날 새벽이었다. 할머니랑 같이 시장에 갔는데, 할머니가 무언가를 물끄러미 쳐다보더니 혼자서

'고'

라고 말했다. 할머니가 쳐다보는 곳에는 '고물 삽니다'라는 쪽지가 붙어 있었다. 할머니는 **고**물을 보고 냉장**고**의 **고**를 떠올린 것이다. 그날 시장에서 돌아와 나는 식당에 더 많은 글씨를 붙였다. 장판. 달력. 막걸리. 소주. 바닥. 쓰레빠. 화장지. 유리. 거울. 컵. 그릇. 옷. 하지만 물이나 불이나 바람 같은 것엔 글씨를 붙일 수가 없었다. 아침이나 밤 같은 것에도, 말이나 소리나 눈물이나 마음이나 웃음 같은 것에도. 나는 세금 영수증을 보고 할머니의 이름을 알아낸 뒤 할머니의 가슴에 '이분자'라는 글씨

도 붙였다. 그리고 내 가슴엔 '이간나'라는 글씨를 붙였다. 식당에 손님이 없을 때 (그러니까 하루의 대부분) 할머니는 사방에 붙은 글씨를 쳐다보고 소리를 냈다. 하지만 할머니는 돌아서면 까먹고, 김치를 썰다가 까먹고, 국수를 건져내다가 또 까먹었다. 할머니는 머릿속에 국수와 전쟁과 이북과 집 나간 자식의 마지막 모습, 남해의 몽돌과 유채꽃과 영감의 목소리와 눈매를 고이고이 간직하느라 글씨를 넣을 틈이 없다고 했다. 글씨를 아무리 구겨 넣어도 다시 퉁퉁 튕겨 나온다고 했다. 나는 머리에 넣을 게 없었기 때문에, 있어봤자 튕겨 나오면 더 좋을 것들만 갖고 있었기에 단번에 글씨를 다 집어넣을 수 있었나 보다. 나는 앞으로 내 머릿속에 넣을 것들을 생각해봤다. 진짜엄마를 집어넣고 진짜아빠를 집어넣고, 그다음은, 그다음은 도무지 떠오르지 않았다. 그런 상상은 정말 어렵다. 넣고 싶지 않은 것을 상상하는 건 아주 쉬운데.

할머니는 글자를 모르는 대신 숫자는 아주 잘 알았다. 할머니는 돈 계산의 왕이었다. 나라면 한참이나 계산해야 할 것을 할머니는 단번에 해냈다. 돈 계산을 할 때 할머니는 종이나 연필이나 계산기를 사용하는 대신 손가락과 머리만 이용했다. 그래도 절대 틀리는 법이 없었다. 또 할머니는 칼질도 아주 잘했고 바느질도 아주 잘했고 무거운 것도 잘 들고 청소도 굉장히 깨끗하게 잘했으며 한 번 본 사람의 얼굴은 절대 잊지 않았다. 할머니는 내 머리도 직접 잘라줬고 뜨개질을 해서 내 목도리도 만들어주고 옷도 만들어줬다. 그러니까 글씨쯤이야 몰라도 상관없다. 할머니는 글씨 빼고 모든 걸 다 아니까. 그러니까 나의 진짜엄마도 알 것 같다는 생각도 들었다. 혹은 진짜엄마들이 많은 곳이나, 뭐 그런 것들에 관하여. 하지만 할머니 앞에서 나는 말을 못하는 간나니까 그런 걸 물어볼 수는 없었다.

점심시간이 지나고 오후가 되면, 식당은 너무너무 고요해졌다. 위잉위잉 냉장고의 심장 소리, 바람이 문을 두드리고 도망가며 다라락 웃는 소리, 연탄난로 안에서 불꽃들이 둘러앉아 딱딱 고스톱 치는 소리, 수도꼭지가 깜빡 졸다가 침 흘리는 소리만 간간이 들리는 그 세계에서, 우리는 나란히 앉아 낡은 문 너머의 바깥세상을 구경했다. 할머니의 시간은 아주 느리게 흘러갔다. 나는 할머니보다 앞서갔다가, 제자리에 쪼그려 앉아 할머니의 시간이 어서 오기를 기다렸다. 그런 오후가 반복될수록 나는 자꾸만 진짜부모를 찾아야 한다는 것을 까먹었다. 그 이유를 까먹지 않으려고 아무리 애를 써도 내 머릿속은 사정없이 느슨해져서 진짜엄마 생각 따위는 콸콸 새어 나갔다. 할머니 대신 바늘에 실을 꿰는 동안엔 '진짜엄마를 찾아야 해!' 생각했다가, 실이 바늘에 쏙 들어가면 나는 또 할머니의 바느질에 정신이 팔려서 진짜엄마 따윈 잊고 말았다. 그렇게 얼마나 많은 시간이 흘러갔는지 모르겠다. 할머니가 만들어준 노란색 스웨터만 입고 다녀도 더 이상 춥지 않은 계절이 되었을 때, 할머니는 입술에 빨간색을 바르고 내 손을 잡고 식당을 나섰다.

　할머니가 가리키는 곳에는 학교가 있었다. 할머니는 학교를 가리키고, 나를 가리키고 걷는 시늉을 했다. 나는 고개를 저었다. 귀를 두 손으로 막고 입을 꽉 다물었다. 할머니가 손바닥에 글씨 쓰는 흉내를 냈다. 나는 다시 고개를 저었다. 할머니는 내 또래의 다른 아이들을 가리켰다. 그리고 그 아이들이 멘 책가방을 가리켰다. 나는 할머니 손을 탁 놓았다. 학교 따윈 가고 싶지 않은데, 할머니랑 하루 종일 같이 있고 싶은데, 그걸 어떻게 표현해야 할머니에게 전해질까? 할머니가 슬그머니 내 손을 다시 잡았다.

　간나야, 니는 핵교에 가야 돼. 니 몇 살이라? 니 부모가 니를 버렸다면 니를 다시 찾지도 않을 거다. 그럼 니는 내랑 살아야 돼. 그럼 내가 니를 핵교에 보내야 돼.

　할머니가 답답한지 내 손을 마구 흔들며 말했다. 그렇지만 난 아무것도 듣지 못하는 간나다. 나는 입과 귀를 가리키고 학교를 가리킨 다음 양팔로 가위표를 만들었다.

　니가 버버리라 핵교에서 안 된다 하믄 그럼 니는 또 다른 핵교라도 찾아가야 돼. 버버리를 받아주는 그런 핵교 말이다. 핵교에 안 가믄 등신이 돼. 니 아나?

하지만, 할머니도 학교에 안 다녔지만, 할머니는 못하는 게 없는 데다 돈 계산의 왕이잖나. 찬수는 학교에 다니면서도 등신이었고. 공부를 엄청 많이 했다던 백곰은 짐승이었다. 나는 다시 할머니 손을 탁 놓았다. 그리고 혼자 식당으로 돌아왔다.

나보다 조금 뒤늦게 식당으로 돌아온 할머니의 손에는 책이 들려 있었다. 찬수가 풀던 문제집과 비슷한 것이었다. 나는 할머니가 보는 앞에서 문제를 휙휙 풀어댔다. 할머니는 꾸부정하게 앉아 내가 하는 모양을 오랫동안 쳐다보다가 활짝 웃었다. 그때 처음 봤다. 할머니의 웃는 모습. 할머니가 웃으니까 나도 웃음이 날 뻔했다. 그래도 꾹 참았다. 하지만 웃음은 눈물과 달리 참는다고 쉽게 참을 수 있는 게 아니었다. 나는 참고 참다가, 도저히 참을 수가 없어서 아주 조금 웃었다. 내가 웃는 걸 보고 할머니가 또 웃었다. 봄바람이 창문을 와르르 훑으며 지나갔다.

6...

그날 이후 할머니는 툭하면 책을 사 오거나 얻어 왔다. 나는 할머니가 국수를 삶을 때나 설거지를 할 때나 식당을 청소할 때, 할머니가 나를 잘 볼 수 있는 곳에 앉아 책을 읽었다. 처음엔 읽는 척만 했는데, 나도 모르게 정말 읽고 있을 때가 많았다. 할머니 앞에서 소리 내어 책을 읽고 싶은 마음이 마구 샘솟기도 했다. 나는 아주 심각하게 고민했다. 할머니라면 책 읽는 나의 목소리를 아주 좋아할지도 모른다는 생각을 했고, 그러면 할머니가 또 웃을 것 같고, 그럼 나도 참고 참다가 웃게 될지도 모른다. 그런 생각은 진짜엄마를 상상하는 것보다 훨씬 따뜻하고 구체적이고 유쾌한 것이었다. 하지만 그건 나의 거짓말을 까발리는 짓이고, 그러니까 절대 행동에 옮기면 안 되는 상상이었다.

나는 즐거운 상상을 하지 않기 위해 억지로 인상을 썼다. 그리고 나를 괴롭게 했던 지난 기억을 마구 불러냈다. 옅어진 줄 알았던 그것들은 자기를 불러주길 기다렸다는 듯 부리나케 튀어나왔고, 조금씩 돋아나던 즐거운 상상은 금세 풀이 죽어 어두운 곳으로 기어들어갔다.

　나는 책 속의 단어들 중에 마음에 드는 것을 종이에 써서 식당 곳곳에 붙여놓았다. 할머니가 그 단어를 읽을 수는 없겠지만, 그래도 그 단어에서 번져 나는 따뜻하거나 몰랑몰랑한 기운을 느낄 수는 있을 것 같았다. 예컨대 '봉숭아'라든가 '초승달'이라든가 '난로' '햇살' '나비' 같은 것들. 할머니에게 고맙다는 말을 하고 싶었다. 사랑한다거나, 최고라는 말도 하고 싶었다. 나는 달력 뒷장에 '고마워'라는 글씨를 써서 벽에 붙였다. 할머니는 그 글씨에서 '고'를 읽었다. 나는 그 글씨를 가리키고 허리를 깊게 숙였다. 할머니가 그 글씨를 이해할 때까지 몇 번이고 허리를 숙였다. 고맙다고? 할머니가 말했다. 그리고 '고마워'를 한 글자 한 글자 가리키며 '고맙다'라고 읽었다. 어쨌든, 나는 만족했다. 할머니가 자글자글 주름을 만들며 환하게 웃었다. 사랑한다는 말은 어떻게 표현하지? 오랫동안 그 문제로 고민을 했지만, 사랑한다는 걸 행동으로 어떻게 나타내야 하는지 도무지 떠오르지 않아서, 결국 할머니에게 사랑한다는 표현은 할 수 없었다. 아쉬운 대로 벽에 그 글자를 붙여두기만 했는데, 할머니는 가끔 그 글자를 멍하니 쳐다보면서 중얼거렸다. 맛있다. 밥 먹어. 잘 잤어. 할머니가 '사랑해'란 글자를 보며 상상하는 어떤 단어든, 결국은 다 사랑에 포함되는 거라고 나는 생각했다. 사랑은 원래 그런 거니까.

할머니가 국수를 많이 줘서 나도 국수를 닮아가려는지, 처음 할머니를 만났을 때보다 키가 한 뼘 넘게 자라버렸다. 할머니가 줄어든 것일 수도 있다는 생각도 했지만 그 생각은 금세 취소해버렸다. 할머니는 날이 따뜻해질수록 자주 졸고 일찍 자고 더 느리게 움직였다. 어느 날은 오후의 노란 햇살에 둥둥 떠다니는 먼지를 물끄러미 보면서 혼잣말로 중얼거렸다. 날 풀리면 노인네들 기다렸다는 듯 많이들 가지. 추울 때 죽으면 새끼들 고생한다고, 죽는 날까지 새끼 생각해서 좋은 날 따뜻한 날 골라골라 가지. 죽어도 누구 하나 고생할 이 없는 내는 어째 그 긴 겨울 살아남아 이 어여쁜 봄을 다시 보고 있을꼬.

할머니가 내게 노란 원피스를 새로 만들어준 날, 나는 할머니 손을 잡고 장터 구경을 갔다. 그즈음 동네는 유난히 시끄럽고 요란했는데, 할머니는 무슨 축제가 있어서 그렇다고 했다. 축제에 가면 맛있는 것도 많고 신기한 것도 많으니 오랜만에 나들이 가자며 할머니는 입술을 빨갛게 칠하고 식당 문을 닫았다.

나는 할머니가 사 준 솜사탕을 들고 할머니와 함께 장터를 마구 누볐다. 솜사탕이 녹아 손이 끈적끈적해지면 할머니가 내 손가락을 쪽쪽 빨아주고 얼굴에 묻은 설탕도 침을 묻혀 지워줬다. 장터에선 별의별 것을 다 팔았다. 바구니에 온갖 잡동사니를 넣어놓고 전부 1000원에 팔기도 했고 과일 맛 나는 얼음물을 종이컵에 담아 팔기도 했다. 사람들이 다니는 길을 제외하면 모두 장사꾼들 차지였다. 평소엔 보지도 못했던 장사꾼들이 떼로 몰려와 사람들을 마구 붙잡았다. 가족들끼리 구경을 온 사람도 많았고, 아이들끼리 놀러 온 무리도 많았고, 술에 취해 큰 소리로 떠들어대는 아저씨도 많았다. 그들을 하나하나 구경하다가 나는 그동안 잊고 있었던 한 가지 사실을 떠올렸다.

그래, 맞아. 나는 진짜엄마를 찾고 있었지!

그 생각을 하자 갑자기 견딜 수 없을 정도로 화가 났고 짜증이 났고 아무튼 기분이 아주 개떡 같아졌다. 그런 것 따윈 찾고 싶지 않았고, 생각도 하기 싫었고, 아예 처음부터 모르는 것이었으면 좋겠고, 그렇지만 나는 그것을 찾아야 하고, 왜 그런지는 모르겠지만…… 그런데 정말, 나는 왜 진짜엄마 따위를 찾아야 한다고 생각했던 거지? 나는 내 손을 꼭 잡고 허리를 툭툭 치는 할머니를 봤다. 진짜엄마라고 해서 꼭 젊어야 하는 건 아니잖아? 주름살이 많고 얼굴이 검고 허리가 좀 굽었다고 해서 진짜엄마가 아니라는 법은 없잖아? 그러니까 나는 이미 진짜엄마를 찾은 건지도 모르지! 진짜엄마의 손을 잡고 따뜻한 5월의 축제를 즐기고 있는 것이다. 왜 아니겠어! 나는 할머니의 손을 꽉 잡았다. 할머니는 나를 때리지도 않고, 가짜아빠를 좋아하지도 않고, 언제나 내 숨소리에 귀를 기울이며 이렇게 예쁜, 노란 옷도 직접 만들어줬잖아. (지금은 좀 찌그러졌지만 옛날엔 할머니 얼굴도 메추리알 같았을 거야!) 할머니는 내가 손을 꽉 잡은 게 어떤 신호라고 느꼈는지, 나를 보고 사방을 보더니, 아, 고개를 끄덕였다. 할머니의 눈이 닿는 곳에는 한 무리의 사람들이 몰려 있었다. 커다란 스피커에선 아주 시끄러운 소리가 팡팡 터져 나왔고 사람들은 뒤엉킨 채 왁자지껄 웃어댔다. 망사 스타킹을 신고 미니스커트를 입은 남자가 마이크를 들고 노래를 부르면, 누더기를 걸친 남자가 그 노래에 맞춰 춤을 췄다. 밀짚모자를 쓴 남자가 북을 치고 꽃무늬 바지를 입은 남자가 가위를 찰칵찰칵 하면서 엿을 팔았다. 구경꾼들은 그들의 말 한 마디 동작 하나에 박수를 치며 마구 웃어댔다. 구경을 하던 아줌마 한 명이 그들의 장단에 맞춰 춤을 췄다. 마이크 잡은 남자가 아줌마의 춤 솜씨를 타박하자, 누가 등을 떠밀기라도 하듯 몇몇 할머니가 마당으로 몰려 나가 멋대로 춤을 췄다. 뭐가 그리 좋은지, 사람들은 지칠 줄 모르고 웃어댔다. 어른들의 겨드랑이 틈으로 나는 간신히 그들을 봤다. 내 옆에 있던 여자아이가 제 엄마에게 물었다. 저 사람들은 진짜 거지야? 아니, 거지인 척하는 거야. 왜? 재미있으라고. 원래는 집도 있고 돈도 있는 사람들이야. 축제가 있

는 곳이면 어디든 찾아다녀. 여기 말고 또 축제를 해? 그럼, 전
국 곳곳에서 다 해. 사람들이 많이 모이는 곳이면 어디든지 가
는 각설이야. 나는 그 아이의 엄마가 하는 말을 새겨들었다. 그
들이 전국을 마구 돌아다니는 사람들이라면, 그럼 나의 진짜엄
마를 만났을지도 모르니까.

하지만 나의 진짜엄마는 지금 내 옆에서 내 손을 꼭 잡고
있는데.

나는 할머니의 주름 속 응달까지 넘나드는 봄 햇살을 오래
도록 바라봤다. 진짤까? 할머니는 태워도 타지 않는 진짜가 맞
을까? 진짜니까 영영 나와 함께할까? 진짜를 만나면 단번에 알
수 있을 거라고 생각했는데, 나는 여전히 아무것도 확신할 수가
없었다. 그럼 진짜가 아닌가? 할머니도 언젠가는 장미언니처럼
나를 배신할까? 그래서 하얀 재가 되어버릴까? 할머니도 내가
불쌍한 거지새끼라서 국수를 말아주고 옷을 만들어 입히는 걸
까? 만약에 내가 잘사는 집 간나였다면 할머니는 나를 예뻐하지
않았을까? 할머니가 진짜라면 어떤 나라도 예뻐해줄 텐데. 내가
쥐새끼를 잡아먹는 고양이라도. 내가 도둑년에 거짓말쟁이라
도. 내가 괴물보다 더 끔찍한 초특급 괴물이라도. 할머니는 왜
나를 데리고 있는 걸까. 가짜아빠처럼 내가 무럭무럭 클 때까지

기다렸다가 잡아먹으려고?

　아무도 대답해주지 않는 질문들로 시끄러운 머릿속. 넝마를 걸친 남자가 눈에 들어왔다. 머리는 덥수룩하고 눈은 커다랬다. 커다란 눈을 한 번 감았다 뜨는 사이 한 살씩 나이를 먹는 것 같았다. 술병을 들고 강변 끄트머리에 앉아 낮은 소리로 노래를 부르고 있었는데, 주변의 소란에 아랑곳없이 그 남자의 노랫소리는 내 귀에 쏙쏙 들어왔다. 느리고, 무겁고, 슬픈 노래였다. 그 남자의 노랫소리에 맞춰 강물이 넘실거리고 햇살이 몸을 뒤척였다. 아주 오랫동안 그 자리에서만 살아온 남자 같았다. 사람들은 그 남자의 손이나 옷자락을 태연히 밟고 다녔다. 밟혀도 피하지 않고 아프다고 화내지 않고 무덤덤하게 노래나 부르고 있는 그 남자가 왠지 낯익어서, 나는 할머니의 손을 더 꽉 잡았다. 남자의 눈이 사람들을 꿰뚫고 내게로 향했다. 그와 눈이 마주치자마자 다른 사람들은 모두 그림자로 변했다. 넓은 장터에 오직 그 남자와 나만 존재하는 것 같았다. 남자가 느릿느릿 일어나 내게로 걸어왔다. 노래는 그치고, 그림자들은 여전히 소란스럽게 웃고 떠들었다. 하얀 풍선을 들고 뛰어가던 어린애가 남자의 허리에 콕, 코를 박았다. 풍선이 머리 위로 둥실둥실 떠올랐다. 나는 남자에게 붙잡히지 않으려고 할머니 치마에 얼굴을 숨겼다. 분명 아는 사람이라고, 나는 생각했다. 어디선가 본 남자인데, 도대체 누구인지 기억나지 않았다. 어렴풋한 기억이 나를 더 불안하게 했다. 할머니의 치마에선 간장 냄새가 났다. 그 냄새를 맡으니 맘이 편해졌다. 미지근한 물속에 빠진 듯 온몸이 축 늘어졌다. 춤추고 노래하고 박수 치는 사람들의 모습이 나른 한 봄 햇살에 젖어 서서히 풀어지더니, 소리를 먹어치우는 괴물 이 나타나 모든 소리들을 닥치는 대로 잡아먹기 시작했다. 적막 해진 내 몸이 둥실 떠올랐다. 먼지보다 가벼워진 내 몸은 작디 작은 소리들로 뿔뿔이 흩어졌다. 나는 사라지지 않으려고, 소리 를 먹어치우는 괴물에게 잡아먹히지 않으려고 할머니의 손을 더 꽉 잡았지만 할머니는 아무것도 느끼지 못했다. 할머니, 말 하고 싶었지만 소리가 나지 않았다.

정말 말을 못하게 되었나 봐.

생각이 글자가 되어 조각조각 흩어졌다. 할머니는 글자를 모르는 대신 말을 하고, 나는 글자를 알지만 말을 못하게 되었 다. 그래서 다행이야. 할머니와 나는 꼭 맞는 퍼즐처럼 하나가 될 수 있어. 할머니와 보다 완벽한 하나가 되기 위해, 나는 말을 못하는 척하는 게 아니라 진짜 말을 잃어버리기로 했다. 죽은 척만 하는 게 아니라 진짜 죽어버려야겠다고 마음먹었던 지난 날처럼.

야, 간나야, 야가 왜서 이래?

나를 마구 흔들며 내 몸을 주무르는 할머니가 어렴풋이 보 였다. 할머니의 목소리도 들리고 손길도 느껴지는데, 정신을 차릴 수가 없었다. 너무 아득해서, 어지러워서, 깊은 물에 빠진 듯 숨이 막혀서 손가락 하나 까딱할 수가 없었다. 넝마를 걸친 사람이 나를 들쳐 업는 게 느껴졌다. 왁자지껄한 각설이 소리가 점점 멀어졌다.

그날 저녁 할머니는 내게 고기반찬을 해주었다. 그렇게 짚더미처럼 폭삭 쓰러지는 건 다 기가 허해서 그런 거라고, 자기랑 살다 보니 제대로 먹지도 못하고 만날 국수 쪼가리만 먹어서 그런 거라고 할머니는 눈물을 쿡쿡 찍으며 내 숟가락 위에 계속 고기반찬을 올려주었다. 속이 메스꺼워 더 이상 못 먹겠다고 고개를 저어도 할머니는 억지로라도 먹으라고, 먹어야 산다고 슬픈 목소리로 말했다.

할머니를 진짜엄마로 만들기 위해 내가 진짜 벙어리가 되자마자 봄은 사라지고 여름이 왔다. 무자비한 여름은 가는 봄을 아쉬워하는 사람들이 얄미웠는지, 어마어마한 비구름을 몰고 와 모두를 지치게 만들었다.

일주일째 밤낮으로 비가 퍼부었다. 세상을 다 적신 빗물이 식당까지 쳐들어왔기 때문에 할머니와 나는 잠도 못 자고 물을 다시 세상으로 퍼내야 했다. 비가 잠시 그친 후에는 벽지를 타고 올라간 빗물이 가게 곳곳에 퀴퀴한 곰팡이를 퍼트렸다. 할머니는 허리가 굽었고, 나는 키가 작기 때문에 우리 둘이서는 벽지를 뗄 수도 다시 붙일 수도 없었다. 하지만 그런 걱정을 할 틈도 없이 퉁퉁 불은 쓰레기와 구정물이 다시 가게 안으로 넘어왔고, 방 안 곳곳에선 그리마나 쥐며느리 같은 벌레가 태연하게 돌아다녔다. 천장에선 쥐들이 술래잡기라도 하는지 미친 듯이 뛰어다니고, 며칠째 손님이라곤 보이지도 않고, 내가 써 붙인 글씨는 다 번져서 평생 울기만 한 여자처럼 서글퍼지고, 냉장고는 고장 나고, 할머니와 나는 냉장고보다 더 고장 난 상태였다. 그런 와중에 낯선 남자 하나가 깨진 유리를 밟고 식당으로 들어오기에, 나는 지쳐 잠든 할머니를 깨웠다. 부스스한 머리를 쓸어 올리며 고무 슬리퍼를 꿰신던 할머니가 남자를 보고 문지방에 도로 앉아버렸다. 이게 누구라. 할머니가 낮은 목소리로 말했다. 남자는 대답 없이 바짓단에 손을 문지르거나 괜히 식탁을 만지거나 했다. 이, 이, 이 상놈의 새끼. 할머니가 더듬더듬 말했다. 나는 할머니의 표정을 보고 그 남자가 반갑지 않은 손님임을 금방 알아챘다.

지 아바이가 죽었대도 코빼기도 안 비치던 상놈의 자슥이 여는 왜 왔나!

남자는 자기 아빠가, 그러니까 할머니의 영감이 몇 해 전에 죽었다는 것은 알고 있다고 했다. 가족관계 서류를 떼었다가 알았는데, 그런데도 찾아오지 않은 이유는 너무 여유가 없었던 데다가 면목이 없었다나 뭐라나. 얼마 만에 할머니를 찾아온 건지는 모르겠지만, 할머니가 자기 손녀들을 처음 봤다는 걸 보니 족히 10년은 더 된 것이 분명했다. 할머니는 생전 처음 보는 며느리와 손녀들을 차근차근 보다가 느닷없이 울기 시작했다. 죽은 영감을 떠올리는 것 같았다. 나는 그 사람들과 눈싸움을 하느라고 할머니를 위로할 생각도 못 했다. 그들은 그들대로 나를 쳐다보면서 할머니가 어서 나의 정체를 설명해주길 기다리느라 할머니를 위로하지 못했다. 방바닥을 딱딱 때려가며 우는 할머니를 보고 남자가, 이제부터 엄마는 우리가 모실 거야, 하고 말했다. 그 말에 할머니는 더 크게 울었다. 나는 할머니가 식당과 나를 버리고 그 사람들을 따라 대궐 같은 집으로 훌쩍 떠나버릴까 봐 걱정이었지만, 그건 정말 쓸데없는 걱정이라는 게 금세 밝혀졌다. 할머니가 남자에게 어디서 살았느냐고 물으니까 남자는 서울에서 살았다고 했다. 뭘 해 먹고 살았냐고 물으니까 사업을 했단다. 왜 나를 찾아왔느냐고 물으니까 고향에서 엄마를 모시고 살려고 왔단다. 그래, 아주 내려온 거냐고 물으니까 그건 아직 잘 모르겠다고, 하지만 당분간 여기서 살아야 할 것 같다고 대답했다. 며느리란 사람이 방을 휘이 둘러봤다. 둘러볼 것도 없이 할머니랑 나랑 누우면 꽉 차는, 할머니와 나 외의 그 누구도 같이 누울 수 없는 그런 방이다. 며느리가 아주 작게 한숨을 내쉬었는데, 그 소리는 나도 듣고 할머니도 들었다. 자들은 몇 살이나 됐나? 할머니가 두 손녀를 가리키며 물었다. 큰애가 열두 살이고 작은애가 열 살이라고 며느리가 대답했다. 두 손녀는 방 안 곳곳에 내가 붙여놓은 글씨를 보고 자기들끼리 속닥거리고 있었다. 아들이 두 손녀의 등을 밀며 말했다. 지은아, 혜은아. 할머니한테 인사해야지. 할머니는 두 손녀에게 뒤늦은 인사를 받았다. 지은이. 혜은이. 나는 그 이름을 마음으로 꼭꼭 씹었다. 할머니가 그들에게 나를 소개해주지 않았기 때문에, 나는 혼자 마음으로만 내 이름을 불러줬다.

나는 간나. 예전 이름은 언나. 그전 이름은 이년아.

7...

할머니와 지은이와 혜은이와 나는 방에서 모로 누운 채 잤고 며느리와 아들은 식당의 식탁을 다 붙이고 그 위에서 잤다. 여름이라 그나마 다행이었다. 이불을 서로 갖겠다고 싸울 일은 없으니까. 지은이는 늘 심각한 표정을 지었고 혜은이는 말이 많았다. 아들의 마음은 냄비 뚜껑 위의 물처럼 위태위태해 보였고 며느리는 불만이 많았다. 빗물에 잠겼던 식당이 예전의 모습을 되찾는 동안, 아들은 날마다 밖에 나가 있었고 며느리는 할머니를 도와 식당을 청소하는 척만 했다. 그리고 틈틈이 두 딸을 야단쳤다. 할머니는 밤마다 사람들의 숨을 한 바가지씩 빨아먹는 것처럼 강해졌고 나는 (정말 그러고 싶진 않았지만) 눈치를 보느라 눈알이 100개라도 모자랄 지경이었다.

지은이와 혜은이는 날마다 학교에 갔다. 며느리는 학교에 다니지 않는 나를 이상하게 봤다. 내가 말을 못한다는 것을 눈치챈 뒤엔 내가 있는 데서도 내 얘기를 함부로 했다.

내도 니들이 지난 세월 어떻게 만나 새끼 낳고 살았는지 궁금해 않을 테니 니도 저 간나에 대해 더 알려고 들지 마라.

나에 대한 할머니의 유일한 설명이었다. 그래도 며느리는 자꾸 종알거렸다.

애 부모는 누군데요? 학교는 왜 안 다녀요? 어머님이 키워야 하는 애예요?

며느리가 나 때문에 할머니를 하도 못살게 구니까, 나는 할머니가 없는 틈을 타서 아주 무서운 표정으로 며느리에게 모든 것을 말해버릴까 생각도 했다. 내가 나의 부모를 가짜로 만든 이유와 가짜를 만나면 내가 어떻게 변하는지를. 하지만 그러면 며느리가 곧장 할머니에게 다 말해버릴 게 뻔하니까, 그저 마음만 굴뚝같았다.

그들이 온 뒤로 나는 책을 읽을 수도 글자를 쓸 수도 없었다. 왠지 그러면 안 될 것 같았다. 방이나 식당에 내 자리를 확실하게 잡고 앉아 그곳에서 마늘과 쑥이라도 계속 먹어대야 할 것 같았다. 며느리는 지은이와 혜은이의 공부에 굉장히 예민하게 굴었다. 서울에서 학교를 다니다가 시골에 내려와 애들 성적이 떨어지진 않을까 매일 걱정했다. 속상해, 속상해 죽겠어. 그런 말을 입에 달고 살았다. 하지만, 공부해! 공부 안 해? 그런 말만 하고 정작 애들이 뭘 하고 있는지는 신경도 안 썼다. 며느리가 들고 온 짐은 옷과 신발과 가방과 화장품뿐이었는데, 며느리는 그것들을 굉장히 소중하게 생각했다. 할머니와 나에겐 옷이 별로 없었기 때문에 옷장은 두 칸만 쓰고 나머지 칸엔 잡동사니를 넣어두었는데, 며느리는 잡동사니를 모두 갖다 버린 뒤 그 속을 자기 옷으로 가득 채웠다. 그리고 매일 옷을 갈아입고 식당 안에서도 뾰족구두를 신었다. 지은이와 혜은이에게도 굉장히 고급스러워 보이는 옷을 입혔다. 그리고 애들이 그 옷에 반찬 국물이라도 묻혀 오면 마구 성질을 냈다. 욕실이 너무 좁고 시멘트 바닥에 세면대도 없다고 며느리는 불평이었다. 화장실이 재래식이라서 똥을 못 누겠다고 불평을 했고 커피포트가 없다고, 예쁜 컵이 없다고, 드라이기가 없다고, 큰 거울이 없다고 불평이었다. 나는 혜은이에게 글씨로 물었다. 니들은 으리으리한 집에서 살았니? 혜은이는 아니라고 고개를 저었다. 우리가 살던 집도 지금이랑 비슷했다고 혜은이는 썼다.

혜은이는 내가 못 듣는 걸 알면서도 내 앞에서 계속 종알종알거렸다. 여기 애들이 내 옷을 보고 공주라고 하더라. 사실 나는 얼굴도 좀 공주 같은데 그 말은 왜 안 하나 몰라. 동균이란 남자애가 자꾸 날 보던데 아무래도 벌써 나한테 반한 것 같아. 하지만 그런 애는 내 타입이 아니야. 나는 키 크고 춤 잘 추는 오빠들이 좋아. 여기 애들은 김치도 잘 먹더라. 여기는 체육복도 따로 없던데, 에어컨도 없고, 에이 짱나. 오늘은 어떤 애가 내 신발을 밟았는데, 실수라고 하지만 내가 보기엔 샘나서 일부러 그런 게 분명해. 이거 롯데백화점에서 산 건데, 아이 속상해. 나는 혜은이의 입만 가만히 쳐다봤다. 혜은이가 그렇게 종알거릴 때면 지은이는 혜은이에게 신경질을 냈다. 지은이는 늘 심각한 표정이었기 때문에 미간에 주름이 두 개나 있었다. 혜은이는 내게 늘 종알거리면서도 내가 자기 옷이나 가방 같은 걸 만지면 굉장히 싫어했다. 지은이는 혜은이가 나랑 노는 (듯 보이는) 것을 싫어했다.

재만 없으면 엄마까지 방에서 잘 수 있잖아.

지은이가 혜은이에게 그런 말을 했다.

그리고 할머니가 없으면 아빠까지 한방에서 잘 수 있어. 그러니까 저런 애랑은 말도 하지 마.

지은이가 그렇게 말하면 혜은이는 며칠 동안 나를 멀리했다. 나를 따돌리거나 내 앞에서 내 욕을 했다. 하지만 지은이가 없을 때면 또 내게 종알거리며 학교에서의 일을 떠벌렸다. 아무튼 이상한 애들이라고 나는 생각했고, 그 애들이 그러든 말든 내게는 할머니가 있기 때문에 신경 쓸 것 없다고 생각했다. 아들은 코빼기도 안 보이고, 며느리는 불만이 많고, 지은이는 좀 싸가지가 없고, 혜은이는 허풍쟁이니까 할머니는 분명 그들보다 나를 더 좋아할 것이다. 나는 시끄럽지도 않고 늘 할머니 옆에 있고 할머니를 속상하게 하지도 않으니까.

식당에는 언제나 그렇듯 손님이 드물었고, 손님이 아무리 드물어도 할머니랑 나는 많이 먹지도 않고 욕심도 안 부리니까 사는 데 별문제가 없었지만 사람이 갑자기 넷이나 불어난 데다 그들은 먹기도 잘 먹고 또, 이래저래 돈 쓸 일이 너무나 많은 사람들이라 할머니는 전에 없이 자꾸 돈 걱정을 했다. 혜은이는 소시지 반찬 없이는 밥을 먹지 않으려고 했고, 그래서 며느리는 날마다 소시지 반찬을 샀고, 또 지은이는 고기반찬을 좋아하니까 고기도 안 살 수가 없고, 할머니는 시장 바닥에서 파는 크림 하나만 바르면 끝이었는데 며느리는 한꺼번에 다섯 가지의 크림을 발라야 한다며 (쓰던 화장품이 남았는데도 불구하고!) 화장품을 왕창 사들였고, 먹을 게 없다면서 마트에 가서 장을 한 보따리 봐 오고, 걸핏하면 입을 게 없다고 말하지만 방은 며느리와 애들 옷으로 넘쳐 나고, 어떤 옷은 물로 빨면 안 된다고 세탁소에 갖다 맡기고, 손님은 점점 줄어들고, 아들은 사업을 하려면 돈 쓸 데가 많다고 할머니에게 돈을 자꾸 빌려달라고 하고, 며느리는 방학 숙제에 무슨 체험 숙제를 해야 한다고 애들 손을 잡고 주말마다 해수욕장에 가고, 그럼 또 차비에 밥값에 수영복에 필요한 게 한두 가지가 아니고, 욕실에선 샤워조차 할 수 없다며 또 애들 손을 잡고 만날 목욕탕에 가고, 날이 더워지자 손님이 아예 한 명도 없을 때도 있고(아, 끝이 없다). 나는 사람이 사는 데 그렇게 많은 돈이 들어가는지 정말 몰랐다. 아들이 온 뒤 잠시 강해졌던 할머니는 다시 급속도로 늙어가기 시작했다.

식당과 주방을 가르는 나무판 위에는 작은 깡통이 하나 있는데, 할머니는 그곳에 사람들이 밥값으로 준 돈을 넣어두곤 했다. 한번은 그 통의 돈이 말끔히 사라져서 할머니가 며느리를 불러 여기 있던 돈이 다 어디로 갔느냐고 물었다. 며느리는 그런 곳에 돈이 있었느냐며 건성으로 대답하다가, 나를 가리키며 말했다.

저 계집애가 가져간 거 아니에요?

할머니는 쓸데없는 소리 하지도 말라고 며느리의 말을 딱 잘랐다. 그런데도 며느리는 계속 종알거렸다.

아니, 어머니. 쟤 아니면 돈에 손댈 사람이 또 누가 있어요?

황금다방에 있을 때는 마담의 돈을 조금 훔치기도 했지만, 그땐 정말 배가 고팠으니 그랬던 거고 지금은 할머니가 국수도 말아주고 옷도 만들어주니 정말 돈을 훔칠 이유 같은 건 하나도 없는데 (게다가 나는 무슨 일이 있어도 할머니의 돈만큼은 훔치고 싶지 않은데), 며느리는 계속 나를 의심했다.

귀따굽다! 저 간나가 돈에 욕심내는 거 단 한 번도 못 봤으니 그만 안 하나!

할머니가 언성을 높이자 며느리는 또 혼자서 종알거렸다. 어디서 굴러온 계집인지도 모르면서 어떻게 가족보다 저런 년을 더 애지중지하나 몰라.

홍. 당연하지! 할머니는 나의 진짜엄마니까. 며느리는 죽었다 깨어나도 그 이유를 모를 거다. 나는 내 편을 들어주는 할머니가 너무 좋아서 내가 그 범인을 꼭 잡고 말겠다고 생각했다.

하지만 범인은 굉장히 싱겁게 밝혀졌다. 오랫동안 숨어서 지켜보고 그럴 필요도 없이. 아들이 지은이에게 가게에 가서 담배 좀 사 오라기에 지은이가 돈을 달라니까, 아들이 그 깡통을 가리키며 거기서 가져가라고 했다. (가만, 그럼 범인은 아들인가, 지은이인가.) 그리고 또 지은이가 준비물을 사야 한다고 며느리에게 돈을 달라고 하면 며느리도 그 통에서 가져가라고 했다(그럼, 범인은 며느리인가, 지은이인가). 아들도 며느리도 아무렇지도 않게 통에서 돈을 꺼내 쓰라고 하니까 지은이도 혜은이도 돈이 필요하면 통의 돈을 스스럼없이 꺼내 썼다. 할머니에게는 허락도 안 받고! 나는 다 도둑놈이라고 할머니에게 당장이라도 말하고 싶었지만 나는 말을 잃어버렸으니까 그냥 꾹 참고 있었다. 대신 도둑놈 가족에게서 할머니를 꼭 지켜내야겠다고 생각했다. 저렇게 아무렇지도 않게 할머니의 물건을 마구 쓰다가 할머니의 방까지 빼앗아서 할머니는 식탁에서 자고 네 사람은 방에서 쿨쿨 자고, 그런 일이 금방이라도 일어날 것 같았기 때문이다.

앞으로 어쩔 생각이래요?

할머니랑 친하게 지내는, 설날에 떡국을 가져다줬던 덕이
엄마가 할머니에게 물었다.

내야 모르지…….

할머니가 말끝에 한숨을 붙여 대답했다.

아들이 뭐라 일언반구도 없소?

지도 뭐 생각이 있겠지. 마냥 이래 쪽잠을 자겠나.

방 한 칸 얻을 돈도 없이 온 거라?

할머니는 뭐라 대답도 못 하고 그저 한숨만 쉬었다.

그러지 말고, 할매. 딱 잡아놓고 함 물어나 보소. 도대체 뭐
하고 살았나. 지금은 왜 빈손이냐. 앞으로 어쩔 생각이냐. 물어
나 봐요. 암것도 모르고 있다가 가게까지 잡아간다 그러면…….

안 되는 소리지!

할머니가 대뜸 소리 질렀다.

아, 내 말이 그 말 아니오. 사람 일은 알 수가 없으니까.

그래도 내 속으로 낳은 내 새낀데, 매정하게 어예 그러나.
지도 저래 되면서 세상 풍파 다 겪었을 것이 불 보듯 뻔한데……
어마이라고 찾아온 걸 보면 숭한 마음은 안 먹었을 거라. 내 새
끼 내 손주 내가 보듬어야지, 안 그러나?

하지만 아줌마의 걱정이 바로 내 걱정이기도 했다. 가게는 둘째 치더라도 나는 방을 빼앗길까 봐, 그게 너무 걱정이었다. 지은이는 나만 없어지면 며느리도 방에서 잘 수 있다고 툭하면 말하고, 지은이가 그렇게 말하면 혜은이는 할머니까지 쫓아낼 것처럼 말하고, 며느리는 자꾸 나를 흉보고 의심하니까 그런 걱정을 안 할 수가 없었다. 하지만 나의 진짜엄마니까, 진짜엄마라면 바보같이 굴지 않을 것이 분명하지만…… 할머니는 나의 진짜엄마면서 아들의 진짜엄마니까, 그건 또 알 수가 없는 거다. 나에게 좋은 일이 아들에게도 좋은 일이라면 좋겠지만, 누군가가 웃으려면 누군가는 반드시 울어야 한다는 걸 나는 잘 알고 있으니까.

저녁이면 제법 시원한 바람이 불어오던 여름 끝 무렵, 할머니가 시장에 가자며 내 손을 잡았다. 며느리가 뾰족한 눈으로 내 뒤통수를 노려보는 걸 느낄 수 있었다. 시장에서 할머니는 내게 팥빙수를 사 줬다. 나는 팥빙수를 처음 먹어봤는데 (솔직히 그런 음식이 있는지도 몰랐다) 아주 차갑고도 달콤했다. 할머니는 팥빙수에 곰보빵까지 사 줬다. 할머니의 그런 태도가 왠지 미심쩍어서 그 신기한 음식을 맛있게 먹을 수가 없었다. 할머니, 왜 나한테 이런 걸 사 줘? 마음으로 계속 말했다. 할머니에게 내 마음이 전해질 수 있도록.

두 여시는 저들 어마이 따라 이런 것도 만날 사 묵더라. 간 나 니도 함 묵어나 보라.

할머니는 마음으로 내 말을 듣고 말했다.

마이 묵으민 배앓이 하니 앵간히 묵고.

팥빙수의 얼음은 금세 녹았다. 나는 그릇을 할머니 앞으로 내밀며 할머니도 좀 먹어보라는 시늉을 했다. 할머니는 그릇을 들어 물이 된 팥빙수를 후르륵 마셨다. 곰보빵은 반만 먹고 주머니에 넣었다. 배가 불러서가 아니라, 그냥, 간직하고 싶었다. 속에 넣어버리면 똥이 되어 나올 텐데, 그건 왠지 싫었다.

할머니는 가을 잠바와 바지도 하나씩 사 주었다. 정말 왜 이 래? 나는 마음으로 계속 물었다. 할머니가 한번 입어보라기에 나는 고개를 저었다. 나는 시장에서 사는 옷보다 할머니가 만들어주는 옷이 훨씬 더 좋다. 할머니가 만들어주는 옷은 세상에 오직 하나뿐이고, 오직 나만이 입을 수 있는 옷이니까. 흔해빠진 데다 누구나 다 입는 시장 옷은 싫다. 할머니는 내 마음도 모르고 자꾸 옷을 입어보라고 했다. 어쩔 수 없이 입었다. 나는 할머니 속을 썩이지 않고, 할머니를 행복하게 해주고 싶으니까.

나에게도 직감이란 게 있다.

아니, 불행하게도, 내겐 직감밖에 없다.

밤이 깊어도 나는 잠을 자지 않았다. 잠들면 안 된다는 생각뿐이었다. 하지만 자는 척은 했다. 내가 무언가를 눈치챘다는 것을 들키면 안 되니까. 나는 할머니를 믿었다. 할머니는 내 진짜엄마니까. 내가 잠을 자지 않은 건, 할머니가 아니라 네 사람을 의심해서다. 할머니는 새 옷을 입은 내 손을 잡고 식당으로 돌아오며 중얼거렸다. 새끼가 뭐라고, 내 속으로 낳은 내 새끼 때문에 내가 죄인이 되나. 나는 그 말을 다 들었다. 나는 표정만 봐도, 말투만 들어도 할머니의 속을 다 알 수 있다. 우리는 그만큼 가까운 사이니까. 하지만 나와 하나도 가깝지 않은 네 사람은 나를 아주 쉽게 생각하고, 나를 쓰레기처럼 생각하고, 그래서 아무 데나 갖다 버려도 된다고 생각한다. 할머니도 잠들고 나도 잠든 사이, 아들은 내 머리를, 며느리는 내 다리를, 지은이는 내 오른팔을, 혜은이는 내 왼팔을 잡아 들고 나를 쓰레기 더미로 던져버릴 것이다. 그런 짐작을 떨쳐버릴 수가 없었다. 할머니는 저녁잠이 많으니까 아무것도 눈치채지 못할 것이다. 새벽에야 일어나 내가 없어진 것을 알고 나 스스로 집을 나갔다고 생각하고 슬퍼한다면, 그렇다면 나는 정말 견딜 수 없이 억울하고 화가 나서 네 사람을 다 뜯어 먹을지도 모른다. 지나친 분노에 자기 다리를 뜯어 먹는 사자처럼, 너무 화가 나니까, 할머니를 며느리인 줄 알고 뜯어 먹을지도 모른다. 그럼 정말 낭패다. 괴물이 되지 않기 위해, 아무도 뜯어 먹지 않기 위해, 할머니를 해치지 않기 위해 나는 잠을 몰아냈다. 만약에 네 사람이 나를 집어 들어서 쓰레기 더미에 던져버리려고 한다면 나는 할머니가 울든 말든 그들에게 칼을 휘두를 것이다. 할머니를 지키기 위해. 그들은 나를 갖다 버린 후 할머니도 갖다 버릴 게 분명하니까. 그렇게 할머니와 나의 방을 차지하고 자기들끼리만 다정하게 잠들 게 빤하니까!

　따뜻하고 다정한 손이 내 살을 부드럽게 쓰다듬었다. 그 손이 내 살에 닿을 때마다 내 몸에선 보드라운 깃털이 하나씩 돋아났다. 깃털의 색깔은 내가 생각하는 대로 바뀌었다. 노란 병아리를 생각하면 노란 깃털, 빨간색 봉숭아 물을 생각하면 빨간 깃털, 분홍색 솜사탕을 생각하면 분홍 깃털, 반짝이는 은색 물비늘, 황금색 저녁노을, 달콤한 장미 향, 떨어진 벚꽃 위의 폭신함, 할머니의 깊고 느린 목소리. 향기와 느낌과 소리도 색깔이 되어 내 몸 가득 깃털을 달았다. 나는 곧 날아? 이렇게 날까? 날아서 어디로 가지? 내가 묻자 서늘한 공간이 대답했다. 하늘로 가지. 하늘엔 왜 가? 하늘에선 다 볼 수 있지. 진짜엄마도 보이고. 진짜엄마는 내 옆에 있는데. 내 옆에서 곤히 자. 그건 아니야. 그건 진짜 아니야. 공간이 점점 차가워지며 대꾸했다. 진짜는 안 그래. 진짜는 거기 없어. 공간이 나를 마구 흔들어댔다. 정신 차려. 진짜는 그렇지 않아. 너는 진짜가 뭔지도 모르는……

내 몸에 돋아나던 찬란한 깃털이 우수수 떨어졌다.

나를 들쳐 업은 건 아들도 며느리도 아닌 할머니였다. 할머니의 굽은 등에 업힌 채 나는 식은땀을 뻘뻘 흘리고 있었다. 사방은 깜깜하고, 밤공기는 너무 찼다. 이건 꿈인가. 나는 생각했다. 깃털은? 고개를 들어 몸을 살폈다. 깃털은 없고, 나는 할머니가 사 준 새 옷을 입고 있었다. 이걸 입은 채 잤나? 정신을 집중하기 위해 애썼다. 꿈이 너무 선명해서, 잠들기 전의 일이 오히려 꿈만 같았다.

아들과 할머니가 싸웠다. 아들은 식당을 팔아야 한다고 했다.

어차피 장사도 안 되잖아. 껌값이라도 돈이 있어야 다시 시작할 수 있어, 엄마.

이건 내 마지막이다. 니 아비도 여기서 죽었다. 이건 내 남은 목숨이다.

내가 성공하면 이보다 더 좋은 데서 살게 해준다잖아!

이보다 더 좋은 거 바라지도 않는다. 제발 이대로 살다 죽게만 해다오.

언제까지 이렇게 구질구질하게 살 거야!

남은 날도 얼마 없다. 내겐 이게 다다.

나 좀 믿어보라니까 엄마! 왜 날 못 믿어. 내가 도둑놈이야?

사기꾼이야? 엄마야 이렇게 살다 죽으면 그만이지만 저 애들은? 나는? 우린 아직 살아야 할 날이 더 많다고. 엄마 아들이, 손녀가, 엄마 새끼들이 거지새끼로 살았으면 좋겠어? 날 좀 믿어봐, 믿고 맡겨보라고!

나는 아들의 다리를 물어버렸다. 하나뿐인 나의 진짜엄마가 우니까. 며느리가 기겁을 하고 소리를 질렀다. 그래 질러라, 질러. 목구멍이 터져 산산조각 날 때까지. 나는 아들에게서 떨어지지 않았다. 할머니가 내 등짝을 마구 때렸다. 할머니가 때려야 할 사람은 내가 아니라 아들인데. 나는 입을 벌리고 할머니를 쳐다봤다. 할머니는 나를 방 밖으로 내몰았다. 그리고 문을 쾅 닫았다. 다시 아들의 언성이 높아졌다. 저런 개 같은 년, 내가 당장 내보내라고 했잖아! 저딴 애새끼 먹이고 입힐 돈은 있고 아들한테 줄 돈은 없어? 도대체 엄마 자식은 누구야? 나야? 나 맞아? 할머니의 울음소리가 더 크게 들렸다. 나는 닫힌 문을 마구 두드려댔다. 할머니를 위로하기 위해서가 아니라 아들의 입을 짓이기기 위해서. 아들의 언성이 높아질수록 할머니는 점점 더 서럽게 울었다. 며느리가 방문을 열더니 내 가슴팍을 밀어버렸다. 나는 뒤로 넘어지며 발악을 했다. 식당 구석에 앉아 있던 지은이와 혜은이가 겁먹은 눈으로 그 모든 걸 지켜보고 있었다. 그게 언제 적 일이었는지 모르겠다. 방금 전? 며칠 전? 한 달 전? 아니, 1000년 전인가?

110

할머니는 나를 업고 걸으며 중얼거렸다. 간나야, 내를 원망해라. 저것들이 다 팔아버리고 내까지 팔아버리고, 나는 죽으면 그만이다. 니는 살아야지. 새끼라곤 하나뿐인데, 그것이 죽겠다고 그 난리인데. 니는 내를 원망해라. 성공해서 보란 듯이 떵떵거려라. 니는 그럴 수 있다. 내랑 있으면 그리 못 해. 내를 원망해라. 자식새끼도 내를 원망하고, 그게 내 업이다. 그게 부모 업이다.

눈을 떴다. 사방이 너무 흰했다. 나는 경찰서 의자에 누워 있었다. 라면을 먹던 경찰 한 명이 내게 다가와 담요를 다시 덮어주었다. 밖은 아직 깜깜하고, 식은땀은 다 말랐고, 아무것도 이해할 수 없었지만 그곳에서 도망쳐야 한다는 것만은 확실했다. 경찰은 위험하니까. 나는 절대 경찰에게 잡히면 안 되니까. 내가 깬 것을 보고 경찰이 펜과 종이를 가져와 글씨를 적었다. 말을 못하니? 나는 고개를 끄덕였다. 이름이 뭐니? 대답하지 않았다. 이름을 알아야 가족을 찾을 수 있어. 경찰이 종이에 썼다. 나는 종이에 태백식당 할머니라고 썼다. 가셨어. 네 가족을 찾아야 해. 이름이 뭐니?

나는 경찰의 글씨를 이해할 수 없었다.

할머니가, 나를, 경찰서에 두고 갔단 말인가?

아들이나 며느리가 아니라 할머니가?

나는 할머니 집에 데려다 달라고 썼다. 경찰은 안 된다고 했다. 너는 네 부모를 찾아가야 해.

나는 할머니를 끝까지 지켜주겠다고 생각했었다. 할머니를 행복하게 해주겠다고. 하지만 할머니는 나를 버렸다. 제 아비가 죽을 때도 오지 않고, 10년 만에 나타나 돈을 내놓으라고 소리나 지르는 망나니 아들 때문에. 아들이 나보다 잘나서도 아니고, 나보다 똑똑하거나 착해서도 아니고, 오직 자기 속에서 나온 진짜자식이란 이유만으로.

서서히 밝아오는 여명을 노려보면서 나는 할머니를 불태웠다. 할머니는 작고 마르고 늙고 푸석푸석해서 작은 불길에도 활활 타올라 금세 재가 되었다.

엄마 안에서 살던 천년의 세월 동안 내 이름은 평화였다. 엄마가 평화야, 라고 부르면 바다가 출렁이고 하늘이 춤을 췄다. 나는 온몸으로 내 이름을 느꼈다. 평화는 눈과 귀를 통하지 않고도 세상을 이해했다. 평화는 동물과, 꽃과, 별과, 바람과도 대화했지만 사람과는 아무것도 나눌 수 없었다. 사람들은 평화를 원하는 척만 할 뿐 그것을 진정으로 갈구하지 않았다. 나는 알았다. 사람들의 눈에 드러나는 순간 갈기갈기 찢어질 나를. 갈기갈기 찢은 후 다시 온전한 나를 갈구할 그들의 기만을. 나는 그 안의 평화로만 남고 싶었다. 드러나고 싶지 않았다. 파괴당하고 싶지 않았으며, 돌이킬 수 없는 그들의 욕망에 놀아나고 싶지 않았다.

내 이름은 평화였다.

오직 이름으로만 존재하는 평화를 나는 그 안에서 다 이해했다.

3부

———

폐가의 남자

8...

버려지는 것 따윈 하나도 두렵지 않다. 나를 버린 것들을 가짜로 만들어 태워버리면 그만이니까. 내가 몇 살인지는 모르지만 아직 어리니까, 앞으로도 시간은 아주아주 많이 남았다. 죽는 날까지 진짜엄마를 찾아다닌다면 못 찾을 것도 없다. 이제부턴 한곳에서 시간을 낭비하지 말아야겠다. 너무 쉽게 진짜엄마라고 확신하지도 말고, 가짜의 낌새가 조금이라도 보이면 바로 떠날 거다. 세상 사람을 하나하나 다 만나야 할지라도, 나는 기어이 진짜엄마를 찾아내고 말 테다.

내가 진짜엄마를 찾는 이유는 진짜엄마가 그리워서도, 진짜엄마가 필요해서도 아니다. 가짜를 가짜라고 확신하기 위해서. 이유는 그뿐이다. 진짜를 찾아내야 가짜를 가짜라고 말할 수 있으니까. 세상이 온통 가짜뿐이라면, 가짜가 가짜임을 증명할 수가 없지 않나. 가짜가 진짜인 척해도 뭐라 할 말이 없는 거다. 그러니까 나는 꼭 진짜를 찾아내야 한다. 찾아내서, 진짜인 척하는 가짜들을 진짜 가짜로 만들어버릴 테다.

하지만 만약에, 만약에 말이다. 세상에 진짜란 게 하나도 없다면, 그러니까 온통 가짜뿐이라면 어쩌지? 그럼 세상에 진짜는 오직 나뿐인가? 정말 그럴 수도 있을까? 나는 진짜가 맞나? 내가 진짜임은 누가 확인해주지? 내가 진짜를 찾아 헤매듯, 세상의 어떤 진짜는 나를 찾아 헤매고 있을지도 모를 일이다. 그러니까 나는 꼭 진짜를 찾아야 한다. 내가 진짜임을 확인하기 위해서라도.

경찰서에서 빠져나오는 건 식은 죽 먹기였다. 나는 경찰에게 내 이름은 지은이라고, 서울에서 엄마를 잃어버렸다고, 나에겐 혜은이라는 여동생이 있다고 거짓말한 뒤 그들이 나를 신경 쓰지 않는 틈을 타서 도망쳤다. 그리고 역으로 가 아무 기차나 탔다. 기차를 타기 전엔 침을 퉤, 뱉었다. 할머니도 곧 알게 될 것이다. 할머니가 경찰서에 갖다 버려야 했던 건 내가 아니라 아들이었다는 걸. 할머니가 나를 끝까지 지켜주었다면, 나는 할머니 옆에서 죽을 때까지 살았을 것이다. 할머니가 먼저 죽으면 따라 죽을 수도 있었는데. 할머니는 단단히 실수한 거다. 이젠 아들이 할머니를 갖다 버릴 일만 남았다. 버려진 후에야 땅을 치고 후회해도 소용없다. 할머니는 가짜가 되었으니까, 나는 할머니를 절대 위로하지 않을 것이다. 떠올리지도 않을 것이다.

우선 객실을 돌아다니며 기차 안의 사람들을 유심히 살펴봤다. 뜻하지 않은 곳에서 진짜를 만날 수도 있으니 언제나, 어디서나, 누구에게나 주의를 기울여야 한다. 기차의 앞부터 뒤까지 다 돌아다녀봤지만 승객도 별로 없고, 그다지 눈에 띄는 사람도 없기에 적당한 자리를 골라 앉았다. 적당한 자리란 어른의 옆자리를 말하는 거다. 그래야 내가 그 어른의 자식인 줄 알고 표 검사를 따로 안 하니까. 잠든 어른의 옆이라면 더 좋다. 그래야 내가 옆에 있든 말든 신경 쓰지 않으니까.

진짜를 찾는 대신 창밖의 풍경에 넋을 놓기도 했다. 기차는 높은 산을 빙빙 돌고 수천 개의 나무를 획획 지나갔다. 기차가 굽은 길을 지날 때마다 기차의 맨 앞이 보였다. 이렇게 높고도 험한 길을 씩씩하게 지나가다니, 기차는 역시 대단하다. 기차는 이렇게나 듬직하고 대단하니까, 분명 나를 진짜엄마에게 데려다줄 것이다. 기차가 닿는 가장 마지막 역에 내려야지. 험한 길을 모두 지나 비로소 도착한 그곳에야 진짜가 있을 테니까.

종착역에 내려서 한참 동안 역 주위를 배회했다. 역이 커서 큰 도시인 줄 알았는데, 건물 높이는 모두 고만고만하고 사람도 얼마 보이지 않았다. 아직은 따가운 초가을의 햇살을 온몸으로 받아내자니 문득 배가 고팠고, 배가 고프니 우선 아무 데나 들어가고 보자는 생각도 들었지만 돈도, 가족도, 부모도 없는 나를 받아줄 만한 곳은 좀처럼 눈에 띄지 않았다. 기차 안에 있을 때는 역에 내리기만 하면 당장에라도 진짜엄마를 찾아낼 것 같았는데…… 아무리 눈을 굴려도 진짜엄마는커녕 길고양이 한 마리 찾아볼 수 없었다.

　찐빵 가게 앞을 서성이면서 잠바 주머니에 손을 집어넣었더니 손가락 끝에 딱딱한 물건이 닿았다. 꺼내 보니 돌돌 말아서 고무줄로 묶은 돈이었다. 고무줄을 풀고 돈을 세어봤다. 만 원짜리가 자그마치 오십 장이나 되었다. 돈을 돌돌 말아 고무줄로 묶어두는 건 할머니의 돈 보관법이었다. 할머니는 은행을 믿지 않았다. 세상에서 제일 싸가지 없고 비정한 도둑 중 하나는 은행이고 또 하나는 나라라고 했다. 할머니는 돌돌 만 돈을 빨간 김치 통에 담아 냉장고 깊숙한 곳에 넣어 두었다. 어떤 도둑도 낡아빠진 냉장고 따위는 뒤지지 않을 테고, 만에 하나 냉장고부터 뒤지는 도둑이 있다면 그는 정말 배고픈 도둑이 분명하니까 그런 도둑에게는 돈 좀 뺏겨도 괜찮다고 할머니는 말했다. 하지만 내 생각은 다르다. 할머니 식당처럼 딱 보기에도 가난한 집 냉장고를 뒤지는 도둑은 불쌍하고도 비열한 도둑이다. 정말 봐줘도 되는 도둑은 부잣집 냉장고를 터는 도둑이다. 그런 도둑이라면 얼마든지 모른 척해줄 수 있다. 왜냐면 부잣집 냉장고엔 먹을 것이 많을 테고, 그중 몇 개가 사라진다 해도 주인이 굶어 죽는 일은 없을 테니까.

할머니는 나를 버리면서 돈도 같이 버린 걸까. 다른 쪽 주머니엔 곰보빵 반쪽이 들어 있었다. 시장에서 할머니가 사 준 걸 안 먹고 남겨둔 것이었다. 나는 할머니에게 화만 내고 싶은데, 그것마저 못 하게 하니까 할머니는 진짜 나쁘다.

돈이 있으니 밥은 먹을 수 있겠다 싶어 찐빵 가게로 들어갔다. 메뉴판에는 고기만두와 김치만두와 찐빵과 김밥이 있었다. 일단 김밥을 한 줄 먹고 찐빵을 1000원어치만 싸 달라고 했다.

할머니의 돈 때문에 나는 한껏 의기양양해졌다. 배부르게 먹었는데도 돈은 거의 그대로 남았고, 앞으로도 이런 식으로 먹고 걷는다면 어른이 될 때까지 굶어 죽을 걱정은 안 해도 될 것 같으니까. 돈도 있고 찐빵도 있고 튼튼한 두 다리도 있으니 이젠 진짜엄마만 찾으면 된다. 찐빵 세 개가 담긴 봉지를 들고 식당 앞에서 사방을 둘러봤다. 분명 종착역이라고 했는데, 기찻길은 왼쪽으로 계속 뻗어 있었다. 어차피 어디로 가야 하는지도 모르니까, 기찻길을 따라 걷자. 걷다가 배고프면 찐빵을 먹자. 해가 지면 아무 데서나 자자. 아직은 겨울이 아니니까 괜찮을 것이다.

해가 지고 사방이 껌껌해질 때까지 걷다가 시내버스를 탔다. 다리가 아파 더는 걸을 수가 없었다. 버스에는 사람이 드문드문 앉아 있었다. 기사 아저씨 뒷자리에 앉자마자 잠이 들었다. 버스가 심하게 요동칠 때 한 번 눈을 떴는데, 버스는 깜깜한 논과 논 사이를 성난 사자처럼 내달리고 있었다. 정신을 차리려고 했지만 잠에서 깨어날 수가 없었다. 버스가 마지막으로 닿는 곳이 악마로 득실거리는 지옥이든, 재수 없는 천사들이 자기 자랑만 해대는 천국이든 상관없었다. 나를 깨우지만 않는다면 어디라도 좋았다.

나를 흔들어 깨운 건 악마도 천사도 아닌 기사 아저씨였다. 야. 야. 손가락으로 내 어깨를 콕콕 눌러가며 아저씨는 말했다.

인나. 종점이야. 니는 뭐 한다고 언나 혼자 막차를 탔노. 인나라, 야.

나는 반쯤 감은 눈으로 버스에서 내렸다. 그곳은 또 다른 역 앞이었고, 역은 아주 작았고, 주변의 건물도 아주 작았다. 마치 황금다방이 있던 그때 그곳으로 돌아간 것만 같았다. 혹시나 하는 마음에 주변을 둘러보니 황금다방이 있어야 할 자리에는 별빛다방이 있었고 그 건너편에는 인삼다방이 있었다. 그리고 저 멀리로 대림다방이 보였다. 다방이 많은 곳이라 그런지 왠지 마음이 편해졌다. 잘 만한 곳을 찾기 위해 역 근처를 살펴보다가 대합실 바깥에 있는 작은 공간을 발견했다. 청소 도구와 화분 몇 개를 넣어둔 곳이었는데, 대합실에서도 잘 보이지 않고 벽과 문이 따로 있으니 괜찮을 것 같았다. 그곳 구석에 앉아 다리를 모으고 어깨를 벽에 기대자마자 다시 잠들었다.

커다란 쥐가 몸 위를 스멀스멀 기어 다니는 느낌에 번쩍 눈을 떴다. 황금다방에 드나들 때의 내 몰골 같은 남자가 병든 개 소리를 내며 내 몸을 마구 더듬고 있었다. 본능적으로 소리를 질렀다. 남자가 내 몸에서 손을 뗐다가, 다시 내 몸을 더듬기 시작했다. 꽥꽥 소리를 지르며 남자를 밀쳐내니까, 맥없이 밀쳐졌다. 발로 차니까, 아프다는 시늉을 했다. 뭐 이런 게 다 있어. 어이가 없어서 깔깔 웃고 싶었다. 남자가 아주 힘이 세서 나를 때리고 꼼짝 못 하게 했다면 무조건 발로 차고 소리를 지르고 죽여버려도 성에 안 차겠지만, 남자는 오래된 신문지처럼 만지는 대로 구겨지고 한숨에도 날아갈 것처럼 형편없어 보였다. 남자를 노려보며 당장 꺼지지 않으면 확 죽여버리겠다고 이를 갈았다. 남자는 놀란 개구리처럼 네발로 펄쩍펄쩍 뛰어 밖으로 나갔다.

날이 밝아 역 근처를 돌아다니다가 책가방을 멘 아이들 한 움큼이 우루루 몰려다니는 것을 봤다. 학교에 가는 거겠지. 그저 그런 옷에 그저 그런 책가방을 메고 비슷한 운동화를 신은 아이들이 마치 그림책 속 한 장면 같았다. 물감으로 엷게 그린 부드러운 그림. 다음 장으로 넘기고 싶은데, 잘 넘겨지지가 않았다. 그 아이들이 눈앞에서 사라진 후에도 오랫동안 그 자리를 쳐다봤다. 학교에 다니고 싶은 건 아닌데, 그냥, 나도 책가방을 메고 애들과 비슷한 옷을 입고 우루루 몰려다니고 싶다는 생각이 들었다. 학교 앞 문구점에 가서 뽑기도 하고 군것질도 하고, 야, 우리 소연이네 놀러 가자, 그런 대화를 나눈다거나 뭐…….
눈앞에서 넘어가지 않는 책장 한 귀퉁이에 나를 닮은 여자아이 하나가 마술처럼 나타났다. 개나리색 원피스. 하얀 면양말. 빨간 점이 찍힌 운동화. 분홍색 책가방. 머리를 하나로 묶고 옆의 아이에게 작은 소리로 종알거리는데, 그림이니까 소리는 안 들린다. 짐작건대, 배가 고프다거나, 뭐, 그런 말을 하고 있을 것이다.

슈퍼에 들어가 우유와 빵을 고른 뒤 주머니에 손을 넣었는데, 만져지는 건 곰보빵 반쪽뿐이었다. 잠바 주머니와 바지 주머니를 다 뒤져봐도 할머니의 돈뭉치는 만져지지 않았다. 주인 아줌마가 나를 빤히 쳐다봤다. 마지막으로 돈을 만졌던 때를 떠올렸다. 잠들기 전이었다. 남은 찐빵 하나를 마저 먹고, 화장실에서 물을 마시고, 주머니 속의 돈을 잘 확인하고, 심지어 손에 꼭 쥐고 잠들었는데. 자다가 떨어트렸나?

역으로 달려가서 내가 잠들었던 곳을 아무리 뒤져봐도 돈

뭉치는 없었다.

개구리처럼 네발로 도망치던 남자가 생각났다.

돈이 사라져버렸으니까, 머지않아 나도 그 남자처럼 꼬질꼬질해질 것이다. 누군가가 나를 발로 차면 맥없이 차일 것이고, 나도 누군가의 주머니를 뒤질 것이고, (하지만 나보다 꼬질꼬질한 자의 주머니는 절대 뒤지지 않을 것이다!) 놀란 개구리처럼 네발로 폴짝폴짝 도망갈 것이다. 일주일쯤 지나면 그리될까? 열흘쯤 지나면? 이곳에도 황금다방이 있을까? 찬수 같은 멍청이가 있을까? 지금은 방학이 아니니까, 방학 숙제를 대신 해줄 수도 없는데. 장미언니 같은 사람이 다시 나를 씻기고 입히려고 하면, 나는 가만있어야 하나? 개구리가 되지 않으려면 그래야 할지도 모른다. 할머니 같은 사람을 다시 만날 수 있을까? 만약 그렇게 되면 할머니의 진짜 아들이 어딘가에서 콱 죽어버리거나, 차라리 으리으리한 부자이기를 기도해야겠지.

하지만.

개구리가 되고 거지가 되더라도 그들을 다시 만나고 싶진 않다. 그들은 이미 다 타버렸으니까. 다 타서 똑같은 재가 되었으니까.

도로와 인도, 골목과 골목을 닥치는 대로 걷다가 배가 고파서 아무 데나 앉아서 쉬었다. 학교에서 나온 애들이 과자를 봉지째 떨어뜨리는 것을 보고, 그 애들이 다 사라지길 기다렸다가 바닥에 흩어진 과자를 하나하나 주워 먹었다. 과자는 입에 들어가자마자 스르륵 녹아버렸다. 몸이 통째로 과자를 흡수해버리는 것 같았다.

그리고 다시 걸었다.

걸으면서 걷는 이유를 까먹으면 아무 데나 주저앉아 내가 걷는 이유를 생각했다. 굶어 죽지 않기 위해 주워야 할 과자 부스러기, 동전, 진짜엄마. 어디로 가야 할지는 모르지만, 갈 곳을 모른다고 해서 제자리에만 앉아 있을 수는 없다. 진짜엄마를 찾아야 하는 이유가 기억나지 않는다고 해서 진짜엄마를 포기할 수 없듯이.

골목 끝 놀이터에 앉아 산 너머로 해가 지는 모습을 오랫동안 쳐다봤다. 해는 왜 지는 걸까. 밤은 왜 까만 걸까. 밤이 되면 왜 다들 자는 걸까. 아침이면 왜 다들 일어나나. 배는 왜 고픈 걸까. 왜 먹어야만 살 수 있을까. 안 먹고도 살 순 없을까. 먹어야만 살 수 있는 건 너무 불공평하다. 먹을 게 없는 사람은 죽어야 하니까. 누구는 먹을 게 많고, 누구는 먹을 게 하나도 없고. 누구는 진짜엄마와 같이 살고, 누구는 진짜엄마를 찾아 평생을 헤매야 하고. 누구는 따뜻한 방에서 달콤한 잠을 자고, 누구는 추운 데서 웅크린 채 자야 하고, 자는 사이 모든 것을 뺏겨버리고. 처음으로 그런 생각들을 했다. 내가 사는 세상은 너무나도 불공평해서 나를 지나치게 배고프고 힘들게 한다고. 다른 곳은 어떨까. 다른 세상이란 것이 있을까? 누구라도 붙잡고 물어보고 싶었다. 존재하는 모든 곳이 내가 사는 이 세상과 같다면, 나는 진짜엄마를 찾기도 전에 죽어버릴 것이다. 너무 원통하고 서러워서.

운이 좋아 당장이라도 진짜엄마를 찾았는데, 진짜엄마도 지금 나처럼 배고프고 잘 곳도 없고 잠든 사이 가진 것을 다 뺏기는 사람이라면, 그럼 어쩌지? 그래도, 진짜엄마가 나를 좋아해 줄까? 자기가 먹을 것을 내가 다 먹어치워도? 나 때문에 자기는 차가운 바닥에서 자게 되어도?

멀리서 노란 새 한 마리가 절뚝절뚝 걸어온다. 깃털은 죄다 뽑히고, 그나마 남은 깃털은 내 뱃속처럼 더럽다. 눈알은 썩어 빠진 것처럼 텅 비어 까맣고 다리는 곧 부서질 것 같다. 피가 몰린 빨간 부리만이 새가 아직 살아 있음을 말해준다. 숨을 쉴 때마다 강렬한 불꽃 같은 부리에서 뜨거운 김이 불쾌하게 솟구친다. 등신. 새가 말한다. 너는 진짜 아무것도 모르는구나. 새의 말이 딱딱한 돌덩이가 되어 뚝뚝 떨어진다. 진짜엄마는 절대 행복하지 않아. 새는 꼭 나처럼 말한다. 그래, 맞아. 나는 맥없이 고개를 끄덕였다. 진짜엄마라면 절대 행복할 수 없지. 왜냐면.

나를 버렸으니까.

잃어버리든 버리든 아무튼 내가 옆에 없으니까, 진짜엄마는 분명 불행하게 살고 있을 것이다. 지금 나처럼. 그래야만 한다. 우린 만나서 행복해져야 한다. 따로 떨어져서 행복할 순 없다. 행복하다면, 그건 배신이다. 무엇에 대한 배신인지는 모르겠으나 아무튼 배신이다.

죽은 자의 입술처럼 사방이 시커멓게 되었을 때, 나는 머릿속의 서랍을 탈탈 털어내고 그곳에 나의 진짜엄마가 갖춰야 할 조건을 하나하나 챙겨 넣었다. 그리고 그것들이 내 심장에, 내 배꼽에, 내 손바닥 발바닥에 모조리 스며들도록 오랫동안 응시하며 하나하나 외웠다. 나의 진짜엄마는,

첫째, 맞고만 있진 않는다.

둘째, 얼굴이 메추리알 같다.

셋째, 내 숨소리에 언제나 귀 기울인다.

아니, 이딴 건 다 필요 없으니까 오직 하나, **반드시 불행해야 한다.**

9...

마을의 중심에는 커다란 마트가 있었다. 마트는 운동장처럼 넓고, 그 안에는 갖가지 물건들이 쌓여 있었지만 손님은 손에 꼽을 정도로 적었다. 나는 엄마 손을 잡은 아이 뒤를 따라 마트에 들어갔다. 엄마와 아이가 노란색 바구니에 쓸어 담은 물건을 계산하는 사이, 나는 과자 진열대 앞에서 좌우를 살피며 초코파이 한 상자를 뜯어 두 봉지를 잠바 주머니에 넣고 두 봉지를 바지 주머니에 넣었다. 그리고 상자의 뜯어진 부분이 보이지 않게 끔 뒤로 돌려놓고 마트를 빠져나왔다. 나오자마자 어두운 골목으로 들어가 초코파이 하나를 급히 입에 집어넣었다. 무슨 맛인지도 모르고 씹어댔다. 씹으면 씹는 만큼 배가 더 고팠다. 봉지 안의 부스러기까지 입에 털어 넣었다. 그래도 허기는 사라지지 않았다. 초코파이 하나를 먹었으니 이제 세 개가 남았다. 한 개를 더 먹어도 될까? 초코파이 세 개로 얼마나 버틸 수 있을까. 쪼그려 앉은 채로 초코파이 한 봉지를 더 뜯을까 말까 고민하고 있는데, 얘야, 누군가가 나를 불렀다. 나는 못 들은 척했다. 마트에서 나를 잡으러 나온 사람인지도 모르니까. 초코파이를 주머니 속에 도로 넣고, 입안에 남아 있는 빵 부스러기를 혀로 싹싹 핥았다. 그러곤 벌떡 일어나 무작정 앞으로 걷는데, 얘야, 꼬마야. 아까 그 목소리가 나를 부르며 내 어깨를 잡았다. 어깨를 사납게 털고 마구 달렸다. 배 속에서 텅텅 소리가 들렸다. 내가 뛰자 목소리도 뛰었고, 나는 금세 잡혔다. 목소리는 내 어깨나 머리채가 아닌 손을 잡았다. 아주 두껍고, 따뜻한 손이었다.

목소리는 나를 도둑놈이라고 하지 않았다. 부모님은 어디 있느냐고 묻지도 않고, 어디에 사느냐고 묻지도 않고, 이름이 뭐냐고도 묻지 않았다. 대신

배고프냐

고 물었다. 나는 고개를 끄덕였다.

목소리는 내 손을 잡고 다시 마트로 갔다. 나는 그의 손에서 벗어나려고 발버둥을 쳤다. 목소리는 내 손을 꽉 잡고 내 앞에 꿇어앉으며 말했다.

목마르지 않니. 마실 거 사 줄게.

나는 그의 말을 믿지 않았다. 나를 마트에 갖다 주고 도둑을

잡아 왔다고 큰소리칠 게 분명하니까. 목소리가 품속에서 갈색 지갑을 꺼냈다.

네가 이걸 갖고 있어.

나는 손을 뒤로 감췄다.

자, 여기 돈이 있지?

목소리가 지갑을 열어 보이며 말했다.

내가 마실 것을 사면, 네가 돈을 내는 거야. 같이 가자.

목소리는 자기 지갑을 내 손에 억지로 쥐여주었다. 나는 목소리가 끄는 대로 따라갔다. 내가 목소리보다 힘이 약해서도 아니고, 배가 고파서도 아니고, 목소리의 손이 너무 따뜻했기 때문에. 목소리의 손에 내 손이 녹아들어서 딱 붙어버린 것처럼, 그 손을 놓을 수가 없었다.

냉장고 앞에서 목소리가 말했다. 어떤 걸 마실래? 나는 안 보이는 사람처럼 굴었다. 초코우유? 딸기우유? 바나나우유? 그가 우유를 하나하나 가리키며 말했다. 나는 고개를 저었다. 그럼, 이거? 그가 흰 우유를 들어 보였다. 나는 그의 손을 빤히 쳐다봤다. 그래, 이걸로 하자. 그는 우유를 들고 빵이 있는 곳으로 가더니, 다시 말했다. 먹고 싶은 걸 골라. 나는 위험을 감지한 고양이처럼 허리를 둥글게 말고 털을 꼿꼿이 세웠다.

배고프다며. 먹을 것을 사야지.

목소리가 소시지빵을 하나 들어서 내 앞에 내밀었다.

이거면 될까?

빵 냄새를 맡자, 목소리의 손까지 뜯어 먹고 싶을 만큼 강한 허기가 몰려왔다. 그는 빵과 우유를 들고 과자 진열대로 가서 내가 뜯어놓은 초코파이 상자를 꺼낸 뒤, 내 주머니를 뒤져 초코파이 세 개를 꺼내 상자에 도로 집어넣었다. 그리고 내 손을 꼭 쥐고 계산대로 갔다. 계산대 위에 우유와 빵, 뜯겨진 초코파이 상자를 올려놓은 뒤 내게 말했다.

네가 돈을 줘.

나는 그가 시키는 대로 지갑에서 만 원짜리 한 장을 꺼내 점원에게 건넸다. 점원은 뜯긴 초코파이 상자를 보더니 새것을 가져다주겠다고 했다. 목소리는 아니라고, 괜찮다고 말했다.

마트 옆의 플라스틱 의자에 앉아 빵과 우유를 다 먹어치웠다. 목소리는 내 옆에 서서 우유에 빨대를 꽂아주고 빵을 뜯어줬다. 그러면서도 한 손으론 계속 내 손을 잡고 있었다. 배가 부르니까 잠이 몰려왔다. 목소리가 더러운 내 머리카락을 쓰다듬으며 물었다.

집은 어디니?

나는 역 쪽을 가리켰다. 목소리는 무릎을 꿇고 나의 눈을 똑바로 쳐다보며 말했다.

또 배가 고프면.

목소리의 손가락이 먼 곳의 십자가를 가리켰다.

저기로 와. 점심엔 공짜로 밥을 줘. 그때 오면 돼. 알겠지?

겁이 났다. 그의 갈색 눈이 날 집어삼킬 것만 같았다. 나는 목소리의 손을 팽개치고 무작정 뛰었다. 얘! 그가 큰 소리로 나를 불렀다. 뒤를 돌아봤다. 내 앞으로 성큼성큼 걸어온 그는 내 손에 초코파이가 담긴 봉지를 쥐여주었다.

창고에 앉아 초코파이를 하나하나 세어봤다. 열한 개. 열한 개면 3일은 버틸 수 있을 것이다. 나는 얼굴에 손바닥을 대고 한참을 가만히 있었다. 왜 그랬을까? 목소리의 마음을 짐작하고 싶었다. 내가 불쌍해서? 점심때 십자가가 있는 곳으로 가면 정말 공짜로 밥을 줄까? 왜 공짜로 줄까. 이 동네엔 나와 같은 사람이 많은가? 나처럼 진짜엄마를 찾는 사람들. 그럼 이곳에는 불행한 사람이 많은 걸까. 불행한 사람이 많다면, 나의 진짜엄마가 있을 가능성도 많다. 나는 초코파이 한 봉지를 만지작거리며 목소리의 따뜻한 손을 내 것으로 만들고 싶다고 생각했다. 그리고 진짜엄마의 손은 어떤 느낌일까 상상했다. 하지만 눈을 감고 아무리 상상해봐도 손의 느낌이 아닌, 쓰거나 달거나 시거나 매운 혀의 느낌만 자꾸 떠올랐다.

나는 초코파이가 든 봉지를 품에 꼭 안았다. 잠든 사이 사방에서 개구리가 튀어나와 초코파이를 가져갈 수도 있으니까.

가물가물 잠에 빠져드는데, 애야. 아주 먼 곳에서부터 들려오는 아련한 목소리. 간신히 눈을 떴다. 목소리가 내 겨드랑이에 손을 집어넣어 일으켜 세우면서 말했다.

여긴 네 집이 아니잖니. 나랑 같이 가자.

목소리의 손은 나를 십자가 밑으로 이끌었다. 목소리는 내가 씻을 때 목욕탕 문 앞에 앉아 기다려주었고, 내가 잠들 때까지 내 손을 잡아주었다.

어둠 속에서 커다란 손이 내 목을 잡았다. 너무 깜깜해서 아무것도 보이지 않았지만, 나는 다 알 수 있었다. 손의 손가락 한 마디는 내 몸집보다 커다랬다. 그 손은 내 머리카락을 몽땅 뽑아버리고 옷을 단숨에 찢어버렸다. 내 몸을 감싸고 있던 옷은 거대한 손의 손톱에 끼일 만큼 사소했다. 손은 발가벗긴 나를 커다란 냄비에 넣었다. 물이 팔팔 끓었다. 온몸이 빨갛게 익었지만, 정신만은 살아 있었다. 뜨거운 물이 살 속으로, 뼛속으로 스며들었다. 커다란 손이 물속에서 적당히 익은 나를 꺼낸 뒤 나무 도마에 올려놓고 칼을 갈았다. 칼 가는 소리가 천둥소리보다 더 크게 들려서 귀가 터져버릴 것 같았다. 잘 갈린 칼은 내 머리를 반으로 갈랐다. 머릿속엔 자그마한 밥 한 공기가 들어 있었다. 하얀 쌀밥에선 따뜻한 김이 모락모락 났다. 밥 냄새를 맡은 코가 미친 듯 벌렁거리며 얼굴에서 떨어져 나가 밥 한 공기

쪽으로 슬금슬금 움직였다. 이빨이 통째로 떨어지더니 다다다 다다 소리를 내며 머리 쪽으로 마구 달려갔다. 그리고 내 머리를, 아니 밥을 아니, 나의 정신이라고 믿었던 것을 우적우적 씹어 먹기 시작했다. 몸통을 겨누던 칼이 단숨에 내 배를 반으로 갈랐다. 그곳에는 나와 똑같은, 하지만 나보다 훨씬 작은 내가 웅크린 채 잠들어 있었다. 손은 드디어 원하는 것을 찾았다는 듯 손바닥을 마주 비볐다. 커다란 손이 배 속의 작은 나를 끄집어내 자기 입속으로 집어넣으려는 찰나, 나는 눈을 떴다. 펄펄 끓는 물속에 담긴 것처럼 온몸이 뜨거웠다.

긴 창으로 따뜻한 햇살이 비쳐 들었다. 이불에선 마른 종이 냄새가 났다. 나는 잠에서 깬 뒤에도 한동안 가만히 누워 있었다. 온몸이 정말 산산조각 난 것처럼, 아프지 않은 곳이 없었다. 기침을 할 때마다 머리통이 폭발하는 것 같았다. 딱딱하게 마른 입술을 혀로 적셔봤지만 침은 금세 말라버렸다. 목소리는 어디로 간 걸까. 분명 내 옆에 있었는데. 나는 눈알만 굴려 방 안을 둘러봤다. 앉은뱅이책상과 작은 서랍장과 옷장이 있는 방이었다. 책상 위엔 두꺼운 책 몇 권과 공책이 있었다. 나는 그 책의 주인을 상상하다가 다시 잠들었다.

다시 눈을 떴을 때, 나는 누군가의 등에 업힌 채 두꺼운 잠바 같은 것을 뒤집어쓰고 있었다. 할머니 생각이 났다. 하지만 할머니보다 걸음은 빨랐고 손은 두꺼웠다. 목소리가 분명했다. 나에게 친절하게 굴더니, 결국은 이 사람도 나를 경찰서에 내버리려는 속셈이었어. 분한 마음이 들었지만, 그래서 발버둥을 치고 싶었지만 힘이 하나도 없었다. 목소리가 걷는 대로 몸이 들썩였다. 문을 열고, 계단을 오르는 소리. 나는 잠바 속에 폭 담긴 채 간신히 눈을 떴다. 술 냄새나 약 냄새 같은 것 때문에 구역질이 났다. 분홍색 옷을 입은 여자가 내 귀에 어떤 기계를 집어넣더니, 39도라고 했다. 나를 침대에 눕히고 엉덩이를 톡톡톡 치더니, 날카로운 것으로 엉덩이를 찔렀다.

목소리는 따뜻한 물에 밥을 말아주었다. 먹고 싶지 않았지만 목소리가 꼭 다 먹으라고 했기 때문에 억지로 먹었다. 밥을 절반 정도 먹고는 다시 자리에 누워버렸다. 목소리가 다시 나를 일으켜 약을 먹였다. 계속 그런 식이었다. 자다가 일어나 밥을 먹고 약을 먹고 다시 자고, 일어나 밥을 먹고 약을 먹고 다시 자고. 밤이 몇 번이나 지났는지, 내가 있는 곳은 어디인지, 아무것도 몰랐지만 그런 건 하나도 걱정되지 않았다. 걱정할 틈도 없이 잠이 왔으니까. 온몸을 토막 내서 몸속의 고통을 쭉쭉 짜내는 꿈을 여러 번 꿨다. 팔과 다리, 머릿속에서 가래처럼 걸쭉한 고통이 애벌레처럼 몸을 뒤척이며 기어 나왔다. 방바닥을 스멀스멀 기어 다니던 그것들은 내가 잠든 사이 다시 내 몸속으로 스며들었다.

몸이 예전처럼 미지근해지고, 눈을 뜨고 있어도 잠이 오지 않을 때쯤 나는 자리에서 일어나 걸을 수 있었다. 이곳은 하나님의 집이라고, 목소리는 말했다. 하나님이란 목소리를 말하는 것일까. 나는 목소리가 시키는 대로 어떤 남자에게 인사를 했다. 목소리는 그 남자를 목사님이라고 불렀다. 목사님은 내 머리를 쓰다듬으며 이젠 아프지 않으냐고 물었다. 나는 고개를 끄덕였다. 하나님께서 지켜주셨지. 목사님이 말했다. 감사의 기도를 드리자. 목사님과 목소리가 두 손을 모으고 눈을 감았다. 하나님은 나를 지켜주는 사람인가? 나는 눈을 감는 대신 산처럼 거대해 보이는 두 사람의 냄새를 맡았다.

목소리는 나를 데리고 십자가 아래 건물로 들어갔다. 나는 기다란 의자에 앉아 건물 안을 둘러보았다. 커다란 십자가와 탁자, 오래된 피아노. 목소리는 두 손을 모으고 중얼거렸다. 기도를, 하는 것 같았다. 목소리가 내게도 기도를 하라고 해서 나는 두 손을 모으고 가만히 앉아 있었다. 조용한 가운데 눈을 감고 있으니 그 순간을 기다렸다는 듯 지난 가짜들이 떠올랐다. 쥐는 가짜아빠를 얼마나 갉아 먹었을까? 나를 산산조각 내던 커다란 손과 칼이 떠올랐다. 가짜아빠도 그렇게 산산조각 났을까? 가짜아빠의 배 속에는 무엇이 들어 있을까. 작은 가짜가 들어 있을까? 아들은 할머니를 내다 버렸을까? 백곰은 결국 장미언니를 죽였을까? 그들도 가끔은, 나를 떠올릴까? 뭐가 어떻게 되든 상관없다. 그들은 가짜니까.

목소리가 물었다.

우린 네 이름도 모르고, 집이 어딘지도 몰라. 너는 말을 못하니?

나는 고개를 끄덕였다.

경찰에게 네 부모를 찾아달라고 했어.

나는 고개를 저었다.

그래. 경찰도 네 부모를 못 찾을지도 몰라. 어쩌면.

나는 강하게 고개를 끄덕였다.

하지만 걱정 마. 모든 것은 주님의 뜻대로 될 테니까.

주님이 정말 나를 보호해주는 것이라면 진짜엄마부터 찾아줘야 한다. 어디에나 널려 있는 가짜를 진짜라고 내미는 대신, 진짜 진짜를.

경찰이 네 부모를 찾아줄 때까지 넌 나랑 지낼 거야. 보호기관으로 갈 수도 있지만…… 일단 기다려보자. 기다리면서 늘 기도하자. 주님이 너를 올바른 곳으로 이끄실 거야.

언제라도 경찰이 나를 잡으러 온다면 나는 바로 이곳을 떠날 것이다. 목소리의 따뜻한 손이 나를 아무리 붙잡더라도. 주님이란 존재가 이끄는 올바른 길이 나를 가짜의 소굴로 다시 돌려보내는 것이라면, 나는 단숨에 주님이란 것도 가짜로 만들어 불태워버릴 것이다.

　　점심시간이 되자 목소리는 나를 작은 식당으로 데려갔다. 식당은 십자가가 걸린 건물 지하에 있었는데, 그곳에서는 정말 공짜로 밥을 나눠 주고 있었다. 식당에 앉아 밥을 먹는 사람은 대부분 늙은 사람들이었는데, 종종 어린아이들도 보였다. 그들과 함께 밥을 먹으면서 아무리 찬찬히 살펴봐도 진짜엄마 같은 사람은 찾을 수가 없었다. 목소리는 밥을 먹으며 내게 여러 이야기를 해주었다. 이곳은 교회이고, 교회는 하나님의 집이자 하나님의 나라라고 했다. 우리는 꼭 하나님을 믿어야 하는데, 그래야 구원을 받을 수 있기 때문이라고. 하나님의 말씀대로 사는 건 어렵지 않은데, 십계명만 잘 지키면 된다고 했다. 목소리는 말했다. 너도 십계명을 외워야 해.

　　외우는 것이야 어렵지 않지만, 하나님이란 자가 누구인지 모르니까 우선 그것부터 말해주면 좋을 텐데. 아까 본 그 목사님이란 사람이 하나님인가? 목소리가 하나님인가? 아니면 아직 내가 보지 못한 누군가가 하나님인가? 다른 건 모르겠지만 하나님은 분명 돈이 엄청 많은 사람일 것이다. 이렇게 많은 사람들에게 공짜로 밥을 주는 걸 보면.

　　공짜로 밥을 주고 재워주지만, 나는 교회가 왠지 불편했다.

그곳에서는 늘 착한 생각에 착한 말만 해야 할 것 같고, 목소리는 항상 내게 무언가를 가르치려고 했으니까. 목소리는 내가 어디에서 무엇을 하는지, 내가 이전에는 어떻게 살았는지 궁금해했다. 그래서 나랑 둘이 있을 때는 글씨를 써서 나에 관해 이것저것 물으려고 들었지만 나는 기억이 안 나는 것처럼 행동했다. 도둑질이나 거짓말을 하지 말 것. 매일 열 장씩 성경책을 읽을 것. 하루 여섯 번은 꼭 기도를 할 것. 그리고 예배가 있는 날이면 꼭 예배에 참석할 것. 목소리가 내게 요구한 것들이다. 나는 목소리의 요구를 되도록 지켰고, 지킬 수 없는 것은 지키는 척만 했다.

목소리는 가끔 내가 이해할 수 없는 행동을 했는데, 그건 늘 지나치게 참고 이해하려는 행동이었다. 교회 사람들은 목소리를 착하고 신앙심 깊은, 요즘 세상에 정말 보기 드문 청년이라고 말했다. 언제나 남들을 걱정하고 배려하며 선한 길을 걷는 사람이기 때문에, 하나님의 말씀을 누구보다 잘 따르고 옳지 않은 길로는 절대 들어서지 않을 사람이라고. 사람들이 목소리를 그렇게 칭찬할 때마다 (그게 칭찬인지 뭔지 나로서는 이해할 수 없었지만) 목소리는 교과서에 나올 것 같은 웃음을 지었다. 그러니까, 올바르게 웃는 법을 가르치는 책이 있다면 그가 웃는 모양을 사진으로 찍어 실어도 될 만큼. 문제는, 그가 그 이상으로 착하려고 애쓰다 보니 착하지 않은 자기는 지나치게 경멸하는 것

이었고, 더 큰 문제는 주위 사람들이 그에게 그런 착함을 강요·
한다는 데 있었다. (그런 면에서 제일 나쁜 건 사람들이다. 자기들은
하기도 싫고 할 마음도 없는 착한 행동을 목소리에게만 강요하는 거니
까.) 목소리가 나를 보살피고 있다는 것을 알게 된 뒤 사람들은
그를 더 많이 칭찬했다. 그래서 목소리는 나를 더 깨끗하게 입
히고 얌전한 아이로 만들려고 했다. 그럴 때마다 나는 좀 헷갈
렸다. 목소리가 나를 보살피는 게 정말 나를 아껴서 그러는 건
지, 아니면 사람들이 보고 있기 때문인지, 혹은 하나님이 그렇
게 하라고 시켰기 때문인지.

교회에서 마음에 드는 건 제때 밥을 준다는 것과 예배당에
피아노가 있는 것. 그 두 가지뿐이었다. 예배당에 아무도 없을
때면 나는 피아노 앞에 앉아 내 멋대로 건반을 눌러댔다. 피아
노 건반을 누를 때마다 소리가 비눗방울처럼 퐁 튀어나와 예배
당의 벽과 벽 사이를 유유히 떠다녔다. 어떤 건반에서는 노란색
방울이 올라오고 어떤 건반에서는 빨간색 방울이 떠올랐다. 크
기도 다르고 색깔도 다른 그것들은 예배당 안을 둥실둥실 떠다
니다가 하나로 합쳐져서 전혀 다른 색깔이 되기도 했다.

내가 틈만 나면 예배당에 앉아 그런 놀이를 하는 것을 알게
된 목소리가 내게 공책 한 권을 주었다. 목소리는 그것을 오선
지라고 불렀다. 목소리는 그곳에 까만 점 일곱 개를 그린 뒤 그
밑에 도레미파솔라시라는 글자를 썼다. 그리고 그것을 계이름

이라고 불렀다. 피아노를 배우려면 계이름을 알아야 한다고 목소리는 말했다. 하지만 나는 그런 것에 전혀 흥미가 없었다. 나는 피아노를 배우고 싶은 게 아니라 그저 피아노를 치고 싶은 것뿐이니까. 건반에서 터져 나오는 색색의 비눗방울이 제멋대로 떠돌고 부딪히고 터지다가 다른 색이 되는 것을 보고 싶을 뿐이니까. 목소리가 가르쳐주는 계이름은 십계명처럼 그저 내 눈에만 읽힐 뿐, 내 안으로 들어와 내 것이 되진 않았다.

하지만 아무리 알고 싶지 않은 것도 자꾸 보다 보면 저절로 익히게 마련이라, 나는 금세 계이름을 다 알게 되었다. 십계명도 다 외우게 되었다. 나는 십계명을 공책에 줄줄 써서 목소리를 기쁘게 했다. 누군가를 기쁘게 하기란 참 쉽다. 그 사람이 원하는 것을 하면 되니까. 하지만 내가 그것을 외우는 것과, 그것을 내 마음에 담는 것은 전혀 상관없는 일이다. 내가 십계명을 외우는 것을 보고 목소리는 너도 하나님의 자녀가 되었다고 했지만 나는 하나님의 자녀 따윈 되고 싶지 않다. 나는 진짜엄마의 자식이 아니라면 그 무엇도 싫으니까. 목소리는 나의 이런 마음도 모르고 날마다 내게 하나님 이야기를 해준다. 듣다 보면 옛날이야기 같기도 하고 거짓말 같기도 하고 또 어떤 것은 찬수의 도덕책 같기도 하고, 그래서 통틀어 그다지 재미있는 이야기라고 할 순 없지만 나는 그것들을 잘 듣는 척한다. 나는 앞으로도 배가 고프면 도둑질을 할 거고 필요하면 거짓말도 할 거고 가짜부모는 공경

하지 않을 거고 나를 괴롭게 하는 가짜라면 세상 끝까지 쫓아가 갈기갈기 찢어놓은 뒤 불태워버릴 테고, 내 진짜엄마가 사는 집이라면 분명히 탐낼 것이고 간음은 뭔지 모르니까 할지 안 할지 아직 모르지만, 내가 그러리란 걸 굳이 목소리에게 알릴 필요는 없으니까 그냥 가만있는 거다. 내가 하나님의 자녀라고 생각하는 게 목소리의 마음을 편하게 한다면 그가 무엇을 어떻게 생각하든 상관하지 않을 것이다. 그러니까 목소리도 내가 피아노를 내 멋대로 치는 걸 그냥 내버려뒀으면 좋겠다.

하지만 목소리는 어떤 사명 같은 걸 갖고 있는 것 같았다. 내게 하나님의 말씀과 피아노를 제대로 가르쳐야 한다는 사명. 목소리는 오선지 공책 말고도 피아노 책을 하나 갖다 주었다. 바이엘이라고 적힌 책이었는데, 피아노를 배우는 사람이 제일 먼저 보는 책이라고 했다. 목소리는 내가 그 책의 음표대로 피아노를 치길 원했다. 나는 목소리가 있을 때는 그것을 보며 피아노를 쳤지만, 목소리가 없을 때는 내 방식대로 피아노를 쳤다.

내 방식이란 이런 것이다. 꽃에 대한 음악을 듣고 싶으면 오선지에 커다랗게 꽃 그림을 그린 뒤 그 그림의 선을 따라 음표를 그린다. 그리고 그 음표대로 피아노를 친다. 나비를 듣고 싶으면 나비 그림. 고양이를 듣고 싶으면 고양이 그림. 그럼 그건 나만의 꽃 음악이 되고 나비 음악이 되고 고양이 음악이 된다. 남들은 그게 무엇에 관한 음악인지 모를 것이다. 왜냐면 그건 나만이 알아보고 들을 수 있는 그림이고 음악이니까.

어느 날은 진짜엄마 음악을 듣고 싶어서 오선지 위에 진짜
엄마를 그리려다가 신경질이 나서 연필을 집어 던졌다. 아무리
생각해봐도 진짜엄마의 얼굴을 상상할 수가 없었으니까. 맞고
만 있진 않고 얼굴이 메추리알 같으며 반드시 불행한 사람은 과
연 어떤 얼굴을 갖고 있을까? 하나님은 알까?

식당에서 밥을 다 먹고 일어서려는데, 한 남자가 눈에 들어
왔다. 뭔가 커다란 죄라도 지은 듯, 밥알이 입으로 들어가는지
코로 들어가는지도 모르고 사방을 둘러보며 허겁지겁 밥을 먹
는 남자. 어딘지 낯익어 눈을 뗄 수가 없었다. 불안하게 흔들리
는 눈빛과 무릎 위에서 쉴 새 없이 움직이는 왼손. 밥을 먹는 모
습이 꼭, 벌을 받는 것처럼 불편해 보였다. 나는 그 남자가 밥을
다 먹을 때까지 기다렸다. 어디서 어떻게 사는 남자인지 궁금했
다. 그 남자를 따라가면 진짜엄마를 만날 수 있을 것 같다는 막
연한 짐작이 앞섰다. 그 불행을 제 몸에 꼭 맞는 옷처럼 담담히
받아들이는 그의 표정이 나를 잡아끌었다.

남자는 으슥하고 한적한 골목길만 골라 여러 번 방향을 틀
었다. 걸으면서 버려진 책이나 신문을 보면 주워서 탁탁 털어
품에 넣었다. 골목마다 많은 집이 있었다. 사람들은 하나같이
철문을 꼭꼭 잠그고 낮은 지붕 아래로 숨소리조차 내보내지 않

고 있었다. 남자가 골목을 다 지나가면 그제야 문을 열고 나와 크게 심호흡을 하는 사람들을 상상해봤다. 그런 상상을 하니, 정말 그럴 것만 같아 나는 자꾸 뒤를 돌아봤다.

마트도 있고 교회도 있고 다방도 있고 학교도 있는 아랫동네와 달리 윗동네는 논과 밭과 철길만 있는, 조용하고 한적한 동네였다. 남자는 넓은 길을 두고 좁은 골목만 돌고 돌다가 가장 후미진 동네로 들어섰다.

골목의 끝에 다다르자 남자는 주머니에서 무언가를 꺼내 바닥에 던졌다. 교회에서 반찬으로 나온 생선 조각이었다. 어딘가에서 얼룩 고양이가 튀어나와 생선 조각을 물고 사라졌다. 남자는 깊은 골목의 끝부분에 섬처럼 떨어져 있는 폐가로 들어갔다. 대문도 따로 없고 한쪽 벽은 반쯤 내려앉은, 겨우 내 키만 한 낮은 집이었다. 사방엔 말라 죽은 풀과 오래된 쓰레기가 쌓여 있었는데, 꼭 죽어가는 것만 모아 만든 울타리 같았다. 남자는 작은 댓돌 위에 신발을 벗고 얇은 문을 열었다. 문 안으로 좁은 방이 살짝 보였다. 햇살이 내리쬐는 작은 창과 노란 흙으로 바른 벽. 무너지고 더러운 주변에 비해 그 안은 비현실적으로 따뜻해 보였다. 남자는 제 신발을 들고 안으로 들어갔다.

나는 울타리를 넘어 댓돌 위에 선 채로 문을 잡아당겼다. 안에서 고리를 걸었는지 문은 열리지 않았다. 더 세게 잡아당겼다. 안에선 아무 소리도 들리지 않았다. 종이로 바른 문에 손가락 하나를 푹 찔러 넣고 구멍으로 눈을 디밀었다. 겁에 질린 남자가 벽에 딱 붙어 앉아 발발 떨고 있는 게 동그랗게 보였다.

작은 창으로 따뜻한 햇살이 비스듬히 비쳐 들었다. 문과 창이 있는 곳을 제외한 다른 벽엔 책이나 신문이 쌓여 있었다. 하나같이 낡고 찢어지고 더러운 것이었다. 창 아래엔 작은 라디오와 하얀 초가 있었고, 역시 어딘가에서 주워 온 게 분명한 낡은 이불이 방바닥에 펼쳐져 있었다. 남자는 창문 아래 벽에 딱 붙어 앉아서 나를 봤다. 나는 신발을 벗고 방 안으로 들어가 앉았다. 누, 누구냐고 남자가 물었다. 뭐라 대답할 말이 없었다. 나, 나가라고 남자가 더듬더듬 말했다. 나는 방 안 가득한(하지만 정리가 잘되어 있는) 책을 둘러봤다. 어디서 온 거냐고, 나를 잡아갈 거냐고 남자가 다시 물었다. 나는 아무 잘못도 없다고 연이어 말했다. 비 맞은 짐승처럼 떨고 있는 남자를 보니 괜히 미안했다. 어쨌든 남자의 방에 허락도 없이(그것도 문에 발린 종이를 찢어서 문고리를 열고) 들어왔으니 남자가 화를 내거나 나를 내쫓아도 할 말이 없다. 나는 그냥 가만히 앉아 있었다. 창을 통해 들어오는 햇살이 점점 길어져 남자의 발끝을 지나 내 어깨에 내려앉을 때까지.

나는 남자 앞에서 버려진 아이인 척했다. 남자가 길에서 주워 온 낡은 책처럼 갈 곳이라곤 쓰레기 더미뿐인 아이 흉내를 냈다.

다음 날부터 교회에서 밥을 먹고 남자를 따라 남자의 방으로 갔다. 그리고 해가 질 때까지 배를 깔고 엎드린 채 남자가 주워온 책을 읽었다. 방 안엔 별의별 책이 다 있었다. 동화책에서부터 알아볼 수 없는 꼬부랑글씨로 쓰인 책까지. 세로로 쓰인 책도 있었고 그림책도 있었다. 남자는 말을 하면 터지는 폭탄을 목구멍에 달고 사는 사람처럼 극도로 말을 아꼈고, 몸을 움직일 때도 최대한 소리가 안 나게 조심했다. 그래서 나도 남자처럼 아주 조용해지려고 애썼다. 숨을 쉴 때도 조심조심. 책장을 넘길 때도 조심조심. 오줌을 누러 밖에 나갈 때도 조용조용. 울타리 너머로 사람들이 지나가는 소리가 들릴 때면 남자는 행동을 멈추고 가만히 앉아 귀를 세운 채 그들의 소리가 멀어지기를 기다렸다.

남자는 소리에 민감했다.

소리에 불안해하기도 하고 소리에 안도하기도 했다.

남자는 발걸음 소리만으로도 골목을 지나가는 사람이 남자인지, 여자인지, 노인인지, 아이인지 구분했다. 또 고양이의 발걸음 소리와 개의 발걸음 소리도 구분할 줄 알았다. 남자는 매일 교회에서 장조림이나 생선이나 밥 한 덩이를 가져와 얼룩 고양이에게 던져 주었는데, 그 고양이가 문밖을 서성이면 문을 열고 고양이를 안으로 들어오게 했다. 얼룩 고양이는 이전에 내가 봐왔던 길고양이와는 다르게 남자를 피해 도망가지도, 이빨을 드러내며 발톱을 세우지도 않았다. 고양이는 방에 들어오고 싶을 때 들어오고 나가고 싶을 때 나갔다. 남자의 발끝에서 잠을 자기도 하고 책과 책 사이를 걸으며 혼자 놀기도 했다.

나도 고양이처럼 남자의 방을 드나들었다. 처음엔 극도로 나를 꺼리던 남자도 차차 내게 익숙해져서(나는 물건을 훔치지도 남자를 괴롭히지도 않고 그저 남자 옆에 가만히 앉아 있을 뿐이니까) 나를 별로 신경 쓰지 않았다. 아니, 오히려 나를 기다리는 것도 같았다. 나만의 느낌인지도 모르겠지만, 날이 저물어 내가 교회로 돌아가려고 일어나면 남자의 표정은 굉장히 쓸쓸해졌으니까.

10...

　　남자의 방에서 책을 읽다가 잠이 들어 교회로 돌아가지 못
한 다음 날부터, 나는 남자의 방에서 나가지 않았다. 점심때가 되
면 남자가 교회에 가서 내 몫의 밥을 싸 왔다. 나는 하루에 한 끼
만 먹었지만, 전혀 배고프지 않았다. 하루 종일 내가 하는 일이라
곤 남자가 주워 온 책을 읽거나 가끔 방에 들어오는 얼룩 고양이
와 노는 일뿐이었다. 그리고 밤이 되면 남자가 틀어놓은 라디오
를 듣다가 잠든다. 눈을 뜨면 아침이다. 다시 책을 펼쳐 든다. 고
양이가 방에 들어온다. 남자가 싸 온 밥을 먹는다. 오줌을 눈다.
날이 저문다. 라디오를 켠다. 잠든다. 그리고 가끔, 아주 가끔 남
자와 이야기를 한다.

　　왜 자면서 우냐고 남자가 물었다.

내가 운다고?

(설마.)

귀신처럼 운다고, 남자는 말했다.

흐흐흐흐흐흑.

남자가 우는 흉내를 냈다. 좀 웃겼다.

난 안 울어.

울어.

잠꼬대겠지.

눈물도 나.

거짓말.

라디오에서 도도하면서도 아름다운 악기 소리가 났다. 이 건 무슨 소리냐고, 남자에게 물었다.

바이올린.

바이올린?

파가니니. 소나타 12번. E단조.

그게 뭐야?

이름.

사람 이름?

뭐⋯⋯.

되게 기네.

좋은 상상을 해.

좋은 상상?

자기 전에.

좋은 거, 어떤 거?

니 마음대로.

나는 바이올린이란 악기를 연주하는 상상을 해보려고 했지만, 바이올린이 어떻게 생겼는지 몰라 상상을 할 수가 없었다. 바이올린은 어떻게 생겼냐고, 남자에게 물어보았다.

마음대로 생각해봐.

내 맘대로?

응.

……작고.

응, 작고.

주머니에 넣을 수 있을 만큼.

그래.

밝은 노란색에.

응.

나비처럼 생겼어.

응.

날개를 움직일 때마다 소리가 나. 크게 움직이면 아주 높은 소리가, 작게 움직이면 아주 낮은 소리가 나고.

그래.

연주가 마음에 들면 색깔이 바뀌어. 여러 가지 색으로.

연주해봐.

응?

상상으로.

나는 내가 만든 바이올린이란 악기를 연주하는 상상을 했다. 창밖에선 귀뚜라미가 울고, 찬란한 보름달. 힘이 점점 빠지면서 몸이 깃털처럼 가벼워졌다.

……바뀌었어?

먼 곳에서 남자의 목소리가 아련하게 들렸다.

……응?

……색깔.

……응.

나는 겨우 대답했다. 몸과 정신과 기억 같은 것이 물에 빠진 수채화처럼 점점 흐려졌다.

분홍색 나비 두 마리가 폐가를 맴도는 꿈을 꿨다. 나는 댓돌 위에 누워 햇볕을 쬐며 곤한 낮잠에 빠진 얼룩 고양이였다.

남자의 방에서 나는 많은 사람을 만났다. 바다를 떠돌다가 어마어마하게 큰 생선을 잡았지만 결국 생선의 뼈만 갖게 된 노인이나, 바보처럼 묵묵히 일만 하는 남자에게 두 손 두 발 다 든 악마. 남편을 위해 헌신했다가 버려진 뒤 진짜 자기를 찾게 된 아줌마와 지긋지긋한 세상에 온갖 욕을 퍼붓다가 아이들이 뛰어노는 호밀밭의 파수꾼이 되겠다고 다짐하는 부잣집 아들. 주인집 남자와 사랑에 빠졌다가 그 집의 주인이 되는 미녀, 매일매일 다른 여자와 거시기를 하는 아저씨, 잘생긴 데다가 키도 크고 결정적으로 싸움도 잘하는 소년의 파격적인 첫사랑. 뭐, 별의별 사람들이 다 있었지만 제일 흥미로웠던 건 책 더미 깊은 곳에서 발견한 여러 권의 낡은 공책이었다. 볼펜으로 꾹꾹 눌러 쓴 누군가의 일기. 노랗게 바랜 종이. 1980년에서부터 2000년까지 드문드문, 하지만 아주 오랫동안 쓴 하루하루의 기록. 나는 공책을 넘기며 눈에 띄는 날짜를 골라 읽었다.

1980년 5월 23일. 그녀를 만났다. 양 갈래로 땋은 머리와 새하얀 피부에 반했다. 가느다란 눈매는 초승달처럼 아름답다. 용서받지 못할 죄를 지은 사람처럼 하루 종일 가슴이 두근거렸다. 잠이 안 온다. 내일도 그녀를 볼 수 있을까. 내 인생에 단 한 번의 행운만이 존재한다면, 그녀와의 인연에 그 행운을 걸고 싶다.

1980년 6월 9일. 새로운 세상. 새 인생.

1980년 12월 2일. 이해할 수 없다. 그녀는 내게서 나 아닌 다른 사람을 요구한다. 서로 사랑하기만 하면 모든 게 좋아질 줄 알았다. 시작은 곧 끝이다.

1981년 3월 5일. 낯설다. 흥미롭다. 온통 새롭다. 그래서 두

렵다. 다시 시작이다. 내가 잘할 수 있을까?

1981년 4월 3일. 비디오를 봤다. 말로만 듣던 학살. 내가 본 게 진실일까? 그것이 정말 진실이라면 더 이상 이 땅에서 살 수 없을 것 같다. 내가 무엇을 할 수 있나. 법이 무슨 소용인가.

1981년 5월 30일. 도대체 왜. 수백 명의 죽음도 없던 일이 되고 마는데, 한 사람의 죽음으로 무엇을 바꿀 수 있다고. 끔찍하다. 잠들 수가 없다. 술을 수면제 삼아 마시고 마시고 또 마신다. 하지만 절대 취하지 않아.

1982년 8월 13일. 지친다. 내가 이렇게 말하면, 사람들은 나를 욕할 것이다. 돌을 던질 것이다. 하지만 지친다. 내가 아는 건 그뿐이다. 세계와 세계는 각기 따로 굴러가는 바퀴. 전혀 다른 세계. 나와 너도 마찬가지. 내 몸을 불태워 아무리 호소해도 마음을 움직일 뿐 몸은 움직이지 못한다. 마음만 움직이는 건 아무 소용 없다. 아무것도 바뀌지 않아. 헛된 외침. 모두들 귀를 막고 있다. 우린 서로 다른 언어를 쓰고 있어.

1983년 1월 1일. 내가 냉혈한이면 좋겠다.

1983년 4월 29일. 법은 이데아. 그림자와 따로 노는. 뭐가 우선인가. 그림자가 없으면 귀신이랬다. 영혼 없는, 혹은 영혼만 있는. 그래서 다들 무서워하지. 가진 자의 손에서만 놀아나는 법.

1983년 9월 16일. 고향 가는 버스 안에서 내 옆에 앉은 할머니가 말했다. 법보다 주먹이 가깝다고. 발끈했지만, 그뿐이다. 나도 동의하니까.

1986년 12월 7일. 제대. 인간이 짐승과 가장 공평해지는 야만적 공간.

1987년 1월 30일. 결국 잘되면 된다. 모두 결과만 기억하지. 결과만 좋으면, 모두 용서될 것이다.

1987년 3월 1일. 다시 시작이다. 지금까지의 나는 모두 잊자. 나는 정말 다른 인간이 될 것이다. 훌륭한 사람이 될 것이다. 소신을 팔아 육체를 살찌우진 않을 것이다. 아브락사스!

1987년 5월 11일. 나는 원래 잘 지치는 놈인가? 한평생 지친다, 지친다는 말만 하다가 그대로 죽고 말겠지.

1988년 10월 …… 모르겠다. 시간 따위 잊고 산 지 오래다.

1989년 1월 30일. 씨발, 나보고 뭘 어쩌라고!

1990년 3월 3일. 내가 놓친 것들이 자꾸 떠오른다. 판검사가 되면, 그 모든 게 다 보상될까? 후회 따윈 없는 인생을 살 수 있을까?

1990년 12월 31일. 1년 내내 고시원에 처박혀 수음한 기억뿐이다. 내가 살아 있던 순간은 오직 그때뿐.

1993년 8월 1일. 덥다. 목마르다. 잠 온다. 죽고 싶다.

1993년 12월 30일. 죽고 싶다.

1994년 9월 15일. 죽고 싶다.

1994년 12월 31일. 죽고 싶다.

1995년 1월 3일. 죽고 싶다.

1995년 3월 30일. 아직 살아 있어.

1995년 5월 13일. 눈부시다. 봄 햇살. 그 햇살 아래 나는 너무 부끄럽다.

1996년 12월 10일. 내가…… 몇 살이지?

1997년 10월 20일. 억울하다. 한 번뿐인 인생. 청춘이 모두 삭제되어버렸어. 아무것도 기억나지 않아. 억울해. 억울하다. 억울하다. 억울해. 모든 걸 되돌릴 수 있다면 영혼이라도 팔겠다.

1997년 12월 29일. 10여 년, 아니 20여 년간 책만 넘기던 손으로 무얼 할 수 있단 말인가. 내가, 못은 박을 줄 아나? 펜치를, 드라이버를 어디에 쓰는지는 아나? 보일러. 보일러가 뭐지? 법전 한 권만 들어도 허리가 끊어질 것 같은데.

1998년 11월 1일. 힘들다. 하지만 괜찮아. 겨울은 오고, 뜨거운 물 없이 사람들은 살지 못해. 빚이야 열심히 벌어 갚으면 그만이다. 나도 사랑을 하고 결혼을 하고 아이를 낳고 좋은 아버지가 될 것이다. 먼 훗날 지금을 떠올리며 그땐 그랬다고, 하지만 나는 잘 살아냈다고 반드시, 그럴 거야. 안줏거리로나 추억할 거다. 성공하지 못하더라도 잘 살 수 있어. 헛된 꿈은 이미 버렸다. 고시원에 처박혀 헛된 기대로 배를 채우던 그때를 기억해. 최악은 이미 지나갔어. 지나갔어. 지나갔다. 분명. 그렇다.

1999년 5월 7일. 죽고 싶다.

1999년 8월 30일. 평생을 벌어도 다 갚지 못할 빚. 좆같은 인생. 내 몸뚱어리는 단 한 푼의 가치도 생산해내지 못하지. 최악은 지나가는 게 아니라 지속되는 거라고, 끊임없이. 끊임없이. 좆같은 허세가, 허풍이, 자존심이 밥 먹여주냐 이 씨발놈아.

1999년 12월 1일. 세상이 망할 거라고 한다. 듣던 중 반가운 소리. 제발 망해라. 무너져라. 다 죽어라. 공평하게. 다 사라져버려.

2000년 10월. 미안해, 엄마. 정말 미안해. 죽어야 하는 건 난데, 엄마가 아니라 난데……. 어째서 아직 살아 있는 거지. 이다지도 멀쩡히. 숨 쉬는 내가 너무 끔찍하고도 가여워.

2000년 12월. 죽고 싶다. 살고 싶었던 적, 단 한 번도 없었어.

나는 그 일기의 주인을 상상했다. 두꺼운 일기의 절반 이상을 죽고 싶다는 말로 채운 그를. 그는 정말 죽었을까. 바라던 바를 이루었을까.

교회에서 밥을 들고 온 남자가 내 손에 들린 일기장을 뺏어 바지춤에 찔러 넣었다. 바닥엔 그가 들고 온 밥이 내팽개쳐져 있었다. 나는 봉지를 열고 밥을 주워 먹었다. 남자는 방구석에 쪼그려 앉아 일기를 한 장씩 넘겨 보았다. 나는 결국 죽었냐고 물었다. 남자가 고개를 들었다. 나는 남자 쪽으로 기어가 일기장에 적힌 '죽고 싶다'는 글씨를 가리켰다. 한동안 그 글씨를 빤히 쳐다 보던 남자가 고개를 끄덕였다가, 저었다가, 다시 끄덕였다. 죽었 는데, 안 죽었고, 아니, 모르겠다는 말인가. 목소리가 읽으라던 성경책 속의 예수님이란 사람이 떠올랐다. 그는 죽었다가 살아 났다고 한다. 사람들은 그것을 부활이라고 했다.

사람들은 폐가 안에 쓰레기를 버렸다. 냄새가 고약한 음식 물 쓰레기, 못 쓰는 텔레비전이나 의자 같은 것도 있었다. 가끔 헌 옷을 버리기도 했다. 사람들은 폐가에 아무도 없는 줄 알았 다. 가끔 방문을 열고 방 안으로 들어오려는 사람들도 있었다. 그럴 때마다 남자와 나는 방문을 꽉 잠그고 시체처럼 누워 있었 다. 방문을 몇 번 흔들어보던 사람들은 방 옆의 헛간 같은 곳에 들어가 술을 마시거나 담배를 피웠다. 본드나 가스 냄새가 날 때도 있었다. 그런 냄새는 금세 아련해졌다. 가끔은 헛간에서 신음 소리가 나기도 했다. 거시기를 할 때 여자가 내는 고양이 소리 같은 것. 사랑한다는 말도 들렸다. 안에다 싸지 마. 이런 말 도 들렸다. 잠깐만. 더. 더. 조금만 더. 이런 소리도 들렸다. 그런 소리가 들릴 때면 남자는 방구석에 등을 돌리고 앉아 자기 자 지를 잡고 달달달달 흔들었다. 한번은 남자가 대신 좀 흔들어줄 수 없겠냐고 아주 작은 소리로 내게 청했다. 내가 남자의 자지 를 잡자마자 자지가 흐물흐물해졌다. 흔들면 흔들수록 더 연해

158

졌다. 남자가 피식 웃었다. 벽 너머에서 욕지거리가 들렸다. 여자가 깔깔 웃었다.

폐가를 찾아오는 이들은 어떤 사람들일까. 집이 없는 자들은 아닐 것이다. 잠시 몸을 감출 데가 필요한 사람들이겠지. 혹은 버릴 곳이 필요한 사람들. 쓰레기를 버리고, 정신을 버리고, 욕구를 버리기 위해 폐가는 꼭 필요한 곳이라고 나는 결론을 내렸다. 그 폐가의 깊은 곳에서 남자와 나는 책을 읽고 밥을 먹고 잠을 잔다. 사람들이 쓰레기라고 부르는 그 안에, 세상에서 제일 안락한 공간이 있는 것이다.

그 점이 아주 마음에 들었다.

아무도 나를 찾지 못할 테니까.

하지만, 진짜엄마는?

갑자기 떠오른 진짜엄마에 대한 생각으로 잠시 혼란스러워졌으나 나는 금세 그 생각을 지웠다. 생각을 하면 할수록 복잡해지고 불만스러워질 테니까. 진짜엄마 생각이 떠오를 때마다 나는 책을 집어 들었다. 그리고 거침없이 읽어나갔다. 진짜엄마를 찾아 떠도는 사람들의 이야기를. 아무리 읽고 또 읽어도 책속의 결론은 늘 한결같았다.

진짜 같은 건 없다.

있어도 찾을 수 없다.

남자의 집에서 지낸 지 며칠이나 지났을까. 교회에서 밥을 들고 온 남자가 내게 말했다.

교회에서 찾아. 그…… 키 크고 눈 큰 남자가.

나는 남자가 들고 온 비닐봉지에서 밥을 꺼내 먹었다.

너, 몇.

발걸음 소리가 들린다. 남자가 입을 다물었다. 나는 숟가락질을 멈췄다.

살이야?

발걸음 소리가 멀어지자 남자가 입을 열었다. 나는 다시 밥을 먹으며 모르겠다고 고개를 저었다.

돌아가. 널 찾잖아.

밖으로 나가기 싫다. 나가면 나는 또 떠돌아야 할 것이다. 교회에서 밥은 먹을 수 있겠지. 하지만 그곳에서 살고 싶진 않다. 그곳에선 착한 표정만 지어야 하고 인사도 잘해야 하고 말도 잘 들어야 한다. 그곳보단 여기가 훨씬 편하다. 남자도 나를 싫어하는 건 아니다. 그 정도는 알 수 있다. 나를 제 뜻대로 하려 하지도 않고, 참견도 안 하고, 그리고 가끔 내가 책을 읽다 잠들면 이불도 덮어준다. 이불깃을 여며주는 남자의 고요한 손길이 좋았다. 악몽을 꾸지 않는 법을 가르쳐주기도 하고 좋은 음악을 틀어주는 라디오 주파수도 많이 알고 있으며, 나를 못된 아이나 반드시 착해야 하는 아이로 만들지도 않는다. 남자에게 잘 보이기 위해 무언가를 억지로 하지 않아도 되고 궁금한 것을 물어보면, 상상해보라고 한다. 그리고 나의 상상에 '응'이라고 대답해준다. 그것이 아무리 엉뚱하고 기괴하고 망측하더라도. 방 안에 앉아 멍한 눈으로 허공을 응시하는 남자를 보며, 남자 눈 속에 깃든 세상의 한 귀퉁이를 엿보려고 애쓰기도 했다. 남자가 떠올리는 것 혹은 바라는 것, 그것을 짐작해보려고도 했다. 나는 남자의 방에서 이름도 나이도 부모도 꿈도 소망도 신앙도 없이 그냥 몸뚱이 하나로만 존재할 수 있었다. 더 이상 악몽도 꾸지 않고 무언가를 찾겠다, 불태우겠다, 기억하지 않겠다며 안간힘을 쓰지 않아도 되는. 점점 단순해지는 느낌. 세상의 중심에서 세상에 끼어들지 않고 세상과 완전히 분리되는……. 남자도 나처럼 느낄까? 그래서 폐가를 찾아 그 안에 자기만의 세계를 만든 것일까.

달도 뜨지 않은 밤이었다. 짧은 비명 소리에 눈을 떴다. 남자는 문고리를 잡고 바깥의 소리에 귀를 기울였다. 살덩이가 바닥에 떨어지는 소리가 들렸다. 입을 틀어막은 억센 손과 바닥에 끌리는 몸뚱이. 밖으로 나가지 않는 신음. 그런 것들이 뒤엉켜 들렸다. 평소에 듣던 거시기 소리는 아니었다. 문고리를 잡은 남자의 손이 조금씩 떨렸다. 낮은 욕지거리와 옷 찢어지는 소리가 들렸다. 억눌린 여자의 비명 소리가 뚝뚝 끊겨 간신히 새어

나왔다. 남자가 벌떡 일어나 주먹으로 흙벽을 꽝! 쳤다.

세상이 잠시 고요해졌다.

금세 다시 시작되는 소란. 남자가 다시 흙벽을 쳤다. 멈추지 않는 다급함. 하지 마! 남자가 소리를 질렀다. 잠깐의 정적. 뛰는 소리와 울타리 무너지는 소리. 남자가 나를 쳐다봤다. 지독하게 고요한 밤. 곧이어 터지는 여자의 울음과 비명 소리. 나는 귀를 막았다. 남자는 벽에 쌓아둔 책을 문 앞으로 옮겼다. 밖으로 통하는 하나 남은 문마저 책으로 막으려는 듯. 문 앞엔 금세 거대한 책의 산이 쌓였다. 동네의 개가 동시에 짖었다. 어둠 사이로 남자의 불안한 숨소리가 들렸다. 손을 달달 떤다. 안아주고 싶다고, 나는 생각했다. 남자의 손을 잡았다. 남자가 기다렸다는 듯 나를 와락 껴안았다. 천장까지 닿았던 책 몇 권이 바닥에 떨어졌다. 남자는 심하게 떨었다. 뭐가 그리 무서울까. 어차피 이 안으론 아무도 들어오지 못할 텐데. 이곳은 완벽한 동굴인데. 세상 사람 그 누구도 들어올 생각 따위 하지 않을 텐데. 이곳에선 다 괜찮다. 밖에서 전쟁과 살인과 지진과 불난리가 일어나더라도, 이곳만은 괜찮다는 믿음이 내겐 있었다. 이곳은 폐가니까. 지독한 불행까지 이미 다 거쳐 간 곳. 불행마저 버린 단 하나의 공간이니까.

다음 날, 남자는 밥을 먹으러 교회에 가지 않았다. 책으로 막아놓은 방문 쪽을 멍하게 바라보고 앉아 있을 뿐이었다. 하루 종일 굶고 있을 순 없으니까, 이번엔 내가 교회에 가기로 했다. 가서 남자의 밥까지 가져오겠다고. 하지만 남자는 문 앞의 책을 치우지 못하게 했다. 나는 직접 책을 하나하나 옮겼다. 내가 옮긴 책을 남자가 다시 문 앞에 쌓았다. 갈 곳이 없다고, 남자는 말했다. 여기가 끝인데, 더 이상 없는데. 노파를 죽인 뒤 불안에 떠는 책 속의 주인공처럼 남자는 중얼거렸다. 골목 끝에서 요란한 발걸음 소리가 들렸다. 남자가 몸을 웅크렸다. 울타리를 넘어온 발들이 폐가 곳곳을 뒤졌다.

확 밀어버려야지. 애들도 여기서 담배 피우고 본드 불고, 진짜 동네 흉흉해서. 나도 밤엔 무서워서 저쪽 골목으로 돌아간다니까요. 아, 밤에만 그러나. 난 낮에도 그래. 이 집 주인은 도대체 누구여. 옆집 할머니가 그러던데, 옛날에 떴대요, 이 동네. 노름 빚 때문에 망했다든가…… 아, 그래. 그 아들내미가…… 아니, 그게 아니고요. 노름이 아니고, 무슨 사업을 했잖느껴. 아녀, 그 집 아들놈은 판검사 된다고 공부만 하던 놈인디, 알아주는 수재였어. 그러니까, 그 아들이 몇십 년 공부만 하다가 때려치우고 무슨 사업을 한다고 빚을 엄청 졌잖아요. 아니라니까. 노름이라니까. 아녀, 그 할멈이 여서 죽었어. 내가 다 봤는디. 그러니까 그 할머니 아들 말예요. 아녀, 그 할멈한텐 자슥 없었어. 내내 혼자 살았는디, 아들은 무슨. 아녀. 보일러 장사 하는 사람 있었어. 아무튼 주인 없는 집이란 거 아녀. 아, 그건 읍사무소 가서 알아봐야제. 순경 양반. 뭐 좀 찾았어? 동네에 이런 흉물이 남아 있응께 동네 처자 욕이나 보이고…… 그 딸내미 시집은 다 갔구만. 그래도 그 거시기까진 안 했다더만. 아, 하고 안 하고가 문제여. 일단 그런 일이 있었다면 그년 인생도 종 친 거지. 그르게 왜 밤늦게 싸돌아댕겨, 싸돌아댕기길. 다 큰 처자가. 할아버지는 자기 일 아니라고 무슨 말을 그렇게 막 해요? 할아버지는 할아버지 딸이 이런 일 당해도 그렇게 말할 거예요? 아, 이 몹쓸 주둥이질 좀 보래! 내 딸이 왜 그런 일을 당한다는겨!

남자는 벽에 머리를 박고 몸을 덜덜 떨었다. 나는 남자를 꼭 안았다. 자기는 아무것도 잘못하지 않았다고, 남자가 중얼거렸다. 그래, 당신은 아무것도 잘못하지 않았다고 말해주고 싶었지만, 밖에서 사람들이 계속 서성거려서 입을 뗄 수가 없었다. 남자는 버려진 책 같은 나를 이곳에 있게 해주었고, 밥을 가져다주었으며 밤엔 이불을 내게 양보했다. 나에게 어떤 나쁜 짓도 하지 않았고 어떤 것도 강요하지 않았다. 있는 그대로의 나를 그냥 두고 봤다. 어젯밤에 무슨 일이 있었는지 모르겠지만, 우린 아무 잘못이 없다. 그런데도 사람들은 이 집이 흉물이라고, 당장에 밀어버려야 한다고, 이 집 때문에 동네에 안 좋은 일이 자꾸 생긴다고 목소리를 높였다. 폐가를 폐가로 만들고 그곳에 온갖 것을 버린 사람들이. 자기 집에선 할 수 없는 것들을 폐가에서만 저지르던 사람들이. 폐가가 없으면 사람들의 집은 쓰레기로 넘쳐 날 것이다. 골목마다 담배 피우고 술 마시고 본드 부는 사람으로 가득 찰 것이다. 그리고 또, 사람들은 한밤중에 길 한가운데에서 거시기를 할 것이다. 당연하지! 폐가가 없다면 아무도 그들을 감춰주지 않을 테니까! 나는 안다. 밖에서 언성을 높이는 사람들도 속으로는 전부 폐가를 필요로 한다는 걸. 이곳을 밀어버린 후 저들은 분명 또 다른 폐가를 만들어낼 것이다. 혹은 찾아낼 것이다. 그러면서 또 욕할 것이다. 밀어버려야 한다고. 없애버려야 한다고.

안 열리는데. 안에 뭐가 있나.

사람들이 문을 마구 흔들어댔다.

누가 사나?

살긴 누가 살어, 이런데.

아, 고마 뿌사뿌래. 있어봤자 거지밖에 더 있겠어.

그, 그놈 아녀? 그 죽일 놈 아녀?

아, 그놈이 미쳤대요. 이런 데 숨어 있게.

문 앞에 쌓아놓은 책이 바닥으로 툭툭 떨어졌다. 남자의 눈이 커다랗게 벌어졌다. 몸으로 책을 막았다. 난 여기뿐이라고, 남자가 중얼거렸다. 여기가 끝이라고. 나도 남자와 함께 책을 막고 섰다. 책으로 쌓은 벽이 부르르 떨렸다. 여러 사람이 동시에 문을 밀어대는 것 같았다. 남자가 온몸을 덜덜 떨었다. 엄마.

남자가 엄마를 불렀다. 엄마. 엄마를 부르며 울었다. 엄마 미안
해. 엄마 잘못했어요. 엄마. 엄마. 나 좀 살려줘. 난 여기뿐이야,
엄마. 남자의 커다란 눈에서 눈물이 줄줄 흘렀다. 방 안을 아무
리 둘러봐도 남자의 엄마는 안 보이는데, 남자는 계속 엄마를
불렀다. 나도 남자처럼 누군가를 부르고 싶은데, 내 입에선 엄
마란 말이 나오지 않았다. 내겐 기억해낼 사람도 없고 잘못을
빌 사람도 없고 지켜달라고 애원할 사람도 없으니까.

　문이 벌컥 열렸다. 책과 몸이 동시에 앞으로 밀렸다. 책 속
에 파묻힌 채 남자를 찾아 손을 더듬었다. 눈앞에 일기장이 떨어
져 있었다. 죽고 싶다는 글과 살아 있다는 글이 동시에 보였다.
이게 다 뭐냐고, 사람들이 웅성거렸다. 이놈이 범인 아니냐고, 남
자를 가리켰다. 나를 일으키며, 여자애를 가둬놓고 살았다고 멋
대로들 말했다. 괜찮니. 괜찮니. 어떤 여자가 나를 잡아끌며 물었
다. 버려진 것으로 만든 남자의 방은 사람들의 욕지거리와 발자
국으로 난장판이 되었다. 경찰 옷을 입은 사람이 남자를 방구석
에 몰아넣었다. 나는 여자의 손을 뿌리치고 남자에게 손을 뻗었
다. 괜찮다고, 이젠 걱정 말라고, 다른 사람이 내 어깨를 잡았다.
사람들이 남자에게 욕을 퍼부었다. 발길질을 하는 사람도 있었
다. 여기 있었느냐고, 어쩌다 붙잡혀 왔냐고, 누군가가 내 얼굴을
보고 말했다. 교회에서 자주 보던 여자였다. 여자가 어딘가로 전
화를 걸었다. 남자는 방구석에 몰린 채 두 팔로 얼굴을 가리고 계

속 울다가 방바닥을 벌벌 기어 창문 아래로 갔다. 어제 뭘 했느냐
고, 저 여자애는 왜 여기 가둬놨느냐며 경찰이 남자의 머리카락
을 잡고 고개를 꺾었다. 나는 경찰에게 달려들어 손목을 꽉 물었
다. 사람들이 나를 간신히 떼어놓으며, 애가 얼마나 충격을 받았
으면 저러겠느냐고 남자를 몰아세웠다.

아니야!

나는 소리 질렀다.

아무것도 모르면서! 당장 여기서 나가! 나가!

여자들이 혀를 쯧쯧 찼다. 아니, 말을 못하던 애였다고 아
까 그 여자가 사람들에게 말했다. 사람들은 재미있다는 듯 수군
거렸다. 눈 속 가득한 호기심으로 남자와 나를 샅샅이 훑었다.
경찰이 남자를 잡아 일으켰다. 나는 다시 경찰에게 덤벼들었다.
미친 고양이처럼 사람들을 할퀴고 물어뜯었다.

사람들을 비집고 목소리가 나타났다. 급하게 뛰어온 듯 거
칠게 숨을 몰아쉬었다. 목소리를 보고 경찰이 반색을 했다. 나
는 경찰의 손에서 벗어나려고 온몸을 뒤틀었다. 온몸의 핏줄이
다 터지도록 날카롭게 소리 질렀다. 제발 놔. 놔줘. 제발 가만
둬! 이빨을 드러내고 발톱을 세웠다. 침인지 피인지 눈물인지
모를 것이 줄줄 흘렀다. 긴 손톱으로 경찰과 목소리를 마구 할
퀴었다. 머리카락이 다 헝클어지고 옷이 찢어질 만큼 발악했다.
사람들의 표정이 서서히 굳어갔다. 나를 보는 목소리의 눈에선

경멸을 읽었다. 남자는 죽어가는 고양이처럼 몸을 떨고 있었다. 일단 같이 경찰서로 가자고 경찰이 말했다. 나는 눈을 치떴다. 목소리가 내 손을 잡고 밖으로 나가려고 했다. 나는 목소리의 손을 뿌리치고 바닥에 너부러진 남자의 손을 잡았다.

얼음장처럼 차가운 손.

텅 빈 눈.

남자의 입에서 흘러나온 피가 바닥을 적셨다.

혀! 혀를 깨물었어! 사람들이 비명을 질렀다. 남자의 손엔 작고 날카로운 면도칼이 쥐여 있었다.

경찰은 남자를 범죄자 취급했다. 감옥에 갈 게 무서워 자살을 시도한 게 분명하다고 했다. 남자를 병원으로 보낸 후 경찰은 계속 나를 괴롭혔다. 남자가 무슨 짓을 했느냐고 집요하게 물었다. 남자는 나에게 밥을 주고 이불을 덮어주었다. 그뿐이다. 하지만 경찰은 괜찮으니 있는 그대로 말하라고 했다. 옷을 벗겼어? 니가 싫다는데도 너를 막 괴롭혔지? 어떻게 괴롭혔어? 화가 났다. 믿지도 않을 거면서 계속 묻는 이유는 결국 자기들이 원하는 대답을 들을 때까지 나를 괴롭히겠다는 뜻이다. 목소리는 내 손을 잡고 주님께서 도와주셨다고, 주님께서 옳은 길로 이끄실 거라고 새빨간 거짓말을 했다. 그리고 경찰에겐 부모를 찾는 동안 자기가 나를 데리고 있겠다고 했다. 경찰은 정말 대단한 총각이라고 목소리를 칭찬했다.

남자는 죽었을까. 아니야. 안 죽을 거야. 절대 안 죽어. 죽어도 다시 살아날 거야.

나는 남자와 폐가로 돌아가고 싶었다. 내가 원하는 건 그뿐이었다. 하지만 사람들은 자기가 옳다고 생각하는 것만 칭찬하고, 아닌 것은 모두 잘못으로 몰았다. 경찰이 내게 이름을 물었다. 나이를 물었다. 어디에서 살았냐고, 부모님 이름은 뭐냐고 물었다. 내가 대답할 수 없는 것들만 골라서. 내가 대답을 안 하니까, 아까는 말을 하지 않았냐고 왜 대답을 안 하냐고 따졌다. 내가 모든 것을 사실대로 말하면, 경찰은 분명 나를 가짜아빠에게 돌려보낼 것이다. 세계를 통째로 뒤져 가짜엄마까지 찾아내겠지. 뿔뿔이 흩어져서 완전해진 우리 가족을 다시 악마의 소굴로 몰아넣을 것이다. 그리고 좋은 일, 착한 일을 한 것처럼 의기양양 웃을 것이다. 나는 목소리의 손을 뿌리치고 경찰서를 뛰쳐나와 심장이 터질 때까지 계속 달렸다. 좋은 상상을 해. 남자의 목소리가 들렸다. 죽지 마. 죽지 마. 쥐새끼가 온몸을 갉아 먹는 것처럼 끔찍한 느낌. 배 속에 100마리의 쥐새끼가 사는 것 같은. 손과 발과 눈과 코와 입과 모가지를 다 잘라내고 싶어서, 아아아아아아아아악! 아무리 소리를 지르고 죽을 만큼 달려도, 아아아아아아아아악! 아아아아아아아악!

아아아아아아아악!

행복하기만 한 건 아니었다. 내가 숨 쉬던 우주는 온통 까매서, 가끔 그 어둠에 치를 떨기도 했다. 시간도 공간도 내 안의 모든 감각도 소용없던 그때, 막막한 어둠에 짓눌려 구해달라고, 그 무엇도 흉내 내지 못할 간절함을 품기도 했지만 나를 구할 것 또한 어둠뿐이었다. 암흑의 본질은 고독이었다. 나는 모든 구멍을 열고 내게 스미는 암흑을 응시하고 응시했다. 응시하는 그곳에는 또 다른 내가 있었다. 기시감 같은 반짝임. 반짝이는 나를 보는 것 또한 나와 암흑뿐이었다.

내 앞에 나타난 나는 지나치게 흔한 세계.

그것만이 전부였던 그 시절.

나는 반짝이는 나를 봤다. 내 불행의 시발점. 모든 행복의 이면.

4부

각설이패

11...

시끌벅적한 시장터를 지나 마을을 가로질러 지칠 때까지
달렸다. 부딪치고 넘어지고 깨지면서도 멈추지 않았다. 숨이 턱
에 차고 무릎이 덜덜 떨렸다. 온몸에 불이 붙은 듯 열이 났지만
멈추지 않았다. 심장이 터질 것만 같았다. 다 터져버리라고, 터
져서 산산조각 나라고 정신없이 소리 질렀다. 깨지는 소리, 두
드리고 펑펑, 터지고 솟구치고 와장창 무너지고, 귀를 찢는 웃
음소리. 정신을 차려보니 다리 위였다. 다리 아래 강변엔 천막
이 나란히 세워져 있고, 곳곳마다 풍선이 달려 있었다. 강변 끝
에 세워진 무대에선 노래자랑을 하고 있었다.

축제다.

나는 단번에 알아챘다. 할머니와 봤던 것과 똑같은 풍경이

다. 덜덜 떨리는 다리는 내 뜻과 상관없이 강변으로 질척질척 내려갔다. 한 걸음 내디딜 때마다 사람들과 부딪쳤다. 부딪치면, 버티지 않고 쓰러졌다. 사람들은 죽은 고양이 보듯 나를 피했다. 땀과 눈물로 범벅된 얼굴을 더러운 손으로 훔쳤다. 흐흐흐흐흑. 잘 때 왜 우냐고 묻던 남자의 목소리가 떠올랐다. 나는 안 울어. 단호하게 대답했다. 울 줄 몰라. 남자가 다시 흐흐흐흐흑. 우는 흉내를 냈다. 웃음이 났다. 남자가 손을 내밀어 나를 일으켰다. 다리가 후들거려 몇 번이나 넘어졌다.

사방에서 웃음과 박수가 터져 나왔다.

눈앞에서 불이 확 타올랐다. 눈이 따가웠다. 눈을 계속 비볐다. 다시 불이 타올랐다. 사람들이 박수를 치며 환호했다. 활활 타오르는 불을 꿀꺽 삼키는 자가 보였다.

각설이다.

각설이는 전국을 떠돈다고 했다.

공연을 하는 사람은 네 명. 덩치가 큰 대장이 마이크를 쥐고 사람들의 흥을 돋우다가 입에서 불을 내뿜었다. 한 번, 두 번, 세 번, 네 번, 다섯 번. 입을 열 때마다 입에서 불이 솟았다. 사람들은 소리를 지르고 박수를 쳤다. 장구를 두 개나 멘 남자는 팔이 안 보일 정도로 장구를 쳤다. 북을 치던 남자가 마이크에 대고, 여기서 끝이 아니야! 소리를 지르며 두두두두둥 북을 울려대자 막대기 끝에서 활활 타오르던 불이 대장의 입속으로 쏙 들어갔다. 불을 삼킨 것이다. 더 큰 박수와 환호. 북을 치던 남자가 불맛이 어떠냐고 묻자 대장은 엄지손가락을 치켜올리고 아주 화끈하다며 입맛을 다셨다. 쿵짝쿵짝쿵짝쿵짝. 요란한 음악에 맞춰 다시 불을 내뿜고 장구와 북을 정신없이 두드려대고 살이 오동통 오른 여자가 사람들 사이를 돌아다니며 엿과 노래 테이프를 팔았다. 내 눈엔 불을 삼키는 그가 신처럼 보였다. 그래, 신이라면 그럴 것이다. 밥이나 빵이 아니라 불을 먹을 것이다. 배 속에서 활활 타오르는 불을 상상했다. 모닥불처럼 따뜻하고 밝은 불을 품고 있으면 춥지도 배고프지도 않고 언제나 빛날 것이다. 내가 만약 불을 삼킬 수 있다면, 아무도 나를 건드리지 않을 텐데.

공연을 모두 끝낸 그들이 장비를 트럭에 싣는 걸 보고, 그들이 안 보는 틈을 타 트럭에 올라탔다. 그리고 가장 깊숙한 곳에 실어둔 스피커 뒤로 숨었다. 장비를 다 실었는지 쾅, 트럭 문 닫는 소리가 났다. 사방이 온통 깜깜했다. 차가 서서히 움직였다. 나는 웅크린 채 잠들었다.

눈을 떴을 때도 깜깜하긴 마찬가지였다. 트럭은 움직이지 않았고, 배가 고팠다. 어둠 때문에 숨이 막혔다. 언제쯤 문이 열릴까. 나는 문이라 짐작되는 곳을 계속 쳐다보다가 다시 잠들었다.

꿈속에서 불을 삼켰다. 몸이 활활 타올랐다.

트럭 문 열리는 소리가 났다. 장비를 하나씩 밑으로 내리던
사람 중 한 명이 나를 발견했다. 장구를 치던 사람이었다. 분장
도 하지 않고 누더기도 걸치지 않아서 처음엔 못 알아봤다. 나
는 오랫동안 구부리고 있던 다리를 쭉 폈다. 다리에 감각이 없
었다. 오줌이 마려웠다. 남자는 당황스러운 얼굴로 날 쳐다보기
만 했다. 나는 자리에서 일어나 트럭에서 뛰어내린 뒤 오줌 눌
만한 곳을 찾았다. 마땅한 곳을 찾지 못해 트럭 앞으로 가서 오
줌을 눴다. 오줌을 누면서 주변을 둘러봤다. 장터 주변의 주차
장인 것 같았다. 축제만 다니는 게 아닌가? 오줌을 누며 눈을 비
볐다. 아침 햇살 때문에 눈이 아팠다. 아주 오랜만에 맞는 아침
인 것 같았다. 나를 빤히 쳐다보던 남자가 넌 도대체 뭐냐고 물
었다. 나는 대답하지 않았다. 김 형! 김 형! 남자가 큰 소리로 누
군가를 불렀다. 다른 트럭에서 대장이 내렸다. 나는 멀뚱히 서
서 두 남자를 쳐다봤다. 언제부터 트럭에 있었던 거냐고 남자가
다시 물었다. 뭐라 대답할 수가 없었다. 왜냐면 시간이 얼마나
지났는지 모르는 데다 내가 있던 곳이 어디였는지도 모르니까.
왜 거기에 있었느냐고 대장이 물었다. 대장의 눈을 빤히 쳐다봤

다. 왠지 그 사람에게는 거짓말을 하고 싶지 않았다. 거짓말을 하면 다 들킬 것 같았다. 불을 삼키는 사람이니까. 나는 솔직하게 말하기로 했다.

진짜엄마를 찾으려고.

진짜엄마?

나는 고개를 끄덕였다.

엄마가 어디 있는데?

(그건 나도 모르지.)

엄마가 누군데?

(모른다니까.)

엄마가 널 버렸어?

나는 고개를 끄덕였다. 대장은 이름이 뭐냐, 어디에서 살았느냐, 나이는 몇 살이냐고 물었다. 나도 모르는 것들이니까 대답을 할 수 없었다. 대장의 표정이 의미심장해졌다. 남자가 경찰서에 데려가자고 했다.

엄마를 잃어버린 게 아니라 엄마가 너를 버린 거라?

대장이 다시 물었다. 나는 잠시 고민하다가 그렇다고 대답했다. 남자가 경찰서에 데려가겠다며 내 손을 잡아끌었다. 나는 있는 힘을 다해 손을 뺐다. 대장이 남자를 말렸다.

애 엄마가 버렸다잖아.

남자는 그게 무슨 상관이냐고 대꾸했다. 어차피 경찰이 다 찾아줄 텐데.

찾아주면 또 버릴 거 아냐. 한 번 버린 자식 또 안 버리겠냐?

대장은 내 몰골을 한참 동안 살펴보다가 담배를 피워 물었다. 그리고 남자에게 말했다.

우리가 데리고 다니자.

남자는 말도 안 된다고 했다. 그러다가 납치범으로 몰리기라도 하면 어쩔 건데?

납치는 무슨.

남들이 그렇게 생각할 수도 있어.

엄마가 버린 애 우리가 거두는 게 납치냐?

그냥 경찰에 보내. 그럼 고아원으로 보낼 거 아냐.

다른 각설이들이 슬렁슬렁 다가왔다. 너, 엄마 찾는댔지? 대장이 내게 물었다. 나는 아주 강하게 고개를 끄덕였다. 고아원에 갈래, 나랑 같이 다닐래? 나는 대장의 손을 덥석 잡았다. 굳은살이 촘촘히 박인, 강인한 손이었다. 그 손으로 내 몸을 종잇조각처럼 구길 수도 있을 것 같았다.

엿을 팔던 여자가 트럭 뒤에 앉아 밥을 하고 찌개를 끓였다. 대장이 타고 있던 트럭의 짐칸에는 이불과 가재도구 같은 게 실려 있었다. 생활을 실은 트럭이었다. 잠도 자고 밥도 먹고 쉬기도 하는. 나는 네 명의 각설이와 나란히 앉아 밥을 먹었다. 정말 맛있었다. 대장이 내게 말했다. 자기도 엄마를 찾고 있다고. 나는 속으로 환호성을 질렀다. 역시 나와 같은 사람이었어! 그래서 나를 알아본 거야!

대장의 엄마는 대장이 열 살 때 집을 나갔다고 했다. 아버지란 사람이 엄마를 너무 많이 때렸기 때문인데, 엄마가 집을 나가자마자 아버지는 다른 여자를 집으로 데려왔다. 대장의 새엄마라고 들어온 여자는 대장을 너무 싫어해서 대장을 자꾸 밖에 내다 버렸다. 대장이 집을 찾아 돌아오면 왜 들어왔냐고 대장을 마구 때렸다. 새엄마는 대장을 거짓말쟁이에 도둑놈에 천하에 쓸모없는 놈이라고 했다. 아버지는 새엄마도 때렸다. 새엄마는 집안의 재산을 모두 가지고 달아나버렸다.

대장은 열다섯 살 때부터 각설이를 하며 전국을 떠돌았다고 했다. 진짜엄마든 가짜엄마든, 둘 중의 하나라도 찾기 위해서. 대장은 축제도 자주 가지만 주로 장터를 떠돈다고 했다. 사람이라면 누구나 시장에 오니까, 잘살든 못살든 어쨌든 먹고살려면 장을 봐야 하니까. 큰 장이든 작은 장이든, 장터가 있는 곳이라면 대장은 어디든 다니면서 엄마들을 찾는다고 했다. 30년이나 전국을 떠돌았는데도 못 찾은 걸 보니, 어쩌면 둘 다 이미 죽은 건지도 모른다. 만약 정말 그런 거라면 대장은 각설이를 그만두고 자기도 죽어버릴 거라고 했다. 대장의 말에 각설이들이 고개를 설레설레 흔들었다. 아주 지긋지긋한 이야기라고 여자가 중얼거렸다. 나는 대장이 불을 마구 내뿜고 또 불을 잘 삼키는 이유를 알 것 같았다. 대장의 속은 이미 까맣게 타버려서, 더 이상 탈 것도 없는 거다. 대장의 속엔 오직 활활 타오르는 불덩이만 있는 거다. 그러니까 아무리 불을 삼켜도 괜찮은 거다. 30년이 지나도록 진짜엄마를 찾지 못하면, 내 속도 그렇게 될까? 그럼 굳이 불을 삼키는 방법을 배우지 않고도 절로 불을 삼키게 될까?

밥을 짓고 엿을 파는 여자는 (사람들은 그 여자를 미남이라고 불렀다) 대장의 애인인 것 같았다. 대장은 미남이를 끔찍하게 아꼈다. 사람들이 미남이를 조금이라도 함부로 대하는 것 같으면 불같이 화를 냈다. 미남이가 엿을 팔 때 술에 취한 아저씨나 능글맞은 남자들이 미남이의 엉덩이를 만지거나 막 껴안으려고 하면, 대장은 판을 다 뒤엎고 그들을 죽여버릴 듯이 눈을 부라렸다. 정말 불같은 성격이었다. 그럴 때마다 다른 각설이들은 대장을 말리느라 진땀을 뺐다. 그렇다고 대장이 늘 불같은 건 아니다. 보통 때는 물처럼 모난 데 없는 남자였다. 상황을 잘 파악했고 위험을 피했으며 사람들의 기분을 자유자재로 주무르는 재주가 있었다.
같이 일하는 각설이들은 대장과 길게는 20년, 짧게는 5년

동안 같이 다닌 사람들이었다. 대장과 가장 오랫동안 일한 사람은 북을 치는 달수였는데, 말이 없고 수줍음이 많은 사람이었다. 그래서 각설이들이 사람들과 흥에 겨워 춤을 추고 노래를 부를 때도 묵묵히 북만 두드렸다. 그러다가도 대장이 불쇼나 격파쇼를 벌일 때는 대장 대신 사회를 봤다. 하지만 늘 하는 말이 정해져 있어 나도 그대로 외워 따라 할 수 있을 정도였다. 용이는 장구를 쳤는데, 얼굴이 뾰족하고 몸이 날렸다. 춤도 잘 추고 노래도 잘했다. 그리고 말도 많았다. 대장이 묵직하고 커다란 목소리로 사람들을 휘젓는다면 용이는 쉴 새 없는 수다로 사람들을 끌어모았다. 용이가 마이크를 잡고 말을 하기 시작하면 그 말을 제대로 알아듣기도 전에 웃음이 터졌다. 미남이는 통통하고 하얀 얼굴에 가슴도 크고 엉덩이도 컸다. 대장은 미남이가 너무 좋아서 틈날 때마다 업고 안고 쪽쪽 빨았다. 공연을 할 때면 모두들 얼굴에 우스꽝스러운 화장을 했는데, 대장은 미남이에겐 그런 분장을 하지 말라고 했다. 땡볕에선 얼굴이 타니까 선크림을 꼭 바르라고 했고 짧은 치마도 입지 말라고 했다. 대장이 자기를 챙겨주면 미남이는 초승달 같은 눈으로 배시시 웃으면서도 입을 삐쭉거렸다.

나는 달리 할 줄 아는 게 없으니까, 미남이 이모와 엿을 팔기로 했다. (남자는 삼촌, 여자는 이모라고 부르라고 대장이 시켰다.)

처음엔 아무것도 하지 말고 차 안에 가만히 앉아 있으라고 했지만 그들 틈에 끼고 싶어서 내가 마구 졸랐다. 나는 곧 그들이 자주 부르는 노래를 따라 부를 수 있게 되었다. 이름표를 붙여 내에 가슴에에~ 확실한 사랑에 도장을 찍어~ 이 세상 끄읕까지 나만 사랑한다며언 확실하게 붙잡아아~ 당신은 못 말리는 땡벌! (땡벌) 당신은 날 울리는 땡벌! (땡벌) 혼자서는 이 밤이 너무너무 길어요어어~ (두리두바~ 두두바~) 쿵짝쿵짝 커다란 리듬에 맞춰 사람들과 함께 노래를 부르면 날아갈 것처럼 몸과 마음이 가벼워졌다. 예배당에서 혼자 노래를 부를 때는 부끄럽고 어색해서 금방 입을 다물었지만, 덩실덩실 춤추고 박수 치고 웃고 소리 지르는 소란 틈에서 부르는 노래는 정말 신나고 재밌었다. 나는 마음껏 노래를 불렀다. 마음이 뻥 뚫리는 것 같았다. 그들 틈에 끼어 있으면 웃음을 참지 않아도 되고 입을 앙 다물고 일부러 강한 척하지 않아도 되었다. 내가 목에 나무판을 걸고 노래 테이프를 팔며 노래를 부르면 사람들은 워매워매하면서 좋아했다. 콩알만 한 지지바가 노래는 억수로 잘한데이. 야 목소리 한번 들어보소! 아가 명물이라, 명물! 그럼 나는 입을 쫙쫙 벌리며 더 크게 노래를 불렀다. 노래를 부를 때 손가락으로 테이프 갑을 따락따락 두드리는 것도 누가 가르쳐준 게 아니다. 목구멍을 닫았다 열었다 하며 강약강약 조절하는 것 역시 아무도 가르쳐주지 않았지만 나는 저절로 다 할 수 있었다. 팔을 얼굴 위로 들고 덩실덩실 춤을 추는 것도, 발바닥으로 바닥을 비비며 엉덩이를 흔드는 것도. 신나는 음악과 즐기는 사람들만 있으면, 무엇이든 저절로.

사람들이 내 노래와 춤을 좋아하니까 대장은 나에게 빨간 치마에 색동저고리를 입혔다. 치마는 바닥에 끌리지 않게 종아리까지 올려 꽉 묶었다. 얼굴에는 연지 곤지를 바르고 족두리도 썼다. 입술도 빨갛게 칠했다. 거울 속의 나는 내가 아닌 것 같았다. 그래서 마음에 들었다. 나는 좀 더 과감하게 노래 부르고 춤을 출 수 있었다. 춤추고 노래 부를 때만큼은 아무 생각도 들지 않았다. 그런 신이 어디서 나오는지, 나는 알 수 없었다. 바람은 점점 차가워지고 땅은 서서히 얼어붙었지만 판을 벌일 때만큼은 추운 줄도, 배고픈 줄도 몰랐다. 심지어 진짜엄마 생각도 나지 않았다.

하지만 판이 끝나고 나면 알 수 없는 허전함에 온몸이 축 늘어졌다. 앞으로의 삶이 계속 판이 최고조에 달하는 때와 같으면 얼마나 좋을까. 노래도 춤도 끝나지 않고 사람들도 자리를 뜨지 않고, 죽을 때까지 춤추고 노래 부르다가 가장 신나는 바로 그 순간, 그대로 인생이 끝나버린다면.

모든 사람이 우리의 공연을 좋아하는 건 아니었다. 축제에

선 다른 각설이패들과 자리나 음향 문제로 싸우기도 했다. 우리 소리가 너무 시끄러워서 자기들 판이 안 들린다고 시비를 거는 각설이패들도 있었고, 자리를 다 차지하고 있으면 어떡하냐고 우리 판을 방해하는 패들도 있었다. 장터에선 주차 문제로도 싸움이 났고, 장사를 하는 사람들이 시끄럽다고 항의를 하기도 했다. 그런 문제는 대장이 나서서 단번에 해결을 봤다. 대장은 그런 경우를 하도 많이 겪었기 때문에 상대가 어떤 종류의 사람인지 딱 보면 안다고 했다. 정중하게 항의를 하는 사람에겐 그와 마찬가지로 정중하게 사과를 하거나 좋은 말로 사정을 이해시켰다. 앞뒤를 헤아리지 않고 무조건 욕을 하거나 주먹질부터 하는 사람을 만나면 대장은 긴말하지 않고 눈을 부라리고 물건을 부수며 위협했다. 술을 먹고 행패를 부리는 사람에게도 대장은 인정사정없이 주먹을 휘둘렀다. 그래서 경찰서에도 수없이 불려 갔었다고 이모나 삼촌들이 말해줬다. 대장은 상대가 아줌마라고 해서 봐주거나 나이가 많거나 어리다는 이유로 참지 않았다. 무례하고 비겁한 사람이라면 누구든 대장의 주먹질을 피해갈 수 없었다. 나이가 많은 사람이 무례하게 굴면 나잇살이나 처먹고 뭐 하는 짓이냐며 호통을 쳤고, 나이가 어린 아이에겐 대갈빡에 피도 안 마른 게 못된 것만 배웠다고 호통을 쳤으며 나이가 어중간한 사람에겐 나잇값 좀 하라며 호통을 쳤다.

판을 내리고 삼촌과 이모들이 모두 쉬고 있을 때도, 대장과 나는 정신을 똑바로 차리고 사람들을 관찰했다. 시장을 샅샅이 둘러보고 축제장을 쏘다녔다. 우린 찾는 사람이 있으니까. 나는 진짜엄마의 얼굴을 모르는 대신 대장은 진짜와 가짜를 다 찾아야 했다. 대장과 내가 나란히 걷고 있으면 사람들은 내가 대장의 딸인 줄 알았다. 사람들의 그런 오해에 대장도 나도 긴 설명을 늘어놓지 않았다. 그렇다고 대장이 나를 딸처럼 챙겨주는 것도 아니었지만, 나는 딸처럼 챙겨준다는 게 어떤 건지도 잘 모르니까 뭐.

대장은 나를 꼬마라고 불렀다. 사람들이 나를 가리키며 얘는 이름이 뭐냐고 물으면, 대장은 그런 건 알아서 뭐 하슈?라고 되받았다. 우린 거의 사흘에 한 번씩 차를 타고 다른 지역으로 이동했다. 겨울이 가까워지면서 축제가 뜸해지자 용이 삼촌은 집에 간다며 종종 무리에서 빠졌다. 용이 삼촌이 없으면 무대의 흥이 조금 덜했다. 속사포 같은 장구 소리와 수다가 빠지니까. 그럴 때마다 나는 더 큰 소리로 노래를 불렀다. 달수 삼촌은 그런 나를 안쓰러운 눈으로 봤다. 달수 삼촌은 종종 내게 과자도 사 주고 머리 끈도 사 줬다. 그리고 둘만 있을 때는 내게 이것저것 물어보기도 하고 말해주기도 했다. 장바닥에서 남자에게 두들겨 맞던 미남이 이모를 대장이 번쩍 안아서 트럭에 태워놓고 이모를 때리던 남자를 죽지 않을 만큼만 팼다는 이야기며, 그 후로 대장이 미남이 이모를 데리고 다닌다는 것. 미남이 이모는 원래 미장원에서 일했기 때문에 삼촌들의 머리는 모두 미남이 이모가 잘라준다는 이야기와 자기에게도 사실은 딸이 하나 있는데, 딸 얼굴 본 지가 10년도 넘었다는 이야기도. 그 애가 이젠 고등학생이 되었을 텐데, 달수 삼촌은 담배 연기를 길게 내뿜으며 중얼거렸다. 딸내미의 이름은 미정이인데 지금은 제 엄마랑 새아빠랑 살고 있단다. 달수 삼촌은 미정이를 위해 부지런히 돈을 모으고 있었다. 나중에 미정이가 결혼할 때 근사한 선물을 하고 싶은데, 아직 무엇을 선물할지 결정하진 못했다고. 달수 삼촌의 낡은 가방 속에는 미정이가 다섯 살 때 동네 놀이터에서 찍은 사진이 들어 있었다. 나는 삼촌에게 미정이가 보고 싶으냐고 물었다. 삼촌은 대답 없이 담배만 피웠다. 미정이가 좋으냐고도 물었다. 삼촌이 당연하다는 듯 고개를 끄덕였다. 10년이 넘게 얼굴도 못 봤는데 (심지어 목소리도 못 들었다고 했다) 왜 계속 좋고 보고 싶으냐고 나는 다시 물었다.

그야 내 자식이니까.

달수 삼촌이 대답했다. 나는 달수 삼촌을 이해할 수 없었다. 10년이나 남처럼 살았는데도 자기 자식이라는 이유만으로 계속 좋아할 수 있다니. 그게 가족이라고 달수 삼촌은 말했다.

가족이 원래 그런 거야. 시간이 아무리 흘러도 잊을 수 없지.

미정이는 목포에 살고 있다고 했다. 그래서 달수 삼촌은 목포에 축제가 있거나 장이 서도 절대 가지 않는다고, 그러기로 대장과 약속을 했단다. 미정이는 자기 진짜아빠가 외국에 있는 줄 아는데, 혹시라도 장바닥의 각설이라는 걸 알게 된다면 큰 충격을 받을지도 모르니까. 미정이는 자기 진짜아빠를 보고 싶어 할까? 내가 무심코 한 말에 달수 삼촌의 눈이 슬퍼졌다.

우린 대부분 트럭 안에서 같이 잤다. 하지만 달수 삼촌은 가끔 나에게 운전석 뒤의 작은 공간에서 자자고 했다. 운전석 뒤에서 자려면 달수 삼촌은 자는 내내 무릎을 세우고 있어야 했다. 지금보다 더 추워지면 여관에서 잘 거야. 달수 삼촌이 이불을 꼭꼭 여며주며 말했다. 좀 춥긴 했지만 이불도 두꺼웠고 달수 삼촌이 나를 꼭 껴안아주니까 괜찮았다. 처음엔 왜 대장과 미남이 이모만 트럭 안에서 자는지 궁금했지만 그 이유는 금세 알아챌 수 있었다. 달수 삼촌과 운전석 뒤에 누워 삼촌이 해주는 이야기를 듣고 있는데, 미남이 이모의 가느다란 신음 소리가 들리면서 트럭이 아주 미세하게 흔들렸기 때문이다. 미정이가 어렸을 적에 얼마나 똑똑했는지에 대해서 이야기하던 달수 삼촌이 큼큼 헛기침을 했다. 그러더니 나를 꼭 껴안고 있던 손을 슬며시 풀었다. 미남이 이모의 신음 소리가 점점 커졌다. 달수 삼촌이 갑자기 코를 골며 자는 척을 했다. 나는 달수 삼촌을 흔들며 얘기를 마저 하라고 했다. 달수 삼촌이 잠꼬대처럼 입만 웅얼거리며 얼른 자라고 말했다. 나는 눈을 말똥말똥 뜬 채로 대장과 미남이 이모가 거시기하는 것을 상상했다. 가슴이 쿵쾅쿵쾅 뛰고 춥지도 않았다. 오히려 온몸이 후끈거렸다. 모로 누운 채 몸을 웅크리고 있는 달수 삼촌의 심장 뛰는 소리도 들리는 것 같았다. 미남이 이모와 대장의 심장도 이렇게 쿵쾅쿵쾅거리겠지. 적막한 유원지 주차장. 트럭 안에 누운 네 명의 가슴이 모두 쿵쾅쿵쾅. 바깥 날씨는 엄청 춥지만 트럭 안의 네 명은 모두 후끈후끈. 미남이 이모와 대장이 매일매일 거시기를 한다면 우린 겨울 내내 난로 없이도 후끈후끈하게 보낼 수 있을 것 같고, 굳이 판을 벌이지 않아도 쿵쾅쿵쾅 흥분할 수 있을 텐데. 미남이 이모가 짧게 비명을 질렀다. 대장이 크악 짐승 소리를 냈다. 거시기가 다 끝난 것 같으니 다시 추워지기 전에 얼른 잠드는 게 좋겠다. 오늘 밤에는 대장과 이모가 거시기하는 꿈을 꾸게 될지도 모른다.

12...

　거시기를 자주 하니까 미남이 이모와 대장의 사이가 마냥 좋은 줄만 알았는데, 꼭 그렇지만은 않은가 보다. 날이 추워질수록 대장과 이모는 자주 싸웠다. 나는 그들이 도대체 뭣 때문에 싸우는지 도저히 짐작할 수가 없었다. 대부분 미남이 이모가 먼저 삐치고 그래서 대장이 이모를 달래다가 화를 못 이겨 소리를 지르고, 그럼 이모가 울고불고 신경질을 부리고 막 뛰어나갔다가 사나흘 밤이 지난 뒤에야 다시 트럭으로 돌아오는 식이었다. 미남이 이모가 나가버리면 우리는 꼼짝없이 그 자리에서 이모가 돌아올 때까지 기다려야 했다. 대장에겐 집이 따로 없으니까, 트럭이 바로 집이니까, 그러니까 이모가 없을 때 다른 곳으로 이동해버리면 그대로 끝이니까.

대장은 부쩍 술을 많이 마셨고 아무것도 아닌 일로 사람들과 자주 싸웠다. 그럴 때마다 피곤한 건 달수 삼촌이었다. 삼촌은 대장도 말려야 하고, 미남이 이모도 찾아야 하고, 그러는 틈틈이 내게 과자도 사 주고 머리도 빗겨줘야 했으니까. 나는 달수 삼촌을 위해 조용한 아이가 되기로 했다. 대장은 경찰서에도 몇 번이나 잡혀갔다. 싸우다가 사람을 때려서 그런 거랬다. 대장이 경찰서에 잡혀갈 때마다 달수 삼촌은 돈 걱정을 했다. 합의금이 너무 많이 나와서 트럭을 한 대 팔아야 할지도 모른다고 중얼거렸다. 안 그래도 겨울이 되어 일거리도 별로 없는데, 엎친 데 덮친 격이라고 한숨을 쉬었다. 달수 삼촌은 밤에 몰래 잠바 주머니에서 통장을 꺼내보기도 했다. 미정이를 위해 만든 통장 같았는데, 그 돈을 써야 하나 말아야 하나 고민하는 것 같았다.

　　미남이 이모가 트럭으로 돌아오면 달수 삼촌은 이모를 붙들고 오랫동안 이야기를 했다. 그러면 이모는 훌쩍훌쩍 울면서 자기도 진짜 미치고 팔짝 뛰겠다고 대꾸했다. 달수 삼촌은 대장에게도 네가 참으라고 말했고 미남이 이모에게도 네가 참으라고 말했지만, 정작 참는 건 달수 삼촌뿐이었다. 달수 삼촌은 답답할 때마다 용이 삼촌에게 전화를 했지만, 용이 삼촌도 그다지 큰 도움이 되진 않았다. 용이 삼촌은 이사를 하느라 바쁘다며 달수 삼촌의 전화도 잘 받지 않았다. 어디에서 어디로 이사를 가는 거냐고 물었지만 용이 삼촌은 대답해주지 않았다.

대장을 다섯 번째로 경찰서에서 빼 온 날, 달수 삼촌은 트럭에 앉아 술을 마시며 대장에게 슬쩍 말했다. 미남이, 그냥 제 길 가게 내버려두자고. 대장은 단숨에 술을 들이켰다. 미남이도 제 사정이 급하니까 우리 따라나서게 됐지만, 이렇게 떠돌이 생활할 애는 애초부터 아니었지 않으냐고 달수 삼촌이 다시 말했다. 미남이 만나기 전에는 돈도 착실히 모으고 장터마다 돌아다니며 부지런히 살더니, 지금은 모든 게 뒤죽박죽으로 뒤엉켜서 돈은 돈대로 새어 나가고 일은 일대로 꼬이지 않느냐고. 대장이 주먹으로 트럭을 꽝! 내리쳤다. 미남이는 내 식구다, 식구. 식구가 좀 엇나간다고 내다 버릴 궁리부터 하면 그게 어디 사람이라. 짐승도 그렇게는 안 해! 대장의 말에 달수 삼촌의 눈이 또 슬퍼졌다. 그래, 그건 자네 말이 맞지. 달수 삼촌은 맥없이 고개를 끄덕였다. 하지만 나가고 싶어 안달인 애를 마냥 붙잡고 있는 것도 욕심이고, 욕심으로 사람을 가두는 것도 잘못이라고 달수 삼촌이 중얼거렸다. 두 사람은 그날 날이 밝았다가 다시 어두워질 때까지 술을 마셨다.

대장은 미남이 이모와 싸우고, 떠난 이모를 찾고, 찾으면서 또 다른 사람이랑 싸우고, 이모가 돌아오면 쪽쪽 빨고 껴안느라 진짜 찾아야 할 것을 까맣게 잊고 있는 것 같았다. 나는 그런 대장에게 좀 실망했다. 나는 대장이 술을 마시든 이모와 싸우든 사람을 패서 경찰서에 가든 신경 쓰지 않고 거리 곳곳을 헤매며 진짜엄마를 찾아다녔다. 내가 하루 종일 거리를 헤매다가 돌아오면 달수 삼촌은 도대체 어디 갔었느냐고, 왜 너까지 내 속을 태우느냐며 슬픈 눈으로 나를 쳐다봤다.

장터를 찾아 꽤 오랫동안 도로 위를 달려 부산에 도착했다. 부산은 따뜻한 동네였다. 오랜만에 용이 삼촌도 판에 합류했다. 용이 삼촌이 왔다고 미남이 이모는 정육점에 가서 삼겹살을 사 왔다. 우리는 한적한 바닷가에서 삼겹살을 구워 먹었다. 바닷바람이 잔잔히 불어왔다. 미남이 이모는 밖에서 먹는 밥 지겹다고, 추워 얼어 죽겠다고 했지만 나는 하나도 춥지 않았다. 황금다방이나 태백식당에 살던 때에 비하면 겨울 같지도 않았다. 문득 할머니가 만들어준 스웨터가 떠올랐다. 노란색 스웨터인데, 할머니는 스웨터를 다 뜨고 남은 실로 짧은 목도리도 하나 만들어줬다. 나는 겨울 내내 그 스웨터를 입고 목도리를 했다. 할머니는 스웨터를 어떻게 했을까. 버렸을까? 혜은이 줬을까? 차라리 쓰레기통에 버려줬으면 좋겠는데. 만약에, 아주 만약에 아들이 할머니를 버리지 않고 지금도 같이 살고 있다면, 할머니는 혜은이나 지은이에게도 그런 걸 만들어줄까?

정말 안 그랬으면 좋겠다. 할머니는 나에게만 그런 걸 만들어줘야 한다. 왜냐면 그건, 이를테면, 마지막 의리 같은 거니까.

미남이 이모가 고기를 구우니까 대장이 젓가락을 뺏어 자기가 구웠다. 대장이 잘 익은 고기를 이모 밥그릇에 올려두면, 이모는 그 고기를 용이 삼촌에게 줬다. 달수 삼촌은 입맛이 없다며 일찍 자리를 떠서 바닷가를 돌아다녔다. 용이 삼촌과 미남이 이모는 자꾸 술을 마셨다. 대장은 두 사람에게 술 좀 그만 마시라고 했다. 저녁에 크게 한판 벌일 건데, 취해서 무슨 정신으로 장구를 치고 노래를 부를 거냐고 했다. 어차피 맨정신으로 하는 것보다 술김에 하는 게 흥도 더 나고 좋잖소. 용이 삼촌이 대꾸했다. 대장은 술 처먹고 일하는 미친놈이 세상에 어디 있냐고 용이 삼촌을 야단쳤다. 용이 삼촌은 술잔을 가만히 내려놓으며 지나가는 말처럼 물었다.

근데 김 형. 김 형이 일 얼마나 했다 그랬지? 10년? 15년?

30년.

대장이 고기를 우적우적 씹으며 짧게 대답했다.

나랑 같이한 지 5년 됐으니까, 혼자서는 20년도 더 한 거네?

대장이 고개를 끄덕였다.

얼마나 모았수?

용이 삼촌이 자기 술잔에 술을 따르며 심드렁하게 물었다.

이 새끼, 그만 마시라니까.

대장이 용이 삼촌 술잔의 술을 모래 바닥에 좌악 뿌렸다.

김 형은 이걸로 생활이 돼?

돈 벌려고 하는 일 아니다. 돈 욕심 부렸으면 벌써 다른 일

했지.

그렇다고 아예 못 버는 것도 아니잖아. 얼마나 모았수? 나중에 방 하나 얻을 돈은 있어?

대장이 고기를 씹으며 용이 삼촌을 빤히 쳐다봤다.

그건 왜?

아니, 내가 이대로 김 형처럼 30년 동안 일한다 치면, 그럼 얼마나 모을 수 있나 궁금해서.

돈 벌고 싶으면 딴 일 찾아 새끼야.

대장의 말에 미남이 이모가 입술을 삐쭉거리며 말했다.

이 양반은 나한테도 말 안 해줘. 얼마나 벌었는지.

아니, 그럼 나중에 늙어서도 미남이 데리고 이렇게 길거리 생활할 거야?

대장이 젓가락으로 용이 삼촌의 머리를 때리며 무섭게 윽박질렀다.

형수님이라고 안 불러? 이게 술 좀 들어갔다고 눈에 뵈는 게 없나.

형수님은 무슨. 나보다 한참 어린 애한테.

용이 삼촌이 불만 가득한 목소리로 중얼거렸다.

그럼 진짜, 나 늙어서도 트럭에서 자야 돼?

미남이 이모가 눈을 동그랗게 뜨며 대장을 쳐다봤다.

걱정 마. 방 한 칸 못 얻어줄까 봐 그러냐.

196

진짜 그럴 수 있어?

그럼! 그러니까 너는 딴생각 말고 내 옆에만 딱 붙어 있으면 돼. 내가 나중에 갑절로 호강시켜줄 테니까. 나이 들면 동남아로 사이판으로 놀러나 다니면서 살 거야.

(아니, 그럼, 엄마들은? 늙으면 엄마들도 안 찾을 셈인가? 엄마들이 먼저 죽으면 자기도 따라 죽을 거라면서!)

미남이 이모가 뾰로통한 얼굴로 중얼거렸다.

나중에 다 늙어서 호강하면 뭐 해. 한창 젊은 나이에 호강하며 살아야 그게 진짜지.

나는 오줌이 마려워 자리에서 일어났다. 한적한 모래사장에 쪼그려 앉아 오줌을 누고 일어나는데, 해변을 따라 땅만 보고 걷는 달수 삼촌이 보였다. 나는 모래밭을 겅중겅중 뛰어 달수 삼촌에게 갔다. 달수 삼촌의 손에는 조개껍질이 가득 들려 있었다. 내가 이걸 다 어디에 쓸 거냐고 물으니까 삼촌이 목걸이를 만들어주겠다고 했다.

삼촌은 운전석에 앉아 송곳으로 조개껍질 윗부분에 조그만 구멍을 내고 실을 여러 겹 엮어 금세 목걸이를 만들어줬다. 나는 삼촌 옆에 딱 붙어 있다가 짤깍짤깍 박수를 쳤다. 삼촌이 완성된 목걸이를 내 목에 걸어줬다. 그리고 양손을 둥글게 말며 춤추는 법을 가르쳐줬다. 둥실둥실한 달수 삼촌이 수줍게 몸을 꼬며 춤을 추는 게 너무 웃기고도 귀여웠다. 나는 웃으면서 달수 삼촌의 춤을 따라 했다. 트럭 뒤에서 대장과 미남이 이모가 싸우는 소리가 들렸다. 언성을 높이던 미남이 이모가 울기 시작했다. 대장이 버럭 소리를 질렀다. 곧 젓가락을 집어 던지며 해변으로 걸어가는 대장의 뒷모습이 보였다. 대장의 발걸음 따라 담배 연기가 외롭게 피어올랐다. 달수 삼촌이 트럭에서 훌쩍 뛰어내리더니 대장에게로 뛰어갔다. 대장과 달수 삼촌은 바다 앞에 나란히 앉아 오랫동안 담배를 피웠다.

나는 트럭에 앉아 조개껍질의 개수를 헤아렸다. 트럭 뒤에서 용이 삼촌이 미남이 이모를 달래는 소리가 들렸다. 용이 삼촌은 이모를 미남이라고 부르지도 않고 형수님이라고 하지도 않고 자기야라고 했다. 쪽쪽. 서로의 입술을 빠는 소리가 났다. 나는 트럭에 달린 거울로 뒤를 봤다. 용이 삼촌은 안 보이고 미남이 이모의 둥그런 등만 보였다. 쪽쪽 소리가 좀 더 세게 나더니 이모가 개처럼 네발로 섰다. 하늘거리는 치마가 이모의 등 위로 훌러덩 올라오더니, 이모의 어깨를 꼭 잡는 용이 삼촌의 손이 보였다. 이모의 몸이 점점 앞으로 밀려서 용이 삼촌의 얼굴도 조금씩 보였다. 용이 삼촌은 꿇어앉은 채 몸으로 이모의 엉덩이를 마구 밀어내고 있었다. 밑으로 쏠린 이모의 가슴은 수박만 했다. 용이 삼촌이 이모의 수박만 한 가슴을 손으로 마구 문질렀다.

대장과 달수 삼촌이 자리에서 일어나 트럭 쪽으로 걸어오는 게 보였다. 앞에서 걸어오는 대장과 뒤에서 이모의 가슴을 빠는 용이 삼촌을 번갈아 보다가, 나는 주먹으로 핸들 중간을 꾹 눌렀다. 빵! 짧은 경적. 미남이 이모가 벌떡 일어났다. 놀란 용이 삼촌이 허겁지겁 바지를 끌어 올렸다. 나는 태연히 조개껍질을 다시 헤아렸다. 달수 삼촌이 뛰어와 차 문을 열고 경적은 왜 울렸냐고 물었다. 나는 어쩌다 보니 그렇게 됐다고 말했다.

그 순간 내가 왜 경적을 울렸는지, 나도 잘 모르겠다. 아무튼 미남이 이모와 용이 삼촌이 그러고 있는 걸 대장이 보는 게 싫었다. 대장이 크게 상처를 받을 것 같았다. 이미 상처를 받은 사람은 제 상처가 깊어지는 것 따윈 더 이상 두려워하지 않는다. 그래서 남에게 상처 주기가 더 쉽다. 더 이상 보호해야 할 자기가 없으니까, 다칠 걱정 따윈 하지 않고 맘껏 칼을 휘두를 수 있는 것이다.

나는 달수 삼촌이 만들어준 조개 목걸이를 걸고 삼촌이 가르쳐준 춤을 추며 엿을 팔았다. 사람들은 박수를 치며 좋아했다. 미남이 이모는 몸이 안 좋다며 판에 나오지 않았다. 몸이 안 좋다는 게 핑계라는 건 달수 삼촌도 나도 대장도 다 알았다. 미남이 이모는 아마 대장이 자기를 달래줄 때까지 트럭에만 처박혀 있을 것이다. 대장이 냄새 좋은 화장품이나 예쁜 원피스 같은 걸 사 들고 올 때까지 말이다. 용이 삼촌은 부산에 어릴 적 친구가 있는데 오늘 꼭 만나야 한다며 판에서 빠졌다. 대장은 용이 삼촌에게 가타부타 아무 말도 하지 않았다. 다만 핏발 선 눈으로 노을이 내려앉는 작은 섬 너머를 노려보기만 했는데, 해가 지는 것과 더불어 대장의 마음속 무언가도 저물어가는 것만 같아서 나는 영 못마땅했다. 슬픈 눈으로 나를 자꾸 챙기려 드는 달수 삼촌까지 모두 다. 다들 뭔가를 예감하고 있으면서 그 예감이 사실로 드러날 때까지 기다리기만 하는 것 같아서. 지금까지의 내 경험으로 미루어보건대, 불행에 대한 예감은 실현되고야 만다. 사람들이 불안해하면서 불행을 자꾸 떠올리면 불행이 옳거니, 여기가 내 자리구나 하면서 냉큼 달려드니까.

대장은 전에 없이 불쇼를 성공하지 못했다. 나는 대장이 불을 삼키려다가 다시 뱉어내는 걸 처음 봤기 때문에 적잖이 당황했다. 대장의 마음엔 더 이상 탈 것이 없는 걸까? 그래서 불을 자꾸 뱉어내는 걸까? 나는 모든 것이 까맣게 탄 채로 불씨 하나 남지 않은 대장의 마음을 상상했다. 바람도 불지 않고 온기도 남지 않은 그곳을 가득 채운 그을음과 매캐한 공기를 상상하자 마음이 아팠다. 할 수만 있다면 대장의 마음속에 내 심장이라도 떼어 넣고 싶었다. 그럼 대장은 불꽃을 삼킬 수 있을 테고, 대장에게선 다시 빛이 날 테니까.

불쇼를 실패한 대장은 벽돌도 깨지 못했다. 다섯 개쯤은 거뜬히 깨던 대장이 한 장도 깨지 못하고 비실거리는 것을 보자

나도 흥이 안 나서 노래를 부를 수 없었다. 사회를 보던 달수 삼촌이 흥을 돋우기 위해 노래도 부르고 그랬지만, 달수 삼촌은 워낙에 말주변도 없고 재미도 없어서 모여들었던 사람들은 금세 뿔뿔이 흩어졌다. 엿은 하나도 팔리지 않았다. 노래 테이프를 산 사람도 없다. 대장은 찬물로 계속 입안을 헹궈냈다. 대장이 입을 벌리자 허옇게 벗겨진 입속이 보였다. 달수 삼촌이 얼른 병원에 가보자고 했다. 대장은 됐다고, 약이나 바르고 술이나 먹자고 했다.

대장이 불을 삼키지도, 벽돌을 깨지도 못한 이유는 목적을 잃었기 때문이다. 진짜든 가짜든 엄마를 찾아야 한다는 목적을 가지고 있을 때, 대장은 천하무적이었다. 불도 삼키고 돌도 깼다. 누가 시켰다면 철도 씹어 먹었을 것이다. 하지만 미남이 이모와 싸우느라 대장은 자기가 뭘 하고 있었는지 까맣게 잊고 말았다. 그렇지만 나는 잊지 않았다. 나는 대장과 달리 언제나 진짜엄마를 찾아 헤맸다. 그러니까 이제는 내가 불을 삼킬 차례다. 내 안엔 아직 타오를 것이 많으니까. 내가 대장 대신 불을 삼키고, 대장처럼 빛날 것이다. 불을 아주 많이 삼켜서 멀리서도 보일 정도로 활활 타오를 거다. 그래서 진짜엄마가 아무리 멀리 있더라도, 그래, 외국에서라도 빛나는 나를 보고 당장에라도 찾아올 수 있도록 말이다.

달수 삼촌이 약국에 약을 사러 간 사이 나는 대장 옆에 앉아 겨울 바다를 봤다. 대장은 입을 제대로 다물지 못하고 침을 질질 흘렸다. 대장이 트럭에 가서 술 좀 가져오라고 시켰다. 나는 발딱 일어나 트럭 짐칸에서 소주를 가져왔다. 대장은 소주를 입에 머금고 반쯤은 마시고 반쯤은 뱉어냈다.

이모는 뭐 하디?

대장이 침인지 술인지 모를 것을 뱉으며 물었다.

없어.

트럭에 없어?

응.

대장은 말없이 담배에 불을 붙였다. 밤에 보는 겨울 바다는 절벽 같았다. 바다인 줄 알고 한 발 잘못 디뎠다간 한없이 밑으로 추락할 것 같은 지옥. 담배를 빨아들이던 대장의 표정이 심하게 일그러졌다.

저기. 나도 하고 싶어.

나는 대장의 담배를 가리키며 말했다. 대장이 내 뒤통수를 때렸다.

대가리에 피도 안 마른 게 어디.

내 대가리에 원래 피 없어.

대장이 조금 웃다가 다시 표정을 구겼다.

나는 왜 안 돼?

넌 아직 어리니까.

그럼 언제 안 어려?

어른이 되면 니 맘대로 해.

어른은 언제 되는데.

스무 살 넘으면.

나는 내 나이를 생각했다.

난 내가 몇 살인지 모르는데.

그걸 왜 몰라.

몰라.

니네 엄마가 그런 것도 안 가르쳐주디?

내가 아무 말도 안 하고 있자 대장이 내 머리를 헝클이며 중얼거렸다.

한…… 열 살쯤 됐다고 하자.

그럴 바엔 그냥 스무 살쯤 됐다고 하면 안 돼?

그건 아니지, 인마.

대장은 말하기 괴로운지 자꾸 얼굴을 찡그리고 침을 뱉었다.

왜 안 돼. 스무 살은 뭐가 달라?

인마, 너는 아직 그 뭐냐, 달걸이도 안 하잖아. 키도 작고. 가슴도 없고 또…….

(달걸이?)

나 가슴 있어.

나는 윗도리를 홀러덩 젖혀 포도알만 한 멍울을 대장에게 보여줬다. 대장은 내 가슴을 보고 웃다가 또 얼굴을 구겼다. 나는 미남이 이모의 수박만 한 가슴을 떠올렸다. 가슴이 그만큼은 커야 어른이란 말인가. 장미언니의 가슴은 복숭아 같았는데, 그럼 장미언니는 뭐지? 할머니의 가슴은 바람 빠진 풍선처럼 쭈글쭈글한 게 밑으로 축 처졌었는데, 할머니는 또 뭘까. 만약 내 가슴이 수박만 해지기 전에 내가 죽어버리면, 그럼 나는 영영 어른도 아니고 그러니까 담배도 못 피우고 죽는 건가? 내가 대장의 담배를 계속 쳐다보고 있으니까 대장이 내 입에 담배를 갖다 댔다. 나는 대장이 하던 대로 담배를 쭉 빨아들였다. 연기를 꿀꺽 삼키자마자 기침이 터져 나왔다.

좋냐?

대장이 물었다. 나는 얼굴이 빨개질 때까지 기침을 했다. 약을 사 들고 해변 끝으로 오는 달수 삼촌이 자그맣게 보였다.

있잖아. 대장은 진짜 죽일 거지.

대장이 모래사장에 침을 퉤 뱉다가 나를 쳐다봤다.

뭘?

엄마를 찾으면 진짜 죽일 거지.

대장은 대꾸 없이 술만 들이켰다. 자기가 원래 뭘 하고 있었는지 잊지 않도록 나는 대장에게 자꾸 말해주고 싶었다. 하지만 대장은 내 말에 대답하는 대신 뜻대로 되는 건 하나도 없고 다

좆같고 씨발 다 때려치우고 콱 죽어버리고 싶지만 내가 이렇게 죽을 거 같냐고, 죽을 때 죽더라도 난 다 갈아엎어버릴 거라고 혼자 중얼거렸다. 나는 대장의 그 말을 나름대로 해석했다.

달수 삼촌이 큰 소리로 대장을 불렀다. 대장은 남은 소주를 다 들이켠 뒤 자리에서 일어나 트럭으로 갔다. 나는 불빛이 비치지 않는 곳에 쪼그려 앉아 오줌을 누며 밤바다를 멀뚱히 쳐다봤다. 반짝이는 별 몇 개가 보였다. 별은 어디에서 반짝이는 걸까. 태양은 내 얼굴만 한데, 그런데도 어떻게 온 세상을 환하게 만드는 걸까. 왜 낮에는 별이 안 보일까. 달은 왜 항상 나를 따라다니는 걸까. 내가 걸으면 달도 움직이고 내가 멈추면 달도 멈추고. 밤하늘을 한없이 쳐다보고 있자니 더 많은 별이 보였다. 해에겐 해라는 이름이 있고 달에겐 달이라는 이름이 있는데 반짝이는 저 많은 별들은 다 그냥 별이니, 어쩜 나와 비슷하다. 저마다 이름이 있고 나이가 있는데 내겐 그런 것이 없으니. 나는 반짝이는 별들 중 가장 밝은 별 하나를 오랫동안 쳐다봤다. 그것에 이름을 붙여주고 싶어서 여러 가지 이름을 생각해봤지만 딱히 맘에 드는 게 없었다. 그냥 별이라는 이름이 가장 어울리는 것 같았다. 그래서 나는 마음을 바꿔 먹었다. 저 별은 그냥 별로 두고, 다른 별에게 모조리 이름을 붙여주기로. 그럼 저 별만 특별해질 거다. 세상 사람에겐 모두 이름이 있는데 내게만 이름이 없는 것처럼. 나는 이상한 게 아니라 특별한 거다. 나는 내 맘에 드는 별을 제외한 다른 별들에게 오만 가지 이름을 다 붙이기로 했다. 장미. 찬수. 마담. 해자. 태백. 강릉. 지은. 혜은. 아들. 며느리. 폐가. 홀든. 노라. 노인. 라스콜니코프. 라라. 이반. 목소리. 루빈. 용이. 미남. 미정. 달수. 대장. 할머니. 그리고 또…… 오줌. 트럭. 장구. 엿. 테이프. 보지. 자지. 젤리. 빵. 커피. 콧등치기. 라면. 비빔밥. 삼겹살. 교회. 신. 피아노. 주님. 노래. 각설이. 가슴. 달걀이. 고양이. 쥐. 쥐. 쥐. 쥐. 쥐, 하니까 가짜아빠가 생각났다. 가짜아빠를 갉아 먹은 뒤 세상 곳곳을 누비고 있을 쥐를 생각하니 또 구역질이 났다. 나는 앉은 자리에서 그날 먹은 삼겹살을 모조리 토해냈다. 그리고 다시 별들에게 이름을 붙이기 시작했다. 내 마음에 드는 별을 그저 별로, 세상에서 오직 하나뿐인 별로 만들기 위해서.

13...

미남이 이모와 용이 삼촌은 감쪽같이 사라졌다. 그냥 둘만 사라진 게 아니라 대장과 달수 삼촌이 모아둔 돈까지 다 가지고 사라졌다. 달수 삼촌은 미정이를 위한 통장이 사라진 것을 알고 죽어버리겠다며 트럭에 머리를 마구 박았다. 대장은 이모와 삼촌을 잡아 죽여버리겠다고 트럭을 몰고 나갔다가 전봇대를 들이박았다. 트럭 앞부분이 다 찌그러져서 그 트럭은 버릴 수밖에 없었다. 우리는 남은 트럭 한 대에 짐을 다 싣고 그 안에서 새우잠을 자야 했다. 달수 삼촌은 점점 멍청이가 되어갔다. 말도 안 하고 일도 안 하고 밥도 안 먹고 슬프다 못해 지긋지긋한 눈으로 멍하니 앉아 있기만 했다. 대장은 몇 날 며칠 술만 마시다가, 내 그 연놈들 모가지를 확 분지르기 전에는 절대 안 죽어!라며 고래고래 소리를 질렀다. 그리고 또 술을 먹었다.

　나는 대장이 얼른 정신을 차리길 바랐다. 정신을 차려서, 진짜엄마든 가짜엄마든 용이 삼촌이든 미남이 이모든, 누구든 찾기 위해 다시 길을 떠나길. 이젠 찾아야 할 사람이 더 많아졌으니까 우린 더 부지런히 움직여야 한다. 전국 곳곳의 장터를 다 누비며 지나는 사람들 하나하나의 얼굴을 꼼꼼히 뜯어봐야 한다. 그래도 못 찾겠으면 집집마다 돌아다니기라도 해야 한다. 그래서 대장이랑 달수 삼촌의 돈도 찾고 미남이 이모와 용이 삼촌의 목도 부러뜨리고 대장의 진짜엄마와 가짜엄마를 죽이고 달수 삼촌은 미정이에게 근사한 선물을 해야 한다. (내가 진짜엄마를 찾아야 한다는 건 두말할 것도 없다.)

　날씨가 점점 추워져서 이젠 트럭 안에서 자기도 힘들었다. 나는 잠이 올 때마다 달수 삼촌이나 대장을 꼭 끌어안았다. 대장은 늘 취한 상태였기 때문에 내가 껴안든 말든 신경도 쓰지 않았다. 달수 삼촌은 나를 껴안고 찔찔 울었다. 우는 소리가 밤새도록 들려서 자다가도 몇 번이나 깼다. 그래서 되도록 대장 옆에 바짝 붙어 잤다. 한번은 자다가 숨이 막혀서 눈을 번쩍 떴는데, 대장이 내 얼굴을 막 핥고 있었다. 내 입에 혀를 집어넣기도 하고 커다란 손으로 내 몸을 막 더듬기도 했다. 그러면서 자꾸 미남이를 불렀다. 대장의 몸에선 지독한 술 냄새가 뿜어 나왔다. 나는 대장을 힘껏 밀어냈다. 달수 삼촌을 껴안고 자면 시끄럽고, 대장을 껴안고 자면 나를 너무 귀찮게 하니까 나도 정말 화가 머리끝까지 났다. 안 그래도 요즘 밥도 잘 못 먹어서 배가 고파 미치겠는데, 이젠 잠도 제대로 못 자게 해! 대장은 내가 아무리 밀어내도 내 위로 계속 올라왔다. 내가 자꾸 버둥대니까 아예 나를 번쩍 들어 자기 위에 올려놓으려고 했다. 그러면서도 계속 미남이를 불렀다. 미남이를 만나면 목을 부러뜨려놓을 거라고 해놓고, 왜 자꾸 미남이를 부르며 나를 쪽쪽 빠나. 나는 대장의 말을 의심했다. 진짜엄마를 찾아서도 죽이는 대신 이렇게 쪽쪽 빨지도 모른단 생각도 들었다. 나는 대장의 혀를 꽉 깨물었다. 으악! 대장이 소리를 지르며 나를 밀어냈다. 그 소리에 잠이 깬 달수 삼촌이 멍한 눈으로 나를 봤다. 머리는 다 헝클어지고 윗도리는 가슴까지 올라가 있고 바지는 종아리까지 내려가 있는 내 몰골을 본 달수 삼촌의 표정이 심하게 일그러졌다. 달수 삼촌이 대장의 얼굴을 마구 때렸다. 이놈 새끼야, 니가 인간이라, 야, 이놈 개자식아, 인나라! 안 인나냐! 대장은 달수 삼촌에게 맞으면서도 계속 미남이를 불렀다. 야, 이 개자식아! 달수 삼촌은 울면서 대장을 때렸다.

　나는 이불을 머리끝까지 뒤집어쓴 채 악악 소리를 질렀다. 대장이 미남이를 부르는 소리도 달수 삼촌의 울음소리도 다 듣기 싫었다.

다음 날 아침부터 대장과 달수 삼촌은 장비를 정리하고 트럭을 닦고 구석에 처박아뒀던 누더기를 꺼내 탈탈 털었다. 달수 삼촌은 예전처럼 내 머리도 묶어주고 내 옷도 챙겨줬다. 밥도 사 주고 우유도 사 줬다. 하지만 대장은 내 눈을 똑바로 쳐다보지 않았다. 내가 말을 걸어도 대답을 잘 안 했다.

왜 갑자기 나를 미워해?

나는 대장의 새끼손가락을 툭 건드리며 물었다. 대장은 대꾸 없이 트럭만 닦았다.

내가 미남이 이모가 아니니까?

나는 내 몸을 더듬으며 미남이를 부르던 대장을 떠올렸다. 미남인 줄 알고 나를 만졌는데, 술 깨고 보니 나는 미남이가 아니니까, 그러니까 내게 실망한 건지도 모른다. 대장은 짧게 헛기침을 했다. 솔직히 화를 낼 사람은 난데. 왜냐면 나는 대장 때문에 잠도 제대로 잘 수 없었으니까. 그런데도 화난 사람처럼 굴면서 나를 불편하게 하는 대장이 나도 좀 미웠다. 대장은 담배를 입에 물었다. 그리고 라이터를 찾아 주머니를 마구 뒤졌다. 이렇게 나를 미워하다가 나를 갖다 버릴 거냐고 묻고 싶었다.

내 가슴이 이모만큼 수박만 하지 않아서?

내 말에 대장은 텅 빈 눈으로 나를 빤히 보면서 자기 주머니를 계속 더듬었다. 라이터를 못 찾았는지 담배를 다시 주머니에 넣었다가, 다시 꺼내 물었다.

술 처먹고 내가.

대장은 혼잣말처럼 중얼거리며 라이터를 찾아 운전석 쪽으로 갔다. 담배에 불을 붙인 뒤 연기를 길게 내뿜으며 또 혼자 중얼거렸다.

……내가 죽일 놈이지.

우린 부산을 떠나 강원도로 갔다. 무슨, 개구리를 위한 축제가 있다고 달수 삼촌이 말했다. 대장이 운전을 하고 달수 삼촌과 나는 조수석에 앉았다.

그놈들은 절대 축제장이나 장터엔 나타나지 않을 거야.

달수 삼촌이 말했다. 대장이 나에게 담배 하나만 꺼내달라고 했다. 나는 담배를 입에 물고 불을 붙여서 대장에게 건네줬다.

서울로 갔겠지.

대장이 담배를 받아 물며 말했다. 미남이 년, 서울 가고 싶다고 만날 노래를 불렀으니까.

신고라도 할까.

달수 삼촌의 말에 대장이 콧방귀를 꼈다.

경찰 새끼들이 오죽 할 일 없어서 얼씨구나 그 연놈들 잡아주겠다. 차라리 내가 잡는 게 빠르지.

나는 흔들리는 트럭에 앉아 서울이란 곳을 상상했다. 그리고 나도 언젠가는 그곳에 가지 않을까, 짐작했다. 사람들이 모두 가고 싶어 하는 곳이고, 혜은이 말에 의하면 사람도 어마어마하게 많은 곳이라니까, 그곳에 진짜엄마가 있을 가능성도 크다. 언제 서울에 갈 거냐고 대장에게 물었다. 대장은 대답하지 않았다. 달수 삼촌이 내 손을 만지작거리다가 새해도 얼마 안 남았다고 중얼거렸다. 진짜 좆같은 인생이라고, 젖통 달린 인간은 이제 상종도 안 할 거라고 대장이 이를 갈았다. 미남이 이모가 사라진 후 대장은 운전도 난폭하게 하고, 걸핏하면 허공에 대고 욕을 한다. 용이 삼촌과 미남이 이모는 돈뿐만 아니라 대장 가슴속의 빛나는 부분까지 훔쳐 간 거다. 줄담배를 피우며 거칠게 경적이나 울려대는 대장은 전구 빠진 전등이나 스피커 빠진 전축 같았다. 나는 대장이 예전처럼 무뚝뚝하지만 의리 있고 화통하고 멋진 사람으로 돌아오길 바랐다.

부산에서 입을 크게 덴 후로 대장은 예전처럼 용감하게 불을 삼키지 못했다. 불을 삼키기 전엔 몇 번이나 망설였고, 망설였기 때문에 불은 더 활활 타올랐고, 활활 타오르는 불은 대장의 입으로 들어갔다가도 살아 나왔다. 대장은 불을 삼키는 대신 불을 더 많이 내뿜기로 했다. 하지만 그것도 뜻대로 되지 않았다. 대장이 뿜어내는 불은 힘없이 발끝으로 뚝뚝 떨어졌다. 그렇다고 벽돌 격파가 제대로 되는 것도 아니라서, 달수 삼촌과 나는 흥이 안 났다. 용이 삼촌이 신나게 두드려대던 두 개의 장구도 없고, 남자들의 눈을 한데로 끌어모으던 미남이 이모의 수박만 한 가슴도 없으니 아무도 우리 판에 관심을 갖지 않았다.

대장은 구석에 앉아 담배만 피웠고 달수 삼촌은 노래방 기계를 틀어놓고 노래만 불렀다. 나는 엿판을 목에 걸고 그들 주위를 어슬렁거리다가 달수 삼촌과 함께 노래를 불렀다. 내가 코맹맹이 소리로 노래를 부르자 지나가던 사람들이 흘깃거리긴 했다. 하지만 모여들진 않았다. 달수 삼촌과 나는 나란히 서서 구슬픈 노래 신나는 노래 가릴 것 없이 부르고 싶은 건 다 불렀다.

노래 부르는 데만 집중하다 보니, 까짓 뭐 어떤가 하는 생각이 들었다. 이런 날도 있는 거지, 그런 생각도 들었다. 싸락눈이 두루루 떨어졌다. 사람들이 우산을 펴 들었다. 달라진 건 없다. 나는 진짜엄마를 찾으면 되는 거고, 대장은 엄마들과 더불어 이모와 삼촌을 더 찾으면 되는 거다. 미정이를 위한 통장이 사라진 건 좀 안타깝지만, 그건 대장이 이모를 찾아내면 금방 해결될 일이다. 진짜 심각한 문제는 그런 게 아니라, 대장이 불을 무서워하게 됐다는 거다. 아니, 무서워하는 건지 지겨워하는 건지 모르겠지만 아무튼 대장이 불을 삼키지 못한다는 게 제일 큰 문제라면 문제다. 나는 대장에게 힘을 내라고 말해주고 싶었다. 아무 일도 아니라고. 우린 하던 대로만 하면 된다고. 뭐가 걱정이냐고. 세상이 좆같은 게 대체 우리랑 무슨 상관이냐고.

대장은 그새 담배 한 갑을 다 피우고 바닥에 드러누워 있었다.

그날 밤 달수 삼촌이 초코파이 한 상자를 사 왔다. 트럭에 앉아 초코파이를 층층이 쌓더니 그 위에 하얀 초 하나를 꽂았다. 초코파이를 보니까 자연스레 목소리가 생각났다. 목소리를 기쁘게 해주려고 외웠던 십계명도 생각났다. 마음속으로 외워 보니까 다 기억이 났다. 목소리는 아직도 지나치게 참고 이해하는 척하며 살고 있을까?

달수 삼촌이 라이터로 초에 불을 붙였다. 구석에 기대앉았던 대장이 달수 삼촌에게 뭐 하는 거냐고 물었다. 내일이 크리스마스라잖아. 우리야 그런 거 모르고 살지만 애는 아닐 것 같아서. 달수 삼촌이 눈짓으로 나를 가리켰다. 나는 그게 뭐냐고 물었다.

크리스마스를 몰라?

나는 고개를 끄덕였다. (이름도 더럽게 어렵네. 크스…… 뭐?) 대장이 똑바로 앉으며 말했다. 지 생일도 모르는 애가 크리스마스 같은 걸 알겠냐.

애들이 좋아하는 날이야.

달수 삼촌이 말했다.

우리 미정이도 제 생일보다 크리스마스를 더 좋아했지.

애들이 크스 뭐를 왜 좋아하느냐고 나는 다시 물었다. 삼촌이 크스 뭐에 대해서 얘기해주려는데, 대장이 삼촌의 말을 끊고 불쑥 말했다.

오늘 애 생일이나 하자.

나를 보며 물었다.

너, 생일 파티 해본 적 없지?

(당연한 걸 왜 물으시나.)

오늘 그냥 애 생일 하자. 이제부터 오늘이 니 생일이야.

달수 삼촌도 그러자고 했다. 대장이 일어나서 트럭에 달린 전구를 껐다.

노래 불러.

대장이 달수 삼촌을 보며 말했다. 삼촌이 박수를 치며 노래를 부르기 시작했다. 생일 축하합니다. 생일 축하합니다. 대장도 우물우물 따라 불렀다. 아다라는(이 부분에서 둘 다 말을 얼버무렸기 때문에 내 귀엔 그렇게 들렸다) 우리 꼬마 생일 축하합니다. 달수 삼촌이 나에게 불을 끄라고 했다. 나는 바람을 후 불어 촛불을 껐다. 심지에서 연기가 모락모락 피었다. 삼촌과 대장이 멍하게 그 연기를 쳐다봤다. 세상이 전부 소리를 잃은 듯 고요했다. 삼촌이 굼뜨게 일어나 전구를 켰다. 주황색 전구가 살짝 흔들렸다. 세 사람의 커다란 그림자가 덩실 춤을 추었다. 쩍쩍 쩍쩍. 삼촌이 눈을 껌뻑이며 박수를 쳤다. 그리고 초코파이 하나씩을 나눠 줬다. 선물은 내일 사 주겠다며, 뭘 갖고 싶으냐고 대장이 물었다. 나는 진짜엄마가 갖고 싶다고 대답했다. 삼촌이 쯧쯧 혀를 찼다.

대장과 삼촌은 초코파이를 안주 삼아 소주를 마셨다. 날이 너무 추워서 술이라도 마셔야 잘 수 있다고 했다. 초코파이를 먹으며 내가 오들오들 떠니까, 대장이 나에게도 술을 조금 줬다. 달수 삼촌이 말리니까, 얼어 죽는 것보다는 낫다고 했다. 술은 정말 맛없었다. 내가 술을 삼키지 못하고 얼굴을 찡그리니까, 대장은 눈 딱 감고 삼키면 된다고 했다. 소주 두 잔을 마시니까 정말 온몸에서 후끈후끈 열이 났다. 아, 이래서 술을 마시는구나, 싶었다. 세 잔째부터 눈이 조금씩 풀렸다. 대장과 삼촌이 겹쳐 보였다. 두 사람이 나누는 대화가 왕왕 울리며 내 귀를 때렸다. 심장이 뱃가죽을 찢고 튀어나올 것처럼 거세게 뛰었다. 조용하고 섬세하던 가짜아빠가 술만 마시면 난폭해지던 이유를, 알 것도 같았다.

무작정 화가 났다.

심장은 터질 것 같고, 목소리는 커지고, 아무리 눈을 비벼도 사물은 두 개로 겹쳐 보이고, 아주 미세한 소리도 천둥소리처럼 들리니 정신이 없었다. 심장이 너무 거세게 뛰어서 나는 숨을 꽉 참았다. 눈도 감았다. 귀도 막았다. 눈앞으로 시뻘건 물이 출렁거렸다. 아니, 불인가. 나는 몸을 최대한 움츠렸다. 세상이 갑자기 고요해졌다. 좋은 상상을 해. 남자의 목소리가 들렸다. 살짝 눈을 뜨고 주변을 둘러봤다. 모든 사물이 비현실적으로 거대하게 보였다. 대장의 허벅지가 산보다 더 커 보였다. 나는 개미만큼 작아진 것이다. 그런 생각을 한 적이 있다. 내가 주머니에 쏙 들어갈 만큼 작아진다면, 아무의 주머니에나 들어가서 세상 곳곳을 떠돌 수 있을 텐데. 그러다가 진짜엄마를 만나게 되면, 진짜엄마가 나를 싫어하더라도 진짜엄마 주머니에 숨어 오래도록 살 수 있을 텐데.

아니, 거짓말이다.

나는 맞지 않기 위해 작아지고 싶었다. 아무리 눈을 크게 떠도 나를 찾지 못할 만큼 작아진다면, 가짜아빠가 나를 때릴 수도 없을 테니까.

아니, 그것도 거짓말이다.

나는 개미만큼 작아져서 가짜아빠의 몸속으로 들어가고 싶었다. 아주아주 강력한 폭탄을 들고. 그래서 가짜아빠의 몸을 산산조각 내고 싶었다. 살점 하나 남지 않을 만큼.

아니아니, 그것도 다 거짓말이다.

나는 엄마 속으로 들어가고 싶었다. 원래 내가 살던 곳. 세상에서 가장 평화롭고 안락한 그곳에 다시 들어가 죽을 때까지 태어나고 싶지 않았다. 그곳에서 그냥 엄마인 채로 살고 싶었다. 아무도 나를 보지 못하고, 내 소리를 듣지도 못하고, 내가 무얼 원하는지 알지 못해도 그곳이 내겐 최고다. 왜냐면, 그 속에서 나는 아무것도 원하지 않으니까. 내 몸뚱이를 갖고 스스로 울기 시작하면서 나는 괴로워졌다. 내 손으로 밥을 집어 먹고 내 입으로 말을 하게 되면서 나는 고통스러워졌다. 추운 걸 알게 되고 배고픈 걸 알게 되고 맞으면 아프다는 걸, 원망하고 미워하고 분노하는 걸 알게 되었다. 원망. 미움. 고통. 괴로움. 공포. 분노. 나는 그 글자의 의미를 다 안다. 아니까 기억한다. 그느낌. 뾰족한 바늘로 내 몸에 하나하나 새겨 넣던 그 감정들. 끔찍해. 끔찍해. 나는 쉼 없이 말했다. 모든 게 다 끔찍해. 끔찍해. 나를 원래대로 돌려놔. 다시 살고 싶다고, 남자가 여자에게 말한다. 나는 외롭다고, 남자의 눈이 글썽인다. 내 뜻대로 되는 건 하나도 없었다고, 너만큼은 나를 믿어달라고, 나를 살아 있게 해달라고, 남자가 중얼거린다. 여자의 눈이 젖는다. 겁이 많아 고기는 만지지도 못하는 여자가 운다. 세상은 단 한 번도 나를 위해 움직이지 않았지. 나는 늘 세상과 엇나갔어. 세상은 나 같은 걸 원한 적 없어. 내 부모처럼. 나는 왜 태어났지. 누가 장난을 친 건가. 실패작인가. 버려진 존재. 그런데도 꾸역꾸역 살아 있는 이유는 뭐지. 나 같은 것도 사랑을 해. 근데 그게 진짜 사랑일까. 진짜. 진짜가 뭐지. 누가 진짜를 하지. 그런 건 없어. 신도 그런 건 못해. 여자의 눈물이 방을 가득 채운다. 울지 마. 내가 불쌍해? 여자가 고개를 젓는다. 난 단 한 번도 내 것을 가져본 적이 없어. 여자가 남자를 꼭 껴안는다. 여자의 몸이 바르르 떨린다. 어두운 뒷마당. 여자의 엄마가 닭을 잡는다. 번쩍이는 식칼로 닭의 목을 내려치자 시뻘건 피가 솟구친다. 반쯤 감은 닭의 눈에 세상 마지막 빛이 고인다. 또 내려친다. 또 내려친다. 수없이 내려친다. 하루에도 몇십 번씩. 엄마의 배 속에서 이제 막 생겨난 여자가 몸을 마구 떤다. 여자가 몸을 떨면 그 속의 나도 몸을 떤다. 조약돌보다 작은 여자와 그 여자 속의 먼지보다 작은 내가 몸을 아무리 떨어도, 여자의 엄마는 무표정한 얼굴로 칼을 든다. 사방에서 사람이 죽어간다. 꼬챙이로 배를 찌르자 뒤엉킨 창자가 뽑힌다. 총 맞은 사람들의 몸에서 꿀렁꿀렁 피가 솟는다. 대포가 터진다. 시체를 밟고 달린다. 덜 죽은 사람이 발을 붙잡는다. 뿌리친다. 쏟아지는 총알을 죽어가는 사람의 몸으로 막는다. 사방에서 피가 튄다. 수십 명을 죽이면서도 나는 살아남아야 하나. 삶은 본능이다. 죽어서 지옥에 가더라도 당장은 살고 봐야겠다. 여자 속의 여자, 그 여자 속에서 몸을 뒤틀던 나는 끔찍한 세상을, 삶을 증오한다. 엄마의 엄마의 엄마가 밟고 도망친 수백 개의 시체와 낭자한 피가 나를 덮친다. 나를 감싸던 시뻘건 그것은 물도 불도 아닌 피였다.

그 모든 것이 다 내 안에 있다.

14...

　　머리가 깨질 것처럼 아팠다. 물을 찾았지만, 주전자는 텅 비어 있었다. 일어나자마자 다시 누웠다. 쥐새끼가 살을 갉아 먹는 것처럼 아랫배가 아팠다. 트럭 밖에서 대장과 삼촌의 목소리가 들렸다. 다시 일어나려는데, 팬티가 축축했다. 술에 취해 똥이라도 쌌나. 팬티 속을 들여다봤다. 똥 냄새는 아니었다. 비릿한 게 꼭 피…… 같았다. 병에 걸린 건가. 나는 손가락에 묻은 피를 쳐다보며 생각했다. 할머니가 가끔 '피똥 싼다'라는 말을 한 적이 있다. 그게 무슨 뜻이냐고 묻지 못한 게 후회된다. 트럭 구석에 빈 술병 몇 개가 나뒹굴고 있다. 술을 마셔서 그런가. 술을 마셔서 피가 나는 거라면, 나뿐만 아니라 대장도 피가 나고 달수 삼촌도 피가 나야 한다. 우린 같이 술을 마셨으니까. 술을 마신 다음 날엔 다들 피가 나는데, 나는 술을 마셔본 적이 없으니까 피가 나는 줄 몰랐던 걸 수도 있다. 그럼 병이 아니다. 술을 마시면 다들 그런 거니까. 나는 휴지로 밑을 슥 닦아냈다. 피가 더 많이 묻어났다. 언제쯤 그칠까. 설마 하루 종일 피가 나는 건 아니겠지. 그럼 팬티가 다 젖을 텐데. 삼촌에게 물어보는 게 좋겠다. 하루 종일 피가 난다면 휴지라도 대고 있어야 할 테니까.

삼촌과 대장은 다리 밑에 앉아 라면을 끓이고 있었다.

피는 언제 그쳐?

대장에게 물었다.

피? 무슨 피?

삼촌이 대신 되물었다.

술 마시면 나는 피.

뭔 소리야?

삼촌은 고추에서 피 안나?

삼촌과 대장이 멍하니 내 얼굴을 봤다. 라면 국물이 보글보글 끓었다.

어…… 어디서?

여기서.

나는 내 보지를 가리켰다.

대장이 큼. 헛기침을 했다. 달수 삼촌은 내 손가락이 가리키는 데를 빤히 쳐다보다가 흠칫 놀라는 척 고개를 흔들었다.

거기서 피가 나?

(왜들 이러시나, 다 알 만한 사람들이.)

애, 그거 하는 거 아니야?

그런가 본데.

도대체 애 나이가 몇인 거야. 요즘은 그거 몇 살 때 하나?

내가 아냐.

원래 이렇게 빨리 하나.

덩치가 작아서 그렇지, 보기보다 나이가 많을 수도 있어.

대장과 삼촌이 내 몸을 쭉 훑어봤다.

그거나 사다 줘.

내가? 그걸 어디서 사.

슈퍼에 팔겠지. 아니, 약국에 파나.

너 그거 사봤냐?

넌 사봤냐?

미남이 꺼 안 사봤어?

아, 씨.

대장이 주머니에서 1000원짜리 두 장을 꺼내 주며 슈퍼에서 생리대를 사 오라고 시켰다. 나는 슈퍼에 갔다가 빈손으로 돌아왔다. 돈이 모자랐다. 내가 돈을 더 달라고 하니까, 대장은 거시기 한번 더럽게 비싸다고 중얼거렸다. 내가 사 온 생리대를 요리조리 돌려 보던 달수 삼촌이 난감하다는 듯 말했다.

서…… 설명서가 없어.

대장이 생리대의 포장을 뜯어주면서 팬티에 붙이라고 했다.

뭐로 붙여.

나는 생리대를 받아 들면서 말했다.

뭐?

붙이라며. 본드라도 줘야…….

아, 일단 가봐.

대장이 내 등을 화장실 쪽으로 떠밀었다. 나는 공공 화장실에 가서 생리대를 팬티에 붙였다. 끈적끈적한 게 있어서 풀 없이도 잘 붙었다.

삼촌이랑 대장은 안 해?

우리가 왜 해.

술 마셨으니까.

술 마셔서 피가 나는 게 아니라.

삼촌이 나를 앉히고 입을 쩍쩍 다시다가 왜 피가 나는지에 대해서 설명해줬다. 술을 마셨다고 피가 나는 게 아니라 여자는 다 피가 나는 거라고. 이제부터 한 달에 한 번씩 피가 날 거라고 했다. 음. 나는 잘 이해할 수 없었지만, 달수 삼촌도 딱히 많은 것을 아는 것 같진 않았다. 언제까지 피가 나는지. 피가 왜 나는지. 매일 피가 나는지. 피가 나서 배가 아픈 건지. 궁금한 게 많았지만 삼촌을 힘들게 하고 싶지 않아서 나는 그냥 잠자코 있었다.

아무튼 이젠 아무 남자랑 같이 있으면 안 돼.

삼촌이 엄한 얼굴로 말했다.

아무 남자?

그러니까, 남자를 조심해야 된단 말이야.

어떻게 조심해.

아무 남자랑 막 자면 안 된다고.

('아무' 남자랑 '막' 자는 게 도대체 뭐야.)

그럼 애가 생겨.

애?

그래. 이젠 애를 가질 수도 있다고.

애는 보지에 자지를 넣어야 생기는 거야.

삼촌이 입을 딱 벌리고 나를 쳐다봤다.

그냥 막 잔다고 생기는 게 아니라.

나는 단호한 목소리로 대꾸했다. 옆에서 듣고 있던 대장이 큰 소리로 웃어대기 시작했다. 미남이 이모가 떠난 후 처음이었다. 대장이 그렇게 웃는 건.

이젠 애를 가질 수도 있다는 달수 삼촌의 말에 나는 내 속에 아이가 있는 상상을 해봤다. 기분이 어떨까. 그 안에 있으면 아주 좋은데. 세상에 그곳보다 좋은 곳은 없는데. 어떻게 아느냐고? 나는 다 기억하니까. 엄마 속에서 살던 그 시절의 느낌을. 어른들은 바깥으로 나온 지 너무 오래돼서 다 까먹은 모양인데, 나는 아직 기억한다. 나도 어른들처럼 그 세계를 점점 까먹을까 봐 좀 걱정이긴 하지만, 나는 절대 잊지 않을 것이다. 나는 꼭 그곳으로 돌아갈 테니까.

저녁이 될수록 축제장엔 사람들이 많이 몰려들었다. 싸락눈이 내리긴 했지만 판을 못 벌일 정도는 아니었다. 우리는 어제 판을 벌였던 곳에 다시 자리를 잡았는데, 우리 옆에는 어젠 없었던 다른 패가 자리를 잡고 있었다. 그래서 싸움이 났다. 그 패는 우리보다 더 요란한 옷을 입고 있었고, 사람도 더 많았다. 그쪽의 주특기는 만담이었다. 얼굴이 넙데데한 사람이 마이크를 잡고 쉴 새 없이 말을 쏟아냈다. 대장이 그쪽을 찾아가서 우리가 먼저 여기에 자리를 잡았는데, 바로 옆에서 공연을 벌이면 어쩌자는 거냐고 따졌다. 넙데데가 여기가 다 당신 땅이냐고 응수했다. 그래! 내 땅이다! 대장이 눈을 부라리며 윽박질렀다. 그러거나 말거나, 넙데데는 볼륨을 한껏 높이며 말했다. 어차피 다들 우리 공연 보러 오는 거니까 그쪽이나 다른 데로 꺼지셔. 대장이 발끈하여, 우리는 어제부터 여기 있었다고 했다. 그러면 뭐 하나. 싸구려 공연에 손님도 못 끄는걸. 그 말에 대장이 넙데데의 멱살을 잡았다. 달수 삼촌이 대장을 말렸다. 또 싸우면 하나 남은 트럭까지 팔아야 할 거라고 간절하게 말했다. 대장이 분을 삭이는 사이 넙데데가 먼저 공연을 시작했다. 짐작보다 훨씬 더 시끄러웠다. 그럼 둘 다 마이크를 끄고 공연하자고 달수 삼촌이 넙데데에게 제안했다. 넙데데는 들은 척도 안 했다. 어차피 모두 먹고살자고 하는 짓인데, 서로 편의 봐주면서 하는 게 좋지 않겠냐고 달수 삼촌이 다시 말했다. 말하나 마나, 넙데데는 마이크를 잡고 시끄럽게 떠들어대며 사람들을 끌어모았다.

달수 삼촌이 전에 없이 어설프게나마 춤을 추고 사람들에게 우스운 농담도 던져봤지만, 사람들의 반응은 심드렁했다. 대장이 불쇼를 해야겠다고 말했다. 달수 삼촌이 말렸다. 불쇼라도 해서 사람들을 모아야지 않겠느냐고 대장이 우겼다. 나는 대장이 시키는 대로 트럭에서 석유통과 심지를 꺼내왔다. 하겠다고 말은 했지만, 대장은 심지를 붙잡고 오랫동안 망설였다. 보다 못한 내가 달수 삼촌 대신 마이크를 잡았다. 그리고 코맹맹이 소리를 내며 큰 소리로 노래를 불렀다. 내 노래는 특히 할아버지 할머니들이 좋아했다. 달수 삼촌이 앰프의 볼륨을 좀 더 높이고 꽹과리를 쳤다. 나는 엉덩이를 실룩실룩 흔들며 춤도 췄다. 표정 연기도 했다. 할머니들이 박수를 치며 웃었다.

문득 교회에서 신앙 간증이란 걸 하던 사람이 생각났다. 그때 예배당의 사람들은 그 사람의 이야기를 굉장히 집중해서 들었다. 그 사람이 울면 같이 울고 소리 지르면 같이 소리 질렀다. 나도 그렇게 해보자고 마음먹었다. 나는 가짜아빠가 나를 때리던 이야기와 가짜엄마가 집을 나간 얘기, 황금다방에서 겪었던 일들을 읊어대기 시작했다. 태백식당의 할머니에 대해서도 이야기했다. 아들과 며느리 얘기가 나오자 할머니들이 쯧쯧 혀를 찼다. 폐가의 남자 얘기를 하니까 웅성거리며 그 남자가 진짜 아무 짓도 안 하더냐고 물었다. 나는 하나도 더하거나 빼지 않고 정말 있었던 일만 말했다. 나도 모르게 어떤 부분에서는 목소리가 커졌고, 어떤 부분에서는 침울해졌다. 달수 삼촌과 대장도 내 옆에 앉아 내 얘기를 들었다. 옆 공연을 보던 사람들이 점점 우리 쪽으로 몰렸다. 나는 대장을 가리키며 말했다. 대장은 나를 먹여주고 재워줬어요. 내가 어떤 앤지도 모르고 말예요. 대장이 나를 모른 척했다면 나는 굶어 죽었을지도 몰라요. 쥐의 먹이가 됐겠죠! 나는 대장을 따라다니며 진짜엄마를 찾고 있어요. 얼굴이 메추리알 같고 절대 맞고만 있진 않는, 언제나 불행한 나의 진짜엄마요! 대장은 불을 삼키는 남자예요. 그러니까 대장과 함께라면 나도 꼭 진짜엄마를 찾을 수 있을 거예요! 대장의 마음은 불꽃으로 가득 차 있답니다! 대장!

멍하니 앉아서 내 얘기를 듣던 대장이 벌떡 일어나 석유통을 들었다. 석유를 입에 가득 머금고 불이 활활 타오르는 심지를 노려봤다. 대장의 입에서 강렬한 불꽃이 뿜어져 나왔다. 사람들이 박수를 쳤다. 우와! 함성 소리도 들렸다. 대장은 열 번도 넘게 불꽃을 내뿜었다. 사람들이 거의 다 우리 쪽으로 넘어왔다. 넙데데 패거리가 앰프 소리를 더 높였다. 대장의 불쇼를 구경하던 사람 몇몇이 그쪽을 보고 소리 좀 줄이라고 소릴 질렀다. 물로 입안을 깨끗이 헹군 대장이 이번에는 불을 먹어보겠다고 했다. 사람들이 박수를 쳤다. 넙데데가 달려와 대장에게 따졌다. 사람들이 야유를 보냈다. 대장이 넙데데를 밀쳐내고 침을 퉤 뱉었다. 그리고 활활 타오르는 불을 꿀꺽 삼켰다. 사람들이 박수를 치며 발을 굴렀다.

오랜만에 공연은 대성공이었다. 엿도 많이 팔고 테이프도 많이 팔았다. 대장이 내 머리를 쓱쓱 쓰다듬었다. 뭐 갖고 싶은 거 없냐고 물었다. 생일 선물을 사 주겠다고 했다. 나는 또 진짜 엄마가 갖고 싶다고 했다. 달수 삼촌의 눈이 슬퍼졌다. 내가 꼭 찾아줄게. 대장이 말했다. 내 엄마도 찾고 니 엄마도 찾고, 온 나라를 뒤져서라도 다 찾아내고 말겠다고. 대장의 마음에 다시 불이 타오르는 것 같아 다행이었다.

대장에게선 다시 빛이 날 것이다.

아침부터 해가 쨍쨍했다. 바람은 매서웠지만 날이 맑으니까, 오늘은 왠지 더 많은 사람이 몰릴 것 같았다. 우리는 일찌감치 자리를 잡고 장비를 정리했다. 넙데데가 또 우리 옆에 자리를 잡았다. 사실 우리가 잡은 자리가 퍽 좋은 자리이긴 했다. 웬만한 자리는 다른 패들이 다 잡아놔서, 옮기려면 차가 다니는 도로

변으로 나가야만 했다. 그런 곳에는 사람이 모이지도 않고, 모인다고 해도 공연이 끝날 때까지 오랫동안 있질 못한다. 그걸 우리도 알고 넙데데도 아니까 다른 자리로 쉽게 옮기질 못하는 거다. 이런 경우, 대장은 한 번도 진 적이 없다. 오기로라도 버텼다. 그래야 한다고 했다. 어차피 축제장 갈 때마다 만나는 얼굴이 대부분인데, 한번 밀리기 시작하면 계속 밀린다고 했다. 공연을 시작하기 전에 넙데데가 우리 쪽으로 넘어왔다. 덩치 좋은 일행 두 명을 끌고서. 그리고 다짜고짜 당장 다른 자리로 옮기는 게 좋을 거라고 엄포를 놨다. 대장은 기죽지 않고 어깨를 쫙 폈다. 넙데데의 언성이 금방 높아졌다. 시궁창에서나 굴러먹던 것들이 겁도 없이 지랄이라고 삿대질을 하며 대장의 어깨를 밀었다. 대장이 넙데데의 멱살을 잡았다. 하지만 때리진 않았다. 치사하게 이러지 말고 서로 피해 안 주면 되지 않겠냐고 달수 삼촌이 말했다. 치사하다는 말에 넙데데가 발끈해서 달수 삼촌을 확 밀었다. 뒤로 넘어진 삼촌은 허리에 손을 얹고 끙끙거렸다.

대장의 얼굴이 붉게 달아올랐다. 참는 것 같기도 하고 폭발 직전의 모습 같기도 했다. 넙데데는 계속 대장의 심기를 건드리며 깐죽거렸다. 그, 젖통 큰 년은 어디로 갔느냐고, 니들이 돌아가며 따먹던 년, 어디 갖다 팔았느냐고 미남이 이모 얘기를 꺼냈다. 나를 가리키면서, 저년은 그년 대신이냐? 키워서 따먹게? 따위의 (알아들을 순 없지만 왠지 기분 나쁜) 말도 했다. 미남이 이모 얘기가 나오자 대장은 참지 못하고 주먹을 날렸다. 넙데데 일행이 대장을 발로 걷어찼다. 그래도 대장은 넘어지지 않고 셋을 한꺼번에 상대했다. 사람들이 몰려들었다. 대장을 뜯어말리던 달수 삼촌이 더 많이 맞았다. 대장이 벽돌을 집어 들었다. 넙데데의 얼굴이 하얗게 질렸다. 오늘은 판 벌리기 글렀다는 생각에, 정말 트럭을 팔게 될지도 모른다는 좋지 않은 예감에 나는 우울해졌다.

달수 삼촌이 급히 뛰어오는 게 보였다. 나는 트럭에 앉아 경찰이 잡아간 달수 삼촌과 대장을 기다리던 중이었다. 대장은 두고 삼촌만 오는 걸 보니 무척 심란해졌다. 정말 트럭을 팔아버리면 우린 어디에서 자고 먹고 또, 무얼 타고 세상을 누비지? 삼촌을 빤히 쳐다보다가 나는 발딱 일어났다. 삼촌 뒤로 경찰 두어 명이 따라오고 있었다. 나는 삼촌을 기다려야 할지 경찰을 피해 도망가야 할지 잠시 고민했다. 아까 경찰이 왔을 때도 나는 트럭 뒤에 숨어 있었다. 경찰과는 다시 마주하고 싶지 않으니까. 경찰이 왜 또 오지? 나를 잡으러 오나? 삼촌이 나를 지켜줄까? 설마 삼촌이 경찰을 데려오는 걸까? 트럭 대신 나를 팔려고? 나는 밥도 많이 안 먹고 말도 잘 듣는데, 그래도 나랑 같이 있는 게 힘들어진 걸까.

삼촌은 경찰들에게 보이지 않게 팔을 앞으로만 내밀어 흔들고 있었다. 나에게 무슨 뜻인가를 전하려는 것 같았다. 삼촌의 손짓을 보고 나는 무작정 뛰었다. 뭔가 잘못된 것 같았지만, 도대체 뭐가 잘못된 건지 알 수 없었다. 강변을 거슬러 뛰다가 다리로 올라가는 계단을 지나 잠시 망설였다. 삼촌이 나를 찾을 수 있는 곳으로 가야 하는지, 아니면 삼촌조차 나를 찾을 수 없는 곳에 숨어야 하는지 제대로 판단이 서지 않았다. 뒤돌아서서 트럭이 세워진 곳을 쳐다봤다. 경찰 두 명은 트럭 주변을 기웃거리며 무언가를 찾고 있었고, 삼촌은 사방을 둘러보며 넋을 놓고 있었다.

하지만 경찰은 내가 누군지도 모르잖아.

별안간 그런 생각이 들었다. 경찰은 내가 어떻게 생겼는지도 모르고 내 이름도 모르고 (그건 나도 모르지만) 내 목소리가 어떤지도 모르잖아. 나는 용기를 내보기로 했다. 이 동네 아이처럼 행동한다면 경찰도 나를 의심하진 않을 것이다. 저기, 학교 뒤쪽 파란 지붕 집에 사는 애나 강변빌라 2층에 사는 애처럼 태연하게 행동한다면 말이다. 나는 최대한 자연스럽게 걸어서 (하지만 고양이처럼 아주 조심스럽게) 삼촌이 나를 볼 수 있는 곳까지 갔다. 강변도로를 지나가며 트럭 근처의 삼촌을 흘깃 쳐다봤다. 삼촌은 처음부터 나만 보고 있었던 듯, 손가락으로 공공 화장실 쪽을 가리켰다. 물론 경찰들 모르게. 나는 주머니에 손을 집어넣고 화장실 쪽으로 천천히 걸었다. 엄마 아빠에겐 학원 간다고 거짓말하고 축제 구경 나온 애처럼 천연덕스럽게.

트럭 주변을 훑어본 경찰이 삼촌을 붙잡고 뭔가를 물어보는 듯했다. 나는 공공 화장실 뒤편에 앉아 귀를 쫑긋 세웠다. 얼마 후 삼촌이 화장실 쪽으로 뛰어왔다. 삼촌의 얼굴은 말라빠진 식은 밥처럼 딱딱하게 굳어 있었다. 삼촌은 내 손을 잡아끌고 뛰다시피 걸었다.

서울 가고 싶댔지?

나는 삼촌의 손을 탁 놓았다. 나는 안다. 본능적으로. 나를 버리려는 손과, 나를 지키려는 손의 차이를. 삼촌의 손은 너무나 차갑고 딱딱했다. 삼촌이 다시 내 손을 잡아끌었다.

나쁜 애들 만나지 말고, 나쁜 짓 하지 말고, 아…….

삼촌은 자기가 무슨 말을 하는지도 모르는 것 같았다. 말보다 걸음이 빨랐고, 걸음보다 마음이 앞섰다. 나를 끌다시피 하여 터미널에 도착한 삼촌은 차표 한 장을 사서 내 손에 쥐여줬다. 그리고 돈을 있는 대로 꺼내 내 주머니에 쑤셔 넣었다.

뭔데. 뭔데 이거.

나는 돈을 꺼내 바닥에 던졌다. 삼촌은 흩어진 돈을 정신없이 주워 내 손에 다시 쥐여줬다. 그리고 내 어깨를 꽉 잡으며 숨을 골랐다. 말의 순서를 정하는 것 같았다.

그놈이 우리를 신고했어.

트럭을 팔아야 해?

아니, 그런 게 아니라 미성년자한테 일을 시킨다고.

트럭은?

너를 납치해서 일을 시킨다고. 너, 잡히면, 고아원에 가야 돼. 고아원에 갈래?

나는 목이 부러질 정도로 고개를 저었다.

고아원도 괜찮아. 거기가 훨씬 더 안전할 거야. 그래도 싫어?

내게 중요한 건 안전이 아니다. 언제나 그랬다.

대장은.

큰삼촌은 경찰서에 있어. 너 빨리 숨기라고, 나한테.

달수 삼촌은 내가 함부로 쥐고 있던 돈을 잘 접어 내 주머니 곳곳에 나눠 넣었다.

누구한테도 잡혀가면 안 돼. 알아들어?

(나 역시 누구에게도 잡히고 싶지 않다.)

나쁜 아저씨들이 너를 잡아갈지도 몰라. 잡아서 나쁜 일을 시킬지도 몰라. 누구라도 널 잡으려고 하면 무조건 도망가. 아니, 서울에 가서.

삼촌은 말을 잇지 못했다. 누군가가 서울행 버스가 출발한다고 소리 질렀다. 삼촌이 내 손에 검은 비닐봉지를 들려줬다. 그 속엔 생리대와 초코파이가 들어 있었다.

누가 해코지를 하면 경찰을 찾아.

삼촌의 눈에 비릿한 물이 맺혔다.

경찰이 엄마를 찾아줄 거야. 근데 여기선, 우리가 납치범이
되니까…….

나는 울지 않았다.

아니, 어디에 있든, 축제를 찾아. 알겠지?

나는 고개를 끄덕였다. 축제가 어디에서 열리는지만 알면,
나는 언제라도 대장과 삼촌을 만날 수 있다.

우리도 곧 서울로 갈 거야. 거기서도 축제를 하니까.

삼촌이 머뭇거리더니 나를 꼭 껴안았다. 그리고 주문처럼,
나쁜 사람만 만나지 말라고, 누구에게도 붙잡히지 말라고, 미안
하다고, 정말 미안하다고 중얼거렸다. 삼촌과 나 사이에 끼인
까만 비닐봉지에서 서걱서걱, 마음 구겨지는 소리가 들렸다. 나
는 삼촌의 옷에 밴 담배 냄새와 땀 냄새를 깊이 들이마시며 중
얼거렸다.

걱정 마. 나는 아무에게도 붙잡히지 않아. 아무도 나를 붙잡
지 않아. 왜냐면, 아무도 나를 원하지 않으니까.

버스가 출발하자마자 나는 입을 꽉 다물었다. 입을 열면 터
져버린 심장이 울컥울컥, 게워질 것만 같아서. 숨이 막혔다. 눈
앞이 너무 출렁거려서 눈을 꼭 감았다. 입술이 바르르 떨렸다.

툭.

투둑.

좋은 상상을 해.

남자가 말했다.

나는 고개를 저었다.

무릎이 점점 젖어갔다.

·

한참을 자고 일어나도 밤
뜬눈으로 지새워도 밤
천을 천 번씩 세는 내내 밤이다가
아주 잠깐씩 환해질 때가 있었어.

그때 당신은 무얼 하고 있었을까.

5부

유미와 나리

15...

눈을 떴다. 버스가 터미널에 들어서고 있었다. 기진맥진하
여 일어설 힘도 없었다. 기사 아저씨가 어서 내리라고 채근했
다. 버스에서 내려 플라스틱 의자에 앉아 봉지에서 초코파이를
꺼내 먹었다. 목이 멨다. 얼굴에 주름이 많은 아저씨 하나가 내
옆에 앉더니 내 손에 들린 초코파이를 뚫어져라 쳐다봤다. 나는
먹던 초코파이를 그에게 내밀었다. 그는 아무 말 없이 초코파이
를 받았다. 그리고 내 옆에 앉아 아주 천천히 초코파이를 씹어
먹었다. 나는 초코파이를 하나 더 꺼내 그와 같이 먹었다. 분주
히 움직이는 사람들, 목청껏 소리를 지르고, 겹겹이 쌓이는 경
적 소리, 수천수만 개의 바퀴가 도로를 헤집는 소리와 따각따각
발걸음 소리. 그 모든 소리가 사라지고, 그와 내가 우물우물 초

코파이를 씹는 소리만 들렸다.

좋은 상상을 해.

좋은 거, 어떤 거?

네가 더 잘 알잖아.

난 몰라.

잘 알아.

그런 거 해봤자 쓸쓸해질 뿐이야.

나는 다디단 초코파이를 꼭꼭 씹어 먹었다. 아무 원망도 슬픔도 없이. 입안엔 씁쓸한 단맛이 오래도록 맴맴 고였다. 단맛과 쓴맛을 동시에 느낀 그 잠깐 사이, 나는 평생 먹을 나이를 한꺼번에 다 먹어버렸다.

죽고 싶어.

그런 건 바라지 않아도 언젠가는 이루어져.

다시 태어나면 좋아?

잠에서 깬 기분이지.

그래서, 좋아?

똑같아.

죽어봤자네.

그래.

죽을 땐, 괴로워?

응. 무척.

다시 태어날 땐.

그때도.

⋯⋯나도 그랬어.

너도?

응. 괴로웠어.

지금보다 더?

⋯⋯지금만큼.

터미널에서 나와 계단에 쪼그려 앉았다. 쌀가마니를 거꾸로 들이붓듯 많은 사람들이 어딘가에서 끊임없이 흘러나왔다. 횡단보도 앞이 사람들로 가득 차면 파란불이 켜졌고 반대편에선 또 그만큼의 사람들이 걸어왔다. 다리 없는 사람이 바닥을 기며 구걸을 했다. 사지가 멀쩡한 사람도 하얀 박스를 들고 다니며 구걸을 했다. 사람들은 그들을 투명인간 취급했다. 저들은 각설이가 아니라고, 나는 생각했다. 왜냐면, 각설이는 사람들을 즐겁게 하니까. 노래를 부르고 춤을 추면서 흥을 돋우고, 사람들에게 웃음을 준다. 그 대가로 돈을 받는다. 그러니까 그건 구걸이 아니다. 구걸은, 나는 너무 불쌍해요, 나는 너무 배고파요, 나는 너무 불행해요, 라는 얼굴로 돈을 요구하는 거다. 자신의 불행을 대가로 돈을 받는 것. 불행을 좋아하는 사람은 아무도 없다. 무언가를 얻기 위해선 상대를 즐겁게 해줘야 한다. 불행으로 살 수 있는 건 동정뿐이다. 동정은 아무 힘이 없다. 나는 그것을 잘 안다. 나는 동정받는다고 느낄 때 가장 비참했다. 그건 내게서 즐거움의 싹을 아예 잘라버리는 거니까. 나를 동정하는 사람의 마음이 따뜻할 거라고 생각하진 않는다. 차라리 불행할 것이다. 대장과 달수 삼촌은 내게 그 이치를 가르쳐줬다. 불행을 주긴 쉽지만 웃음을 주긴 어렵다는 걸. 우리가 웃음을 주려고 하면 사람들은 팔짱을 낀 채 '어디 한번 해보시지'라는 눈빛을 마구 뿜어냈다. 사랑하던 사람이 도망가고, 돈을 다 잃고, 마음속엔 활활 불이 타올라도 우린 춤을 추고 노래를 부르며 웃어야 했다. 그럼 우리를 보는 사람도 웃었다. 웃다가도 어쩔 수 없이 울면, 우리를 보는 사람도 울었다. 그 눈물에, 표정에, 코를 훌쩍이는 소리에 위안을 받았다. 그건 동정이 아니다. 같은 마음이다. 그렇게 울고 웃는 사이 불행은 평범해졌다. 평범해진 불행엔 힘이 없다. 그냥 그까짓 것이 된다.

하지만.

나는 불행하다.

아무리 그까짓 것이라고 생각해도.

웅크리고 앉아 내 혀로 내 상처를 핥아댄다.

눈앞으로 1000원짜리 한 장이 떨어진다. 서울은 하늘에서 돈이 떨어지는 곳인가. 고개를 들었다. 내게 돈을 던져준 것 같은 여자가 횡단보도 쪽으로 바삐 걸어간다. 내게서 불행의 냄새가 났을까. 그래서 돈을 줬나. 나는 그 돈을 들고 여자를 따라갔다. 여자는 횡단보도 앞에 서서 전화를 하고 있었다. 여자에게 돈을 내밀었다. 나는 당신에게 어떤 동정도 받고 싶지 않다는 뜻이다. 여자가 나를 멀뚱히 쳐다보더니, 하던 통화를 마저 한다. 나는 여자 앞에 돈을 떨어뜨렸다. 여자가 허리를 굽혀 돈을 주웠다. 그리고 굉장히 기분 나쁜 표정으로 나를 쳐다봤다.

다시 터미널로 돌아왔다. 솔직히, 암담했다. 터미널에서 횡단보도까지만 해도 사람이 이렇게 많은데, 도대체 어디에서 진짜엄마를 찾는가 말이다. 나는 마음속으로 곰곰이 나의 진짜엄마에 대해 생각해보았다. 얼굴이 메추리알 같고, 절대 맞고만 있진 않으며, 언제나 내 숨소리에 귀 기울여야 하고, 반드시 불행해야 한다. 불행한 사람은 아주 많다. 그런 사람은 어디에나 있다. 나는 불행한 진짜엄마를 찾아서 행복한 사람으로 만들 것이다. 그래서 나도 행복해질 것이다. 하지만 진짜엄마를 찾지 못했던 지난날, 나는 행복한 적 있다. 할머니와 함께 있을 때도 행복했고, 폐가의 남자와 지낼 때도, 대장과 달수 삼촌이랑 같이 있을 때도 행복했다. 장미언니와 목욕을 할 때도 그랬다. 진짜엄마를 찾아야 한다는 사실이 오히려 나를 불행하게 만들 수도 있다는 생각이 문득 들었다. 그러니까 각자 모른 채 살면 행복할 수도 있는데, 만나서 불행해질 수도 있다. 그래도 나는 진짜엄마를 찾아야 하나?

찾아야 한다.

왜냐면, 그것 외엔 할 일이 없으니까.

진짜엄마를 찾겠다는 목적마저 사라진다면 나는 더 살아 있을 이유가 없다. 목적이 없으면, 가짜아빠처럼 쥐의 먹이가 되고 말 것이다.

사람들을 따라 걷다가 기차를 탔다. 그 기차는 내가 평소에 보던 기차와는 많이 다른 것이었는데, 사람들은 그것을 지하철 이라고 불렀다. 서울 사람들은 다들 빠르게 걸었다. 천천히 걸 으면 경찰이 잡아가기라도 할 것처럼 또각또각또각또각. 그들 이 지하철 계단으로 우루루 올라가거나 내려가는 것을 보고 있 으면, 그 속에서 나 하나쯤 깔려 죽는다 해도 아무도 신경 쓰지 않을 것 같았다. 하지만 그렇다고 나를 투명인간 취급하는 것도 아닌 것이, 사람들은 나를 자꾸 힐끔힐끔 쳐다봤다. 쳐다보면서 자기들끼리 수군거리기도 하고 인상을 찌푸리기도 했다. 나랑 같은 공간에 있는 걸 굉장히 불쾌해하는 것 같았다. 쥐새끼 보 듯 나를 봤다. 하지만 그것도 잠시, 다시 무표정하게 음악을 듣 거나 휴대폰을 만지작거렸다. 꼭 감옥에 갇힌 기분이었다. 감시 당하는 것 같았고, 구경거리가 된 것 같았다. 무관심을 가장한 그들의 시선을 나는 다 느낄 수 있었다. 기분이 좋지 않았지만 그럴수록 나는 어깨를 쭉 폈다. 이런 곳이라면 분명 불행한 사람 천지일 테고, 그렇다면 진짜엄마가 있을 가능성도 많으니까.

갑자기 바깥이 깜깜해져서 그새 밤이 됐나, 했다. 잠시 졸다가 눈을 떴더니 다시 바깥이 환해졌기에, 서울은 다른 곳보다 낮과 밤이 빨리 바뀌나 했다. 낮과 밤이 빨리 바뀌어서 사람들도 그렇게 급히 움직이는 건가. 이런 식으로 시간이 빨리 흐르면 나는 금세 어른이 되겠다는 생각도 했다. 또다시 밤이 되기에, 이대로 지하철에서 늙어 죽을 순 없다는 생각이 들었다. 그래서 사람들이 많이 내리는 곳에서 나도 따라 내렸다. 사람들을 따라 계단을 오르고 한참 걷고, 또 계단을 오르고, 몇 번이나 그렇게 맴돌다가 바깥으로 나왔더니 세상에나, 막 해가 지고 있었다. 이놈의 서울에선 시간이 도대체 어떻게 흐르는 것인가 혼란스러웠다.

해가 지고 어둠이 깔리자 바깥세상은 더 휘황찬란해졌다. 높은 건물엔 일제히 불이 켜졌고, 빨갛고 파란 네온사인과 끊이지 않는 차의 행렬. 지칠 줄 모르고 연달아 달리는 버스와 어마어마한 사람들의 발걸음. 나는 사람들 틈에 끼인 채 어디로 가는지도 모르고 걸었다. 걷지 않을 수가 없었다. 이 많은 사람 중에는 나와 같은 사람도 있을 것이다. 가야 할 곳도, 가고 싶은 곳도 모른 채 사람들 사이에 끼여 있다는 이유만으로 어쩔 수 없이 걸어야만 하는.

사람들에게 떠밀리다시피 걷다가 좁은 골목이 보여 그쪽으로 냉큼 들어갔다. 골목엔 사람이 좀 뜸했다. 나는 골목 입구에 선 채 심호흡을 했다.

이렇게는 안 돼. 이런 식으론, 아무것도 찾을 수 없어.

방향을 정해야겠다고 생각했다. 사람들을 따라 무작정 걷다가 그대로 노인이 될 순 없다. 어떤 식으로 방향을 정할까 생각하다가 바닥에 주저앉아 신발을 벗어 팽그르르 돌렸다. 밑창이 거의 닳은 신발이 팽이처럼 잘 돌다가 서서히 멈췄다. 신발의 앞쪽은 골목 안쪽을 가리켰다. 나는 신발을 신고 골목 안쪽으로 걸어갔다. 안으로 들어갈수록 골목은 점점 좁아졌다. 골목 양옆엔 집들이 다닥다닥 붙어 있었다. 뒤엉킨 실처럼 꼬인 골목을 한참 동안 헤매다가 길을 잃었다. 골목에서 벗어나야겠다는 생각으로 되돌아가면 또 다른 골목이 나오고, 아까 지나온 길인가 싶어 주변을 살펴보면 또 다른 골목이고, 조금 전엔 저 건물이 분명 왼쪽에 있었던 것 같은데 지금은 오른쪽에 있고, 비슷한 사람들이 유령처럼 지나가고, 빈 술병에 낡은 리어카. 다 떨어져가는 문. 어딘가에서 들려오는 기침 소리, 고양이 소리. 누군가 소리를 지른다. 운다. 텔레비전 소리도 들린다. 경적 소리도 들리는데, 먼 곳에서 들리는 건지 바로 건너편에서 들리는 건지 모르겠다.

골목 끝에 주저앉아 비닐봉지를 열었다. 초코파이 세 개가 남아 있었다.

그리고 생리대. 피는…… 멎었을까?

물컹. 피가 쏟아진다. 대장이 쩝쩝 혀를 차고 달수 삼촌이 껄껄 웃는다.

오늘 밤을 보낼 곳을 찾아야 한다. 안 그럼 얼어 죽을 것이다. 손과 발과 얼굴이 언 돌처럼 차갑다. 초코파이 하나를 꺼내 깨물었다. 딱딱했다. 혀로 살살 녹여가며 먹었다. 하수구로 까만 그림자가 쏜살같이 지나갔다. 쥐다. 소리도 들린다. 가짜아빠를 갉아 먹은 쥐일까? 나는 초코파이를 먹으며 까만 그림자를 노려봤다. 고양이는 좋겠다. 어디에서나 잘 수 있고, 무엇이든 먹을 수 있고, 어디로든 다닐 수 있으니. 초코파이 하나가 금세 없어졌다. 하나를 더 꺼냈다. 발걸음 소리가 들린다. 몸을 움츠리고 벽 쪽에 딱 붙어 앉았다. 바로 앞에서 멈추는 발걸음 소리. 고개를 들었다. 왜소한 남자가 손을 휘휘 젓는다. 비키라는 뜻인 것 같아 옆으로 몸을 옮겼다. 남자가 벽을, 아니, 문을 열었다. 벽인 줄 알고 기대앉았던 그곳은 남자의 문이었다. 아주 작은 문. 벽은 없이 문만 있는 방. 남자가 들어서며 방의 불을 켰다. 눈앞으로 환한 빛이 쏟아졌다. 느닷없이 잠이 몰려왔다.

몸이 으슬으슬 떨렸다. 내 옆엔 지난 밤, 저리로 비키라며

손을 휘휘 젓던 남자가 누워 있었다. 몸을 반쯤 일으켰다. 기척
을 느낀 남자도 눈을 떴다. 방 안에 걸린 커다란 시계를 보더니
그 남자도 일어나 앉았다. 길에서 쓰러진 나를 죽게 놔둘 수 없
어 방으로 끌고 왔지만, 계속 재워줄 순 없다고 남자가 말했다.

　나도 오늘 여기서 나가야 해. 돈이 없어.

　남자가 주섬주섬 짐을 챙겼다. 짐이라곤 작은 가방 하나뿐
이었다. 그 안엔 속옷 몇 장과 양말 몇 개가 들어 있었다. 집을
나왔냐고 남자가 물었다. 나는 고개를 끄덕였다. 남자는 옷을
네 겹씩 입고 양말을 두 개 신었다. 그리고 모자를 푹 눌러쓰더
니 혹시나 해서 물어보는데, 하며 입을 열었다.

　혹시 돈 가진 거 있냐?

　나는 잠자코 있었다. 남자가 내 잠바 주머니를 뒤졌다. 나는
소리를 지르며 발딱 일어났다. 남자는 두 손을 들면서 알았다
고, 진정하라고 했다.

　뺏으려는 게 아니야.

　남자가 말했다.

　8000원만 있으면, 여기서 하루 더 잘 수 있어.

　하루에 8000원. 나는 속으로 계산했다. 내게 있는 돈으론
열흘 넘게 이곳에서 지낼 수 있겠지만, 그런 식으로 돈을 다 쓸
순 없다. 하지만 남자는 아무 대가 없이 나를 자기 방에 재워줬
다. 두 명이 자기엔 너무 비좁은 방이다. 내가 그랬듯, 남자 역

시 모로 누워 잤을 것이다. 나는 주머니에서 만 원짜리 한 장을 꺼내 남자에게 내밀었다. 남자가 누구에게 돈을 주고 어떤 식으로 방을 얻는지 잘 봐두었다가, 나도 써먹어야겠다고 생각했다. 남자가 손가락으로 돈을 살살 비비면서 몇 살이냐고 물었다. 나는 아무 말 없이 남자를 노려봤다. 남자가 손바닥으로 배를 쓱쓱 문질렀다. 나는 비닐봉지에서 남은 초코파이 두 개를 꺼냈다. 그리고 한 개를 남자에게 주었다. 남자가 피식 웃었다. 남자는 단숨에 초코파이 한 개를 다 씹어 먹었다. 그리고 아무 말 없이 문을 열고 나갔다. 문밖은 바로 길이었다.

남자가 나간 사이 공동욕실에서 옷을 벗고 몸을 씻었다. 차가운 물이 닿자 온몸이 찢어지는 듯 아팠지만, 나는 꼼꼼히 몸 곳곳을 문질렀다. 얼어버린 비누에선 거품도 제대로 나지 않았다. 이가 딱딱 부딪혔다. 몸이 자꾸 떨렸다. 하지만 지금 씻지 않으면 한동안 씻지 못할 것 같아 꾹 참았다. 피는 더 이상 나지 않았다.

남은 돈을 헤아려봤다. 만 원짜리 아홉 장. 1000원짜리 여덟 장. 5000원짜리가 한 장이었다. 만 원짜리는 작게 접어 팬티 속에 집어넣었다. 1000원짜리와 5000원짜리는 그냥 바지 주머니에 넣고, 옷을 다시 입었다. 이불 속에 들어가 몸을 녹였다. 남자가 문을 벌컥 열고 들어왔다. 손에는 라면 세 개가 들려 있었다.

  내가 준 만 원으로 하루치 방값을 더 주고 남은 돈으로 라면을 사 왔다고 남자는 말했다. 남자가 휴대용 가스레인지로 라면을 끓이는 모양을 잠자코 봤다. 이상한 일이다. 내게 밥을 주고 잠잘 곳을 주는 사람들은 어째서 하나같이 가난한 사람들일까. 세상엔 돈 많은 사람들이 없나. 아니, 그런 사람들이 사는 곳에 가려면 비행기를 타고 가야 하나. 어제 내가 지나온 거리에도 돈 냄새를 풍기는, 제법 잘사는 것 같은 사람들이 많았다. 하지만 그들은 내게 눈길조차 주지 않았다. 나를 알아보는 건 나만큼 가난하고 배고프고 추운 사람들이다. 할머니도 그랬고 대장도 그랬다. 그리고 지금 내 앞에서 라면을 끓이는 저 남자도. 나의 진짜엄마 역시 가난하고 배고프고 추워야만 한다. 그래야 나를 알아볼 테니까. 진짜엄마가 부잣집에서 돈 냄새 풀풀 풍기며 사는 사람이라면, 나 같은 건 거들떠보지도 않을 것이다. 하수구 속의 쥐처럼 생각할 것이다. 그럼 곤란하다. 나는 진짜엄마의 조건 하나를 덧붙이기로 했다.

  언제나 배고프고 추운 사람.

  그리고 예전의 조건 하나를 고쳤다.

  그렇지만 늘 불행하지만은 않다.

  왠지 그래야 할 것 같았다. 늘 불행한 사람이라면, 나를 알아보지 못할 테니까. 불행한 사람은 주변을 돌아보지 않는다.

오직 자기 가슴속만 보고 산다. 진짜엄마를 찾아 떠돌던 지난 세월 동안 내가 깨친 이치다. 그러니까 나의 진짜엄마는 조금은, 아주 조금은 행복해야 한다. 그래야 서로를 알아볼 수 있을 테니까. 그런데 그런 날이, 오긴 올까?

남자가 끓인 라면을 후후 불어가며 정신없이 먹다 보니, 그런 날이 오지 말란 법도 없다는 생각이 들었다. (역시 배가 부르면 생각도 넉넉해진다.) 그리고 오지 않으면 또 어떠냐는 생각도 들었다. 까짓것, 그만이다. 죽기 전까지 찾지 못하면, 죽어서라도 찾으면 된다. 달수 삼촌은 그런 말도 했다. 엄마를 찾는 것도 중요하지만, 찾기까지 어떻게 사느냐도 중요하다고. 열심히 잘 살다 보면, 애써 찾지 않아도 저절로 내게 올 것이라고. 달수 삼촌이 그런 말을 하면 대장은 웃기는 소리 하지 말라고 코웃음을 쳤다. 코웃음을 치면서 쓸쓸한 눈으로 담배를 피웠다.

어차피 모든 건 선택의 문제다.

나에게도 포기할 것이 남아 있다면 말이다.

남자는 일거리를 찾겠다며 방을 나갔다. 내겐 이 방에 하루 더 있든지 나가든지 알아서 하라고 말했다.

나는 하루 종일 방에 있었다. 방에서 이불을 쓰고 있어도 추웠기 때문에, 밖으로 나갈 엄두가 안 났다. 처음 교회에 갔던 때처럼 온몸에서 열이 났다. 아마도 찬물로 씻을 때, 내 주변을 어슬렁거리던 병이 냉큼 내 몸으로 들어온 것 같았다. 하지만 그전처럼 정신을 잃을 정도는 아니었다. 병에도 어느 정도 익숙해진 것이라고 나는 생각했다. 허기에 익숙해지듯. 추위에 익숙해지듯. 헤어짐……에 익숙해지듯. 많은 것에 익숙해지는 동안, 나는 키도 조금 자라고 머리카락도 많이 길고 그리고, 무언지 모를 어떤 것도 불쑥 자랐다. 그건 마음속에서 일어나는 일이라 누구에게 확인받을 길도 없고 눈에 보이지도 않지만, 나는 느낄 수 있다. 폐가에서 남자가 주워 온 책을 읽으며, 남자와 나란히 누워 차디찬 허공을 말의 온기로 조금씩 채우던 순간, 터미널에서 삼촌이 나를 꼭 껴안던 그때 울지 않으려고 이를 악물면서, 내 안의 어떤 것이 커졌다. 달수 삼촌이라면, 아니 할머니라면 아니, 폐가의 남자라면 그게 무엇인지 내게 말해줄 텐데. 내 안에 자라난 그것이 나를 해칠 것인지, 나를 도울 것인지 혹은 나와 무관한 것인지, 옛날얘기 들려주듯 말해줄 텐데.

고치처럼 이불로 몸을 둘둘 말고 잠들었다.

꿈에 할머니가 나왔다. 할머니는 내가 가게 곳곳에 붙여둔 글씨를 읽고 있었다. 안녕. 안녕. 안녕. 내가 안녕이란 글씨를 쓴 적이 있는가, 곰곰이 생각했다. 안녕이라고 말하는 할머니의 입 안이 텅 비어 있었다. 그새 이가 다 빠졌나. 할머니가 웃었다. 이가 빠진 채로 웃으니까 꼭 어린애 같았다. 달수 삼촌과 대장이 식당 문을 열고 들어와 콧등치기국수를 달라고 했다. 할머니는

콧등치기국수 네 그릇을 만들어 식탁에 차린 뒤 내게도 와서 먹
으라고 손짓했다. 나는 할머니 옆에 앉아 콧등치기국수를 홀홀
먹었다. 가게 유리로 해 질 녘 노을이 느긋하게 비쳐 들었다. 가
게 문이 열린다. 넝마를 걸친 폐가의 남자가 들어온다. 모두들
그를 반갑게 맞이한다. 오래전부터 아는 사이처럼. 제 그릇의
국수를 남자에게 조금씩 나눠 준다. 그들은 머리를 맞대고 맛있
게 국수를 먹으며 내 이름을 짓는다. 그들의 입에서 흘러나오는
내 이름을 듣고 싶어 귀를 기울이지만, 아무 소리도 들리지 않
아. 조금 더 크게 말해줘. 조금 더, 조금만 더. 간신히 말하다가,
모든 게 꿈이라는 사실을 깨달았다. 눈을 떴다. 손바닥만 한 작
은 창 너머로 저녁 어스름이 몰려오고 있었다.

　축축하게 젖은 베개.

　눈물이 흔해졌다.

16...

방을 나왔다.

　그 남자와 함께 지내면 길에서 자지 않아도 되고 라면도 먹을 수 있을 것이다. 하지만 그게 며칠이나 지속될지 알 수 없다. 지금까지 그래왔듯, 나는 다시 혼자가 될 것이다. 더 이상 아무와도 친해지고 싶지 않았다.

　정처 없이 걸었다. 걷다가 다리가 아프면 지하철을 탔다. 배가 고프면 김밥을 한 줄씩 사 먹었다. 너무 추워서 길가에 걸어놓고 파는 잠바 하나를 훔쳤다. 크고 두꺼운 잠바였다. 모자도 하나 훔쳤다. 잠바를 입고 모자를 쓰니 좀 견딜 만했다. 잠은 지하철역이나 공원의 화장실에서 잤다. 가끔은 경비가 없는 건물 안에서도 잤다. 바람을 피할 수 있는 곳이라면 어디라도 좋았다. 그러면서 나와 비슷한 사람을 자주 만났다. 사람들은 우리를 투명인간 취급했지만, 우린 서로를 단번에 알아볼 수 있었다. 그들 역시 무언가를 찾아 헤매는 중일까, 궁금했다. 한번은 지하철역에 누워 있는 남자에게 무얼 찾는 중이냐고 물어봤다. 남자는 무섭게 눈을 치뜨더니 저리 가라고 소리 질렀다. 소리지르지 않고 내 몸을 더듬는 사람도 있었다. 그럴 때마다 두 귀를 틀어막고 날카롭게 소리를 질렀다. 길게 자란 손톱으로 얼굴을 할퀴기도 했다. 손톱 끝에 맺힌 핏물은 좀처럼 사라지지 않았다. 허기와 외로움은 쌍둥이처럼 붙어 다녔다.

화장실 거울을 보며 문득 사나워진 나를 발견했다. 낯설었다. 장미언니가, 할머니가 지금의 나를 보면 즉시 알아볼 수 있을까.

입고 있던 옷이 더러워지면 새 옷을 훔쳐 입었다. 양말이나 속옷을 훔치는 건 식은 죽 먹기였다. 매일 아침마다 세수를 했다. 머리는 자주 감을 수 없으니까 늘 모자를 썼다. 더럽지 않은 옷을 입고, 깨끗한 얼굴을 하고 있어야 사람들 속을 태연히 걸어 다닐 수 있었다. 내 몸에서 조금만 냄새가 나도 사람들은 내가 고아에 떠돌이라는 것을 금세 알아챘다. 사람들이 나를 멀리하면 할수록, 진짜엄마를 찾기도 힘들어질 것이다. 진짜엄마라고 해서 특별할 거라는 생각은 진즉에 버렸다. 진짜엄마 역시 내가 형편없는 몰골을 하고 있으면 나를 멀리할 게 분명하다. 진짜엄마를 만나면 뭐가 좋을까에 대해서도 생각해봤다. 매일 뜨신밥을 먹을 수 있다는 것? (장담할 수 없다.) 춥지 않게 잘 수 있다는 것? (이 역시 장담할 수 없다.) 나에게 가족이 생긴다는 것? (가족이 대체 뭐지.) 행복해질 수 있다는 것? (행복은 반드시 불행과 함께 온다.) 사랑받을 수 있다는 것? (과연 그럴까.) 버려지지 않아도 된다는 것? (이 또한 장담할 수 없다.) 진짜엄마란 대체 뭐지? 나는 왜 그것을 찾지? 거리를 헤매며 많은 사람들을 보면 볼수록, 나는 그 이유를 서서히 잃어갔다. 알맹이 없는 목적을 품고 걷는 길은 고되고 무의미했지만, 나는 끝없이 걸었다. 누군가가 너는 왜 이 거리를 떠돌고 있느냐고 묻는다면 나는 그저 지금까지 걸어왔기 때문이라고 대답할 것이다.

하지만 아무도 내게 그런 질문을 하진 않았다.

추위가 한풀 꺾인 늦겨울, 늦은 밤 유미와 나리를 처음 만났다. 유미와 나리는 한 무리의 남자애들과 공원 끄트머리에서 담배를 피우고 있었다.

처음 나에게 말을 건 사람은 유미였다. (말을 걸었다기보다 시비를 걸었다.) 기분 나쁘게 왜 자꾸 쳐다보느냐고 따져 물었는데, 말의 반이 욕이었다. 나는 대꾸하지 않았다. 그냥 눈이 그곳에 갔을 뿐이지, 무슨 작정을 하고 쳐다본 건 아니었으니까. 유미가 내 머리를 툭툭 치면서 씨발년 씨발년 그러면서 돈 있는 거 다 내놓으라고 했다. 팬티 속엔 삼만 원이 들어 있었지만, 나는 내놓지 않았다. 유미가 나를 떠밀고 머리를 마구 때리면서 주머니를 뒤졌다. 주머니엔 1000원짜리 두 장이 들어 있었다. 유미가 그 돈을 보며 어이없다는 듯 웃었다. 그리고 내 얼굴에 침을 뱉고 돌아섰다. 나는 발딱 일어나 유미 손에서 내 돈을 뺏었다.

그때 처음 알았다. 내가 그렇게 싸움을 잘하는지. (싸움을 잘하는 게 아니라 아파도 잘 참는 것이지만.) 유미에게 엄청 맞으면서도 나는 손에 쥔 돈을 놓지 않았다. 머리는 금세 산발이 되고 얼굴은 벌겋게 달아올랐다. 입에선 피도 났다. 유미가 나를 구석으로 몰고 발로 지근지근 밟았다. 담뱃불로 내 얼굴을 지지려고도 했다. 나는 얼굴을 디밀었다. 어디 지져보라는 듯이. 멀리서부터 사람들이 달려오는 소리가 들렸다. 경찰이었다. 유미가 뛰기 시작했다. 나도 뛰었다.

유미와 나리는 열여섯 살이라고 했다. 그래서 나도 열여섯 살이라고 했다. 애들은 내 말을 믿었다. 나리는 집이 지긋지긋해 가출을 했다고 했다. 유미는 집을 나온 건 아니고, 잘 데가 없을 때만 집에 들어간다고 했다. 그래서 나리도 가끔씩 유미 집에서 잤다. 유미 집엔 아빠가 있는데, 아빠도 집에 잘 들어오지 않는다고 했다. 유미와 나리는 자기들 이름에서 한 글자씩 떼어내게 유나라는 이름을 붙여주었다. 그러면서 자기들 이름도 원래 이름은 아니라고 했다. 내킬 때마다 이름을 바꾼다고 했다. 내게 유나라는 이름을 붙여주고도 그들은 나를 유나라고 부르지 않았다. 이년아, 혹은 씨발년아라고 했다. 역시 이름 따위 있으나 마나라는 생각이 들었다. 유나라는 이름이 마음에 드는 것도 아니어서 나는 그냥 이년, 혹은 씨발년이 되기로 했다.

개들이랑 다니면서 다른 남자애들도 알게 됐다. 유미와 나리의 친구들이었는데, 개들은 오토바이를 타거나 피시방이란 데서 살다시피 했다. 개들은 나도 가출한 애로 알고 있었다. 나는 가타부타 설명하지 않았다. 유미는 '존나 짜증 나'라는 말을 입에 달고 살았다. 나리는 '닥쳐 씨발년아'를 달고 살았다. 그건 그 애들의 습관이었다. 유미는 새엄마 숫자만 다섯 명이 넘는데다 그중 돈을 들고 튄 엄마만 세 명이라고 '존나 짜증 나' 했다. 처음 가출했을 때 강간을 당해 경찰서에 신고를 했는데, 아빠가 그 사람에게 받은 합의금의 절반을 도박으로 날려버리고, 나머지 절반은 세 번째 새엄마가 들고 튀었다고 했다. 그 이후로 아빠는 유미가 또 합의금을 받아 오길 은근히 기다리는 눈치란다. 그래서 유미의 가출을 오히려 반기는 것 같다고. 나리는 새아빠라는 작자가 '닥쳐 씨발년아'라면서 자기를 수백 번도 넘게 따먹었다고 했다. 개들은 세상을 졸라 엿 같은 곳이라고 했다. 세상이 확 망해버리거나 전쟁이라도 났으면 좋겠다고 입버릇처럼 말했다. 자기들을 개무시하는 어른을 보면 칼로 그 면상을 확 그어버리고 싶다고도 말했다. 학교 다닐 때엔 (중 2 때까진 학교를 다녔다고 했다) 선생들이 빽 있고 돈 있는 애들만 좆나 편애했다고, 자기는 똥통의 썩은 똥 취급했다고 이를 갈았다. 유미는 초등학교 4학년 때부터 왕따였는데, 그래서 날라리가 됐다고 했다. 날라리가 된 후엔 애들이 자기를 우습게 안 보더란다. 애들도 좆나 웃긴 게 지들이 열라 무시하고 왕따 놓던 인간이 싸움 좀 하고 욕 좀 하고 아는 언니 오빠들 좀 많아지고 지들한테 더 함부로 대하니까 오히려 설설 기더라고 했다. 그러면서 자기보다 더 약한 애를 기어이 찾아내 또 다른 왕따를 만들어서 놀더라고. 유미는 왕따를 당하지 않기 위해 더 열심히 욕하고 돈을 뺏고 선생에게 반항했다. 그러다가 좆나 빽 좋은 집안 애하나를 잘못 건드려서 학교에서 잘렸다. 걔네 아빠가 정치인이고 엄마가 대학교수인데, 그년이 유미를 괴롭히면서 자기한테잘 보여야 남은 생이 편할 거라고 했단다. 심심할 때마다 유미를 좆나 패면서 자기 보는 앞에서 다른 남자애랑 떡치라고 했단다. 유미가 참다 참다 못 참고 씨발 좆나 짜증 나 내가 니년 개새끼냐며 개랑 한판 붙었는데, 유미만 학교에서 잘리고 걔는 좋은 고등학교 가서 룸에서 술 처먹고 용돈도 무지하게 많이 받고 선생들한테도 여전히 극진한 대접을 받고 있단다. 게다가 그년이 풀어놓은 애들이 서울 시내에 쫙 깔려 있어서 가끔 걔들한테 걸리면 일주일은 시체처럼 처자빠져 있어야 한다고 했다.

그런 유미를 보호해주는 사람이 바로 나리인데, 나리는 빽도 없고 돈도 없고 뭐, 아무것도 없지만 졸라 깡이 세고 싸움도 잘하고 여차하면 칼까지 쓰는 애기 때문에 남자애들도 나리를 쉽게 못 건드린다. 나리는 정말 세상에 무서운 게 없는 애처럼 행동했다. 남자애들이랑 싸울 때면 나리는 제 머리를 벽에 쿵쿵 처박으면서 남자들을 위협했다. 씨발 내가 여기서 죽으면 니들 바로 깜방 가는 거야, 알아? 소리 지르면서 주변에 보이는 것을 닥치는 대로 집어 던졌다. 한번은 벽돌을 집어 던졌다가 남자애 머리를 깬 적이 있는데, 그때 나리는 피를 철철 흘리는 애 머리를 또 땅에 쿵쿵 찧으면서 니놈 죽여놓고 내가 지옥 간다 이 씨발새끼야 지옥에서 만나면 너는 또 내 손에 죽을 거야 이 개새끼야 그러니까 제발 천당 보내달라고 기도나 해라 이 좆만 한 새끼 운운하며 남자애를 진짜 반쯤 죽여놨다고 한다. 그 일로 나리는 소년원에 갔다 왔는데, 그렇게 한번 개지랄을 떨어놓으니까 그 뒤론 애들이 잘 안 건드린다고 했다. 남자애들이 안 건드리니까 여자애들도 웬만하면 나리에게 시비도 안 걸고 어떤 애들은 나리를 보면 넙죽넙죽 인사까지 하면서 의언니 해달라고 사정이라는데, 나리는 그런 연놈들 좆나 유치하고 비겁한 새끼들이라고 실실 쪼갰다. 유미 말에 따르면 나리는 어지간하면 여자는 안 때린다고 했다. 하지만 남자들은 진짜 죽을 만큼 패는데 그건 다 자기 새아빠 때문이라고, 하지만 이건 진짜 비밀이니까 절대 나리한테 말하면 안 된다고 신신당부했다. 자기가 그런 말 한 걸 나리가 알면 정말 자기를 죽일지도 모른다고.

씨발 좆나 엿 같은 세상 죽기 전에 은행이라도 털어 떵떵거리면서 살아야 한다고 유미는 만날 말한다. 나리는 그렇게 말하는 대신 물건을 부수고 아무 남자애랑 잔다. 대신 한 번 같이 잔 남자애랑은 두 번 다시 같이 안 잔다고 했다. (거시기는 거시기가 아니라 섹스라고, 자기들 말로는 '떡치기'라고 부른다고 유미가 가르쳐 줬다. 내가 거시기를 거시기라고 말했을 때 유미와 나리는 오만상을 구기면서 미친년처럼 웃어댔다.) 나리는 남자랑 공원 화장실에서도 섹스하고 벤치에서도 섹스하고 비디오방에서도 섹스하고 건물 옥상에서도 섹스한다. 하지만 남자 어른이랑은 절대 안 한다. 가끔은 남자 어른이 돈을 줄 테니 자기랑 같이 자자고 하는데, 그럼 나리는 별의별 욕을 다 퍼부으면서 난폭해진다. 나리 말에 따르면 세상의 모든 남자는 개자식이다. 섹스 경험이 없는 남자애는 자기랑 같이 자면서부터 개자식이 된다고도 했다. 나리에게서는 언제나 파괴 본능이 느껴졌는데 나는 그게 무섭다기보다 좀 슬펐다. 왜 그런지는 모르겠는데, 나리가 무언가를 (무엇보다 자기 자신을) 부수는 걸 보면 내 마음의 불행에도 싹이 텄다. 내가 자기를 보며 슬퍼한다는 걸 알면 나리가 나를 가만두지 않을 것이다. 정말 나를 죽일지도 모른다. 그래서 나는 나리 앞에서 언제나 무표정을 유지했다. 돌멩이처럼 굳은 얼굴로 세상을 봤다.

한번은 나리가 너는 왜 집을 나왔냐고 물었다. 나는 담배를 피우며 그 이유를 한참이나 생각하다가 진짜엄마를 찾기 위해서라고 말했다. 그럼 너는 새엄마 밑에서 살았냐고 묻기에 그건 아니라고 했다. 그럼 그게 무슨 뜻이냐고 나리가 되물었다. 내가 대답을 안 하니까 더 캐묻지 않았다. 나리는 나의 그런 점을 좋아했다. 말은 없는데 깡은 세고 잘 놀라지도 않으며 자기 얘기를 안 한다는 점. 반면에 유미는 나를 별로 좋아하지 않았다. 내가 짐작하는 이유는 두 가지. 첫째는 내가 나타나면서 나리와 자기 사이가 많이 벌어졌다는 것. 둘째는 자기 남자친구가 자기보다 나를 더 좋아한다는 것.

유미의 남자친구 이름은 상호인데, 낮에는 분식집에서 배달을 하고 밤에는 오토바이를 타고 다닌다. 상호는 키가 크고 마른 대신 싸움을 잘하고 목소리도 좋은 데다 결정적으로 오토바이를 열라 스릴 있게 타기 때문에 여자애들한테 인기가 많다고 유미는 자랑했다. 상호는 만날 유미한테 살 좀 빼라고 말했다. 내가 보기엔 삐쩍 마른 애들보다 가슴도 크고 엉덩이도 큰 (꼭 미남이 이모처럼) 유미가 훨씬 예뻐 보였지만, 상호는 마른 애가 좋다고 했다. 그러면서 자꾸 나를 훑어봤다. 나는 외모엔 별로 관심이 없지만 언제나 깔끔해야 한다는 생각 때문에 자주 썼고 머리도 단정하게 하나로 묶거나 모자를 썼다. 내가 화장실에서 씻고 있으면 유미는 춥지도 않냐 이년아 누구한테 잘 보이려고 그 짓거리냐며 아주 못마땅해했다. 유미는 매일 화장을 했다. 화장품이 없을 때면 화장품 전문점을 돌아다니면서 별별 것을 다 찍어 발랐다. 그건 다 상호한테 잘 보이기 위한 건데, 상호는 유미한테 별로 관심이 없어 보였다. 사실 유미가 상호는 내 남친이라고 광고를 하고 다녀서 그렇지, 정작 상호는 유미를 제 여친이라고 생각하지 않는 것 같았다.

상호는 자기 오토바이에 타고 싶지 않냐고 틈만 나면 내게 물었다. 그럼 유미가 도끼눈을 하고 자기가 먼저 상호 오토바이에 날름 올라탔다. 나도 오토바이를 한번 타보고 싶긴 했다. 그 느낌이 어떨까 궁금했으니까. 하지만 내가 상호 오토바이에 타면 유미가 가만있지 않을 거다. 한번은 상호가 유미에게 자기 오토바이에서 내리라고 소리를 질렀다. 그래도 유미가 안 내리자 상호가 손을 번쩍 들어서 유미를 때리는 시늉을 했는데, 나리가 그걸 보고 상호의 등을 냅다 걷어찼다. 그리고 편의점의 플라스틱 의자를 집어 들고 유미년한테 손가락이라도 까딱하면 내가 저 좆만 한 뽈뽈이랑 너랑 세트로 확 조져버리겠다고 소리질렀다. 나리는 한다면 하는 애다. 상호도 그걸 아니까 구시렁거리면서도 유미를 태우고 달려야 했다.

유미와 나리랑 있으면 늘 아슬아슬하고 조급하면서도 즐거울 땐 아무 걱정 없이 웃고 짜증 날 땐 세상을 다 부숴버릴 듯 화를 낼 수 있었다. 하루하루는 쏜살같이 흘러가는데 돌아보면 늘 제자리고 무심결에 손을 베듯 몸과 마음에 상처가 났다. 정처 없이 거리를 떠돌고 낯모르는 애들과 말을 섞고 어른들의 곱지 않은 시선에 맨살을 다 드러내며 그렇게 쳐다보면 뭐 어쩔 거냐고, 이건 내 몸 내 정신 오직 나만의 것이니까 씨발, 관심 끄라고 대거리를 하면서도 깡마른 고양이처럼 눈빛은 언제나 불안하게 흔들렸다. 깨달음과 후회는 언제나 뒤늦게 오니 일단 저지르고 보자는 생각으로 하루하루를 버텼지만, 결국 혼자 남아 날카롭게 비명을 지르고 내 상처를 내 혀로 핥으며, 굶주림과 공허함에서 허덕이게 되는 것도 사실이었다. 잃을 것이 없어 무서울 것도 없다고 큰소리 떵떵 치는 아이들 속에서 나는 자주 몸을 떨었다. 잃을 것이 없어서 나는 더 두렵다고 말하지 못하고 의연한 척 담배를 물었다.

더러운 여관방에서 몸을 씻다가 거울 속의 나를 한참이나 바라봤다.

복숭아처럼 가슴이 솟아 있었다.

습한 공기 사이로, 가슴이 없으니까 아직 어른이 아니라던 대장의 목소리가 윙윙 울렸다.

이제 나는 어른이야?

거울 속의 내게 물었다.

똑. 똑. 깨진 타일 위로 물 떨어지는 소리.

그건 아니지, 인마.

그럼 뭐가 더 필요해?

어른 돼서 뭐 하게.

달리 될 게 없으니까.

....

지긋지긋해.

얇은 벽 너머로 들리는 앰뷸런스 소리.

대장.

....

보고 싶어.

　거리에는 벚꽃이 만발하고 사람들의 옷은 점점 얇아졌다. 저녁이면 데이트를 하거나 산책을 나온 사람들로 거리는 붐볐고, 가끔은 아이들 웃음소리도 들렸다. 축제가 많아질 시기라는 생각이 들었다. 대장과 달수 삼촌은 여전히 불쇼를 하고 노래를 부르며 축제장을 떠돌고 있을까. 트럭을 팔지 않았다면 그럴 것이다. 겨우 한 계절이 바뀌었을 뿐인데, 대장과 함께 지내던 그때가 마치 먼 옛날 같다. 깊고 깊은 절벽을 마주하고 선 것처럼 마음이 아득하다.

그 시절로 돌아갈 순 없다.

그 시절뿐만 아니라 다른 어떤 시절로도 돌아갈 수 없다. 삼촌과 대장도 그것을 잘 알 것이다. 가끔 기억은 하겠지. 그리워도 할 거야. 내 안부를 궁금해할지도 몰라. 하지만 기다리진 않을 거야. 지난 일이라 말하면서, 아주 가끔 들춰보는 앨범 속 사진처럼 지난날을 포장하겠지.

유미가 화장실에 간 사이 상호에게 슬쩍 물었다. 왜 오토바이를 타느냐고. 상호는 별 이유 없다고 했다. 늘 하던 것이니까. 안 하면 왠지 허전해서. 섹스 같은 거지. 그 말을 하면서 상호는 나를 흘금 봤다. 나는 상호의 말을 이해했다. 늘 하던 것처럼 나는 진짜엄마를 찾지. 안 하면 왠지 허전하니까.

이유 같은 건 없다.

있었지만, 잊었다.

17...

바람이 온몸을 훑고 지나갔다. 오토바이가 자동차를 제치며 요리조리 빠져나갈 때마다 몸이 사정없이 흔들렸다. 두 손을 번쩍 들었다. 날아갈 것 같았다. 상호는 몸을 바짝 숙인 채 점점 더 속도를 냈다. 오토바이에서 거대한 소음이 터져 나왔다. 유미는 오토바이를 탈 때 자기를 보는 사람들의 놀란 토끼 같은 표정이 재미있고 통쾌하다고 했지만, 내 눈엔 뿌연 밤하늘만 보였다. 아아악! 소리를 질렀다. 산산이 부서진 소리가 바람 따라 날아갔다. 좀비 같은 사람들과 비석 같은 건물이 순식간에 뒤편으로 밀려났다. 앞에서 달리던 오토바이 한 무리가 오른쪽으로 방향을 틀었다. 상호도 방향을 틀었다. 차들이 경적을 울려댔다. 사이렌 소리가 들렸다. 어차피 모두 지나가는 것. 나는 그들과 다른 세상으로 넘어왔다. 그들은 영영 우리를 앞서지 못할 것이다. 지그재그로 뒤집히는 세상. 더 빠른 속도에 도달하는 순간 그 속도에 빠르게 적응하는 감각. 속도를 높일수록 지루해졌다. 나는 더 빠르게 달릴 것을 요구했다. 상호가 자기를 꽉 잡으라고 했지만, 나는 몸을 더 꼿꼿이 세웠다. 쾌감은 속도가 아니라 위험에 있었다. 위험한 순간은 잇달아 들이닥쳤고, 상호는 교묘하게 그것을 피해 갔다. 그럴수록 나는 더 큰 위험을 꿈꿨다. 모든 감각이 마비될 만큼 더 강한 것. 더 짜릿한 것. 더 과감한 것. 그런 것이 아니라면, 이제 남은 건 지루함과 실망뿐이다. 나를 영원히 만족시켜줘. 멈추지 마. 멈추지 마. 오토바이가 터지고 내 몸이 산산조각 날 때까지.

급브레이크 소리. 심장을 잡아당기는 감각. 눈을 떴다. 상호는 서서히 속도를 늦추다가 샛길로 방향을 틀었다. 샛길과 샛길을 여러 번 누비던 상호가 후미진 골목에 오토바이를 멈췄다. 봤어? 상호가 말했다. 나는 오토바이에 앉은 채로 숨을 가다듬었다. 못 봤어? 상호가 숨을 헐떡이며 다시 물었다.

봉고랑 박았어. 못 봤어?

나는 고개를 저었다.

상호는 골목 담벼락에 오토바이를 세운 뒤 자리에 주저앉았다.

뺑이 형이야.

상호는 손바닥으로 머리카락을 문대며 중얼거렸다.

아니, 태영인가.

상호의 손이 벌벌 떨렸다.

아, 씨발.

나는 상호 옆에 쭈그려 앉아 오토바이를 쓰다듬었다. 열기가 남아 있었다. 지난 몇 분이 모두 꿈같았다.

죽었을까.

상호가 휴대폰을 만지작거리며 말했다.

설마.

…….

죽진 않았을 거야.

…….

아, 씨발.

혼자 중얼거리던 상호는 바닥에 침을 뱉으며 어딘가로 전화를 걸었다. 그리고 금세 끊었다.

죽었을 거야.

상호가 팔에 얼굴을 묻으며 머리를 흔들었다. 벨이 울렸다. 휴대폰 밖으로 유미의 목소리가 날카롭게 새어 나왔다. 어디야? 누구랑 있어? 그년 업었지? 아, 씨발. 끊어! 상호는 거칠게 전화를 끊고 다시 침을 뱉었다. 야. 상호가 낮은 목소리로 나를 불렀다. 조그만 동공이 깊은 밤처럼 까맸다. 그 까만 구멍으로 정신이 콸콸 빠져나가고 있었다.

진짜 못 봤어?

나는 고개를 끄덕였다.

죽었을까?

나는 무릎에 머리를 박은 채 입을 다물었다.

안 죽었겠지?

응.

나는 상호가 원하는 대로 대답했다.

그지?

응. 안 죽었어.

그냥 좀 다쳤겠지?

응.

넌 못 봤다며.

…….

근데 어떻게 알아.

그래도 안 죽었어.

어떻게 아냐고.

그럼 죽었다고 할까?

야!

그러니까, 안 죽었어.

상호가 주먹으로 제 머리를 마구 내리쳤다. 아, 씨발. 손바닥으로 땀을 닦아내며 상호는 계속 욕을 했다. 담배를 무는 상호의 입술이 조금씩 떨렸다. 사이렌 소리가 끊임없이 들렸다.

유미는 나를 보자마자 도끼눈을 했다. 하지만 옆에 나리도 있고 상호도 있어서 내 머리채를 잡거나 뺨을 때리진 않았다. 내가 내리자마자 상호는 아무 말 없이 자리를 떴다. 유미는 입술을 자근자근 씹으면서 잤냐고 물었다. 나는 고개를 저었다. 걸레 같은 년. 잤지? 안 잤을 리가 없어. 그 인간이 그냥 업기만 했다고? 잤지? 똑바로 말 안 해? 옆에서 담배를 피우던 나리가 한마디 했다. 아니라잖아. 나리의 말에 유미는 내 뺨을 때렸다. 나리가 유미를 밀어냈다. 나는 바닥에 주저앉았다. 얇은 어깨 위에 세상이 다 내려앉은 것 같았다.

못 봤다고 했지만, 봤다. 감각은 정신보다 빠르다. 보지 않을 수가 없었다. 분명 죽었을 것이다. 상호가 벌벌 떨며 담배를 피울 때, 나는 떨지 않기 위해 이를 악물었다. 헝겊 더미처럼 날아오르던 몸. 피. 더운 피. 벌겋게 땅을 적시던. 고깃덩이를 패대기치듯. 칼이 번쩍이고 쥐가 울어댄다. 바닥과 천장이 흔들리고 모든 게 무너지는데, 누구도 소리 지르지 않아. 꽉 막힌 목구멍. 영혼이 빠져나간 사람의 몸은 짐짝처럼 무겁고 거추장스러워. 온몸에 피를 묻히고 미친년처럼 웃으면 온몸이 뒤틀렸다. 바람에 문풍지 떨리듯 바르르. 바르르. 경련으로 자지러지는 몸. 이

것 봐, 이년. 분명히 잤어. 암말도 안 하잖아. 개 같은 년. 유미가 내 머리채를 잡아 흔들며 말을 뱉어냈다.

죽었을 거야.

나는 유미 너머의 먼 허공을 보며 중얼거렸다. 나리가 유미를 밀어내고 내 앞에 쪼그려 앉았다.

너도 봤어?

나리가 내 눈을 똑바로 보며 물었다. 나는 간신히 고개만 끄덕였다.

……나도.

나리는 입술만 움직여 겨우 말했다. 우린 한동안 아무 말 없이 서로의 눈만 봤다. 나리의 눈이 잠시 반짝였다. 헝클어진 머리카락이 봄바람에 휘날렸다. 나리의 작은 손이 내 머리를 가다듬었다.

쫄지 마.

나리가 내 뺨을 살짝 치며 말했다.

앞으로도 숱하게 볼 테니까.

상호는 더 이상 오토바이를 타지 않았다. 유미는 또 다른 남자애의 오토바이에 꽂혀서 그 애만 졸졸 따라다녔다. 상호는 배달 일도 그만두고 피시방 일을 구했다. 밤새 피시방을 지키다가 낮엔 집에서 잠만 잤다. 나리와 나는 돈을 벌기 위해 여러 일을 찾아봤지만 가는 곳마다 등본인가 뭔가를 갖고 오라기에 쉽게 구할 수가 없었다. 그게 아니더라도, 어른들은 우리를 믿지 않았다. 도둑고양이 보듯 나를 봤다. 유미는 어른과 잠을 자고 돈을 받았다. 나리는 가끔 자기 집에 들어가 돈을 훔쳐 왔다. 부모가 땅장사를 해서 집에 돈이 많다고 했다. 언젠가 나리는 술에 취해 내게 말했다. 자기는 새아빠를 세상에서 가장 지독한 불행에 빠뜨릴 거라고. 그 새끼를 죽여버릴까 생각도 해봤지만 그건 순간의 고통만 안겨줄 뿐이니까 내키지 않는다고. 지독한 고통 속에서 100살까지 살게 해야 하는데, 그런 게 뭐가 있을까? 유미가 나 대신 대꾸했다. 좆을 잘라버려. 아니야, 너무 약해. 집에 불을 질러. 아냐, 약해. 경찰에 신고할까? 씨발, 너는 그걸 말이라고 하냐? 그럼 나만 좆되는 거야. 누가 내 편을 들어주겠어? 방송국에 제보할까? 요즘은 그런 프로도 있던데. 야, 그럼 전국에 내 얘기가 퍼질 게 뻔한데, 사람들 씨부렁대는 소리에 나만 죽어나게? 내가 그 새끼를 꼬셔볼까? 꼬셔서? 동영상 찍어서 인터넷에 올리는 거야. 딸 같은 년 따먹는 변태새끼라고. 나리가 술병을 집어 던졌다. 그게 얼마나 가겠어? 씨발, 인간들 잠깐 흥분하고 금방 잊을 게 뻔한데.

나는 아무 말 없이 담배만 피웠다. 극한의 불행에 빠뜨리는 방법. 그가 가장 아끼는 것을 부숴버리면 된다. 하지만 나리의 새아빠는 그런 게 없다. 그래서 불행에 빠지지도 않을 것이다.

아, 하나 있긴 하다. 돈. 그가 가진 돈과 땅과 건물을 모두 없애 버리면 되는데. 그건 불가능하다. 모두 그의 돈을 지키려고 안 간힘이니까. 세상 사람 전부. 왜냐. 세상은 가진 자를 숭배하고 보호하는 곳이니까. 그리고 못 가진 자를 경멸하고 없애는 곳이 니까.

새벽까지 나리와 거리를 쏘다니다가 상호가 일하는 피시 방으로 가면 상호가 컵라면과 커피를 줬다. 나는 상호 옆에 앉 아 새우잠을 잤다. 게임에 푹 빠진 사람들로 꽉 찬 피시방의 공 기는 언제나 탁하고 눅눅했지만, 나는 왠지 그곳이 편했다. 새 벽의 피시방엔 나와 같은 사람이 많았다. 갈 곳이 없거나, 기다 리는 사람이 없거나, 목적을 잃은 사람들. 나는 가끔 상호 대신 카운터를 보고 재떨이도 비웠다. 일이 끝나면 상호네 집으로 가 기도 했다. 상호는 판자촌에서 엄마랑 살았다. 엄마는 부잣집의 청소를 대신 해주면서 돈을 버는데, 엄마는 낮에 일을 하고 상 호는 밤에 일을 하기 때문에 두 사람은 한 달에 한 번 얼굴 보기 도 힘들다고 했다.

상호네 동네 위쪽 집은 거의 다 부서져 있었다. 재개발 때문 에 철거 중이라고 상호가 말했다. 자기네도 곧 집을 비워야 하 는데, 갈 곳이 없어서 엄마는 요즘 입주 도우미 일이나 숙식 가 능한 식당을 구하는 중이라고 했다. 집이 철거되면 상호는 아는 형 집이나 찜질방 같은 데서 지낼 거라고 했다. 그렇게 몇 년만 버티다가 군대에 가면 된다고. 그 이후의 일은 아직 생각 안 해봤는데, 자기가 군대에 갔을 때 전쟁이라도 나면 좋겠다고 상호는 웃으면서 말했다. 차라리 속 시원하게 총질이나 하다가 죽든지, 아님 다 무너지고 부서져 모두들 가난한 상태에서 새로 시작하면 좋겠다고. 나는 철거된 윗동네와 곧 철거될 동네와 그 아래 높다란 빌딩 숲을 골고루 쳐다봤다. 저렇게 집이 많은데, 밤마다 거리를 떠돌며 찬 바닥에서 자는 사람은 왜 그렇게 많은 걸까. 집을 가지려면 도대체 얼마나 있어야 하지? 상호는 어마어마한 돈이 있어야 한다고 했다. 어마어마하게, 얼마? 아무튼, 1억 정도론 턱도 없어. 1억? 나는 1억이란 숫자에 대해 생각했다. 한 번도 생각해보지 않은 숫자였는데, 그만큼의 돈으로도 집을 가질 수 없다니. 진짜엄마도 곧 철거될 집에 살고 있지 않을까, 생각했다. 아니, 이미 집을 잃고 나처럼 거리를 헤매고 있을지도.

진짜엄마라니.

속으로 웃었다. 천년 만에 해보는 생각 같았다.

상호는 내게 라면도 끓여주고 김치도 내줬다. 방의 유일한 창문은 땅과 거의 붙어 있었는데, 그 작은 창으로 따뜻한 늦봄의 볕이 살짝 비칠 때도 있었다. 그럴 때면 상호와 나란히 누워 굴삭기가 집을 부수는 소리며 돌 굴러가는 소리, 흩날리는 먼지가 창을 두드리는 소리를 들었다. 두부 파는 아저씨, 주님을 믿으라는 아줌마, 고물 팔라는 할아버지는 무너지는 동네에도 공평하게 드나들었다. 길 잃은 볕이 우연히 들른 바닥에 발을 뻗고 있으면 온몸이 살살 녹아들듯 간지럽고 나른했다. 창과 길 사이, 우리 머리 위엔 노란 민들레도 피었다. 나는 창밖으로 손을 뻗어 그 민들레를 살살 쓰다듬곤 했다.

노란 나비가 창으로 들어왔다. 노란 나비는 처음 본다고, 상호가 말했다. 나도 처음이다. 너무 예뻐서 꼭 그림 같지만, 나비는 분명 날개를 움직이며 날고 있었다. 방 안을 팔랑팔랑 날아다니던 나비가 내 발가락 위에 앉아서 날개를 잠시 접었다.

내 발에서 꽃향기가 나나 봐.

(내 생애 처음 해본 농담이다.)

상호가 내 발에 코를 댔다. 나비가 다시 날았다.

네 얼굴에선 꼬랑내가 나나 봐.

(두 번째 농담.)

상호가 웃었다. 나도 웃었다. 그저 미소만 지었는데, 평생에 웃을 웃음을 그 순간 다 토해낸 듯 개운하고도 쓸쓸했다. 상호가 내 발가락을 하나하나 만지더니 엄지발가락에 입을 맞췄다. 발을 얼른 뺐지만, 상호의 손이 더 빨랐다. 상호는 내 발을 조심스럽게 만지다가 발가락에 뽀뽀를 했다.

278

야, 하지 마. 더러워.

하나도 안 더러워.

더러워.

안 더러워. 깨끗해.

상호는 내 발가락을 입에 물고 어물어물 말했다. 내 발이 디뎠던 지난날이 책장 넘기듯 차례차례 떠올랐다. 나는 어쩌다 이곳까지 왔을까. 지난날을 하나하나 뒤져봤지만 그 이유가 적힌 곳은 어디에도 없었다. 발이 이끄는 곳으로 나도 왔다. 머리가 나를 이끈 적은 한 번도 없다. 상호의 얼굴 위에 햇살이 앉았다. 상호가 내 손을 잡았다. 햇살이 대지를 데우는 소리가 아련하게 들렸다. 상호가 내 입에 혀를 집어넣었다. 따뜻하고 부드러웠다. 눈을 감았다. 몸은 점점 뜨거워지는데, 꼭 추운 것처럼 떨렸다. 상호가 내 손을 잡더니 자기 얼굴에 갖다 댔다. 나는 떨지 않기 위해 상호의 얼굴을 꽉 잡았다. 상호가 혀를 빼려고 하기에, 손에 힘을 줬다. 우리는 오랫동안 서로의 혀를 놓지 않았다. 태양이 대지를 다 덥히고 사소한 먼지 하나에도 골고루 빛을 비출 때까지. 흘러내린 침으로 옷의 앞섶이 다 젖었을 때, 상호는 내 가슴을 핥았다. 나는 이미 지쳐서, 나른한 느낌에 취해버려서 몸을 제대로 가눌 수가 없었다. 내 품에 얼굴을 박고 정신없이 가슴을 빠는 상호 너머로 노란 나비가 날아다녔다. 나는 반쯤 풀린 눈으로 그 나비를 바라봤다. 나비는 커다란 날개가 무접지도 않을까. 나비가 날개를 접었다가 펼 때마다 그만큼의 그림자가 생겼다가 사라졌다. 햇볕을 쫓아 방 안을 헤매던 나비가 창밖으로 빠져나가는 순간, 세상이 통째로 내 안에 들어오듯 어마어마한 통증이 밀려왔다.

우리는 벌거벗은 채 나란히 누워 담배를 피웠다. 적당히 기운 햇살이 내 배꼽을 데웠다. 좋았냐고 상호가 물었다. 나는 담배만 피웠다. 왜 우냐고 상호가 물었다. 상호의 입을 틀어막고 싶었다. 멀리서 다시 굴삭기 움직이는 소리가 들렸다. 집 한 채가 또 무너지고 있었다.

나 때문이야.

상호가 담배 연기를 내뿜으며 말했다.

뺑이 형, 전에 죽은…….

방 안을 가득 채운 담배 연기 사이로 햇살의 길이 났다.

내가 꼬드긴 거야. 그런 거 전혀 모르던 형인데.

창문 앞으로 다리를 절며 얼룩 고양이가 지나갔다.

타면 열라 좋다고. 스트레스 다 풀리고. 그러면서 내가 데리고 갔어. 형, 그날 두 번째 폭주였는데.

나는 왼손으로 상호의 얼굴을 만졌다.

씨발. 초짜 주제에 왜 그렇게 빨리 처달려서.

나는 손으로 상호의 입을 틀어막았다.

주그며서 나 워마해쓰까.

상호는 입을 틀어막힌 채로 계속 말했다.

그 혀이 자꾸 꾸메 나아서, 나 대신 주거따고, 피투서이로, 머리도 깨지고, 워래 내가 주거야 되는데 자기가 주거따고, 어굴하다고…….

상호를 내 가슴으로 끌어당겼다. 상호는 내 가슴에 얼굴을 묻고 어린애처럼 울면서 욕을 했다. 상호를 더 꼭 안았다. 숨이 막힐 만큼.

제발 조용히 해.

시체처럼 누워 햇살이나 바람이나 고양이 따위만 보면서 한세상을 다 살았으면 좋겠다. 아무것도 알고 싶지 않고 어떤 감정도 느끼고 싶지 않다. 누군가에게 어떤 의미가 되고 싶지도 않으며 그 누구의 비밀도 듣고 싶지 않다. 원망. 분노. 슬픔. 죄책감. 두려움. 절망. 그런 것들 모두, 땅속 깊이 묻고 냉혈한으로 살고 싶다. 어딘가에서 찍찍. 쥐가 운다. 나는 혀로 상호의 입을 틀어막고 그의 혀를 마구 깨물었다. 입술을, 코를, 눈과 귀와 목을, 가슴과 자지와 손발, 할 수 있다면 그 안으로 들어가 그의 심장과 폐와 허파까지 모조리 깨물어 갈기갈기 찢어놓고 싶다. 산산조각 내서 먹어버리고 싶다. 꿀꺽 삼켜서 나로 만들고 싶다. 상호는 나를 거칠게 구석으로 몰았다. 내 손목을 잡고 다리를 벌렸다. 나는 고개를 숙여 나의 구멍을 보려고 했지만 볼 수 없었다. 보이지 않았다. 상호의 억센 손이 내 얼굴을 치켜들었다. 할 수만 있다면, 내가 내 구멍으로 들어가고 싶다. 들어가서 세상 밖으론 두 번 다시 눈을 돌리고 싶지 않다. 나를 벽으로 밀어붙이던 상호가 거세게 내 안으로 들어왔다. 굴삭기 소리가 점점 가까워졌다. 지붕이 무너지고, 벽이 무너지고, 창문이 깨지는 소리에 맞춰 우리는 미친 듯이 몸을 흔들었다. 나는 허리를 둥글게 말고 고양이처럼 울었다. 세상이 통째로 뒤집혀 내 안으로 쏟아졌지만, 그 속에 나는 없었다.

18...

　폐허가 된 동네를 돌아다니다 덜 헐린 집을 하나 발견하고 버려진 물건을 주워 그 집에 모았다. 버려진 국자나 냄비 같은 것, 책이나 노트, 옷걸이나 망치 같은 것. 이불이나 옷도 있었다. 헐린 집에 앉아 버려진 물건을 쳐다보다가 한나절을 다 보내기도 했다. 상호는 피시방 아르바이트를 계속하고 낮에는 아는 형 집에서 잠깐씩 눈을 붙였다. 그리고 가끔씩 부서진 동네의 버려진 나를 찾아왔다. 우리는 버려진 것들 사이에서 섹스를 하고 지겹도록 높은 하늘을 쳐다봤다.

　몇 년 후엔 세상이 망할지도 모른데.

　더러운 이불 위에 누워 내 머리칼을 만지던 상호가 말했다.

　진짜 세상이 망한다면 말이야, 넌 뭘 하고 싶냐?

나는 아무 말 없이 눈부신 하늘만 쳐다봤다.

난 외제차 훔쳐 타고 고속도로를 달릴 거야. 좆나 빠르게. 그러다 죽을 거야.

……그래.

넌 뭘 할 건데?

그런 거 없어.

없어? 세상이 끝장나는데?

뭔가를 굳이 해야 한다면.

나는 몸을 반쯤 일으키며 말했다.

가장 높은 곳에서 지켜볼 거야. 무너지는 세상을.

동네는 망가진 집으로 가득했지만 공사는 시작되지 않았다. 아직 사람이 살고 있는 집이 있었고, 그들은 쫓겨나지 않기 위해 거대한 굴삭기와 싸웠다. 나는 반쯤 헐린 나만의 공간에 앉아 그곳을 드나드는 사람들을 구경했다. 남아 있는 사람은 거의 다 노인이었다. 덩치 좋은 남자들이 매일 몰려와 노인들에게 행패를 부렸다. 집이 비었을 때 집 안 물건을 모두 꺼내고 불을 지르기도 했다. 그들은 원래 그곳에 살던 사람들을 쫓아내려 했고, 사람들은 어떻게든 그곳에 남아 있으려고 했다.

갈 곳이 없으니까.

상호가 말했다. 갈 곳이 없어. 저 할머니, 한 달 10만 원, 많아야 15만 원으로 겨우 사는데, 여기서 나가면 그 돈으로 코딱지만 한 방도 못 구해. 어찌어찌해서 방을 구한다 해도, 먹고살 수가 없어. 굶어 죽거나 얼어 죽을 거야.

너도 갈 곳이 없잖아.

그래도, 나는 푼돈이라도 벌지. 저 할머니가 뭘 할 수 있겠냐.

나는 거리에서 보았던 나와 같은 사람들을 떠올렸다. 그들 중 누군가도 지난겨울, 굶어 죽거나 얼어 죽었을 것이다.

용역(상호가 가르쳐줬다)들은 날마다 그곳 사람들과 싸웠다. 한번은 거구의 한 남자가 아저씨 한 명을 개 패듯 패는 걸 보고 사람들이 경찰에 신고를 했는데, 아무리 신고를 해도 경찰은 오지 않았다. 그러다가 용역이 부르면 왔다. 와서, 맞은 사람들에게 얌전히 있으라고 했다. 맞았다는 증거를 대라고 하기도 했다. 용역과 경찰은 오랫동안 사귄 친구처럼 담배도 나눠 피우고 한쪽 다리를 달달 떨면서 농담도 했다. 맞은 사람은 자리에 주저앉아 서럽게 울었다. 그들의 얼굴을 어딘가에서 본 듯했다. 아주 익숙한 풍경이었고, 언제 어디서나 일어나는 풍경 같았으며, 앞으로도 계속 일어날 일을 보는 것 같은 기시감에 몸을 떨었다. 날마다 새로운 날이 아니라, 날마다 같은 날. 아주 사소한 것들만 변할 뿐 세상을 움직이는 거대한 틀과 원리는 어디든 비슷해서, 맞는 사람은 늘 맞고 으스대는 사람은 늘 으스대며 때리는 자는 늘 때리는 자다. 그것을 움직이는 힘이 무엇인지 알

순 없었지만, 짐작은 할 수 있었다. 그것을, 그런 이치를 당연하다고 생각하는 사람들이 많으면 많을수록 세상은 그들의 뜻대로 굴러간다. 나는 그 모든 것을 반쯤 헐린 나의 공간에서 지켜보았다.

큰 싸움이 났다. 굴삭기 여러 대가 개미 앞의 사마귀처럼 사방을 둘러쌌고, 용역들은 헬멧을 쓰고 컨테이너 안으로 돌을 던졌다. 쇠파이프와 쇠구슬과 페인트 병이 날아다녔다.

저기, 저 형.

상호가 용역 중 키가 제일 큰 사람을 가리켰다.

나도 아는 형이야. 어릴 때부터 유명했어. 못하는 운동이 없다고. 저 형, 엄마가 암이래. 집에 돈 벌 사람이 형뿐인데, 덩치도 좋고 힘도 세니까 용역들이 알바로 쓰는 거야. 저기서 자기처럼 돈 없고 갈 데 없는 사람들이랑 싸워서 번 돈으로 엄마 밥값에 약값 대고 있대. 돈은 꽤 주나 봐. 태기 할아버지 말이, 저렇게 용역한테 퍼부을 돈으로 차라리 보상금을 주는 게 남는 장사일 텐데 왜들 저러는지 모르겠다고……. 저 형이 전에 나보고도 같이하자고 했었는데.

근데?

못 하겠더라. 같은 동네에서 같이 산 사람들인데.

해가 저물 때까지 계속된 싸움에 노인들은 지칠 대로 지쳤지만, 아무도 물러나진 않았다. 양복을 입은 사람이 나타나, 가서 얘기 좀 하자고 노인들을 끌고 갔다. 협상을 해주려나 보다 기대하고 그들을 따라간 사이 용역들이 빈집에 불을 지르고 컨테이너를 부쉈다. 시뻘건 불이 치솟았다. 집 안에는 옷이며 이불이며 세간이 그대로 남아 있었다. 세상 단 한 장뿐인 사진도 있을 것이고, 어린아이의 일기장도 있을 것이다. 사람이, 그래, 사람이 있었을지도. 불길은 그것들을 닥치는 대로 먹어 삼켰다. 나는 내가 불태운 숱한 가짜들을 떠올렸다. 그땐 그것들이 모두 가짜인 줄 알았지만, 그것들이 가짜라면 세상에 가짜 아닌 것은 하나도 없다는 생각이 들었다. 세상은 온통 가짜투성이고 진짜는 하늘에만 있을지도 모르겠다는, 아니, 진짜 따윈 애당초 존재하지 않는다는 생각도. 이제 와 내가 무언가를 불태워야 한다면, 이 세상을 통째로 태워서 까만 재로 만들 것이다. 진짜 따윈 없다. 진짜인 척하는 가짜로 세상은 이미 가득 찼다.

나라고 다르진 않을 것이다.

불타는 집을 보고 사람들은 미친 듯 울며 용역에게 매달렸다. 용역은 그들을 멀뚱히 쳐다보기만 했다. 용역에게 주먹질을 하는 사람도 있었다. 그 옆엔 친절한 경찰이 있어서, 주먹이 용역에게 닿기도 전에 그 사람을 잡아갔다. 모든 것은 주님의 뜻대로 될 거라고, 목소리가 말했었지. 이런 것이 정말 주님의 뜻이라면 천국은 지옥보다 더 지독한 곳일 거다.

빈집에서 버려진 물건에 의지하며 살면서, 예전 쪽방에서 만났던 남자를 만나기도 했다. 남자는 헐린 집의 어두운 구석에 앉아 라면을 끓이고 있었다. 우린 한동안 서로를 말없이 쳐다봤다. 결국 이곳으로 왔느냐고, 묻고 싶었다. 남자 역시 마찬가지 겠지. 그래도 춥지 않으니 다행이라고, 하지만 겨울은 틀림없이 올 것이라고, 나는 남자가 되어 묻고 답했다. 여자애가 겁도 없이 이런 데서 지낸다고 남자가 겨우 한마디 했다. 괜찮아. 나는 아무도 줍지 않는 버려진 물건이니까. 나는 남자 옆에 쪼그려 앉아 속으로 대답했다. 여기가 얼마나 위험한 곳인 줄 아느냐고, 남자가 다시 말했다. 그렇게 말하는 당신은 왜 나를 해치지 않지? 나는 남자를 빤히 쳐다봤다. 남자가 배낭에서 젓가락 하나를 꺼내 내게 내밀고 불은 라면을 휘휘 저었다. 위험하게 이런 데 있지 말고 이거 먹고 쉼터 같은 데라도 찾아가라고, 남자가 말했다.

괜찮아. 나는 당신 같은 사람 눈에만 보이니까.

나리는 새아빠한테 잡혀서 집 밖으로 나오질 못했다. 나리의 전화를 받은 유미가 나를 찾아와 나리를 빼내러 가자고 했다. 나리의 집은 한강 변의 아파트 15층이었는데, 경비가 심해 집으로 들어갈 수도 없었다. 나리가 사는 아파트는 보석을 쌓아 만든 것처럼 고급스럽고 우아했다. 유미가 나리에게 전화를 해서 아파트로 들어갈 수가 없다고 말하려는데, 전화기 너머로 비명 소리가 들렸다. 남자의 괴성과 물건 깨지는 소리. 고요하고 견고한 아파트 안에서 나는 소리라고 믿어지지 않았다. 나리에게 느껴지던 불행의 불씨가 어디에서 비롯된 것인지 나는 그제야 이해했다. 전화가 끊기고, 우리는 나리의 집이라 짐작되는 곳을 멍하게 올려다볼 뿐, 아무것도 할 수 없었다. 보석으로 둘러싸인 그 안에서 어떤 일이 벌어지고 있는지, 상상은, 아무 힘도 없다. 나는 경비실로 달려가 어서 문을 열어달라고 빌었다. 당신은 저 안에서 무슨 일이 벌어지고 있는지 다 알지 않느냐고. 알면서 왜 가만있느냐고 소리 질렀다. 경비는 나를 밖으로 밀어내고 자꾸 소란을 피우면 경찰을 부르겠다고 윽박질렀다. 유미가 욕을 하며 경비에게 달려들었다. 우리가 할 수 있는 일이란 고작 그 정도였다. 거대하고 참혹한 성에는 들어가지도 못하고, 그 주변을 에워싼 작은 돌덩이만 깨부수고 원망하는. 나는 화단의 돌을 뽑아 경비실로 달려갔다. 경비가 경찰을 부르려고 전화기를 드는 사이, 유미가 비명을 질렀다.

빡.

세상과 세상이 충돌하는 둔탁한 소리.

나리는 결국 집에서, 새아빠에게서, 가장 끔찍한 세상에서 벗어났다. 걷거나 달리는 대신 날아서.

나리에게도 커다란 날개가 있었다면.

경찰서에서 나리의 새아빠는 애가 미쳐 날뛰더니 그냥 떨어지더라고 말했다. 평소에도 정신이 나간 애라서 가출도 밥 먹듯 하고 온갖 나쁜 짓은 다 저지르고 다니면서 집 안의 돈도 다 훔쳐 갔다고. 유미와 나는 발악을 하며 경찰서를 뒤집어놨다. 저, 저 애들 하는 꼬라지를 좀 보라고. 저런 년들이랑 어울려 다니던 애니 말 다 한 거 아니냐고 그는 다리를 꼬고 앉으며 말했다. 새아빠를 죽이는 건 너무 쉬운 일이라고, 극한의 고통에서 100살까지 살게 해야 한다던 나리의 말이 떠올랐다. 가슴이 찢어질 것 같았다. 그의 숨소리만 들어도 칼날이 온 내장을 파헤치는 것처럼 고통스러웠다. 뒤늦게 나리의 엄마라는 사람이 경찰서로 왔다. 온몸을 보석으로 치장하고 세련되게 화장을 한 여자였다. 나리의 엄마는 울지도 않고 소리 지르지도 않고, 모든 일이 그저 조용히 정리되면 좋겠다고 말했다. 그 여자의 무심한 목소리를 듣는데, 심장이 거세게 뛰었다.

저 사람이다.

저기 있다.

나의 진짜엄마는.

거리를 떠돌며 내가 정했던 진짜엄마의 조건은 모두 껍데기고 포장이며 환상이고 거짓말이다. 나의 진짜엄마는 어떤 얼굴이라도 가질 수 있으며 그래서 결국, 어떤 얼굴이라도 상관없는 그런 사람이다. 맞는 대신 때리는 자이고 때리는 게 번거로우면 죽여 없앨 수도 있다. 그 모든 게 귀찮을 땐 외면한다. 상관없는 척한다. 그뿐이다. 오직 중요한 건 자신의 생존이다. 불행이나 행복 따위엔 관심도 없다. 이제야 알겠다. 그런 사람을 찾기는 너무 쉽고, 너무 쉽기 때문에 나는 여태 못 찾고 있었다. 너무 흔하니까, 어디에나 있으니까.

거울을 보면, 그 속에도 있다.

경찰은 이름도 나이도, 부모도 없는 나를 수상하게 생각했다. 나는 그들에게 말할 것이 없었다. 나도 모르는 것들이고, 누구도 내게 그런 것을 말해주지 않았으므로. 경찰은 나를 청소년보호소로 넘겼다. 경찰은 그쪽 사람들에게 나를 출생신고 자체가 안 된 애라고 설명했다. 그들의 말에 의하면, 서류상 나는 이 세상에 없는 아이다. 처음 숨을 내뱉었을 때부터 지금까지, 단 한 순간도 존재하지 않았던. 그들이 그렇다고 말하는데, 이상하게 마음이 편해졌다. 지금까지 존재하지 않았다면, 앞으로도 존재하지 않을 테니까. 나는 투명인간이 되기로 했다. 그 누구도 나를 느끼지 못하게끔 스스로 투명해지자고.

투명해져서, 나리의 새아빠를 가장 잔인하고 고통스러운

방법으로 죽일 것이다.

그리고 그와 함께 지옥에 갈 것이다.

지옥의 지옥의 지옥에 갈 때까지, 계속 그를 죽일 것이다.

나는 지옥 따위, 하나도 무섭지 않다. 지옥 같은 건 나리의 새아빠 같은 작자나 두려워하는 곳이니까.

19...

폐가에 누워 남자에게 물었다. 사람은 죽어서 어디로 가냐고. 남자가 라디오 주파수를 돌리며 내게 되물었다.

너는 어디로 가고 싶니.

교회에서, 성경이란 걸 읽었는데.

야, 새끼야. 진짜라고? 맞다니까. 뻥까지 마, 씹새끼야. 내일 달구한테 물어봐. 진짜라니까. 아니면 너 죽는다, 개새끼. 남학생들이 골목을 지나며 낄낄 웃는 소리에 잠시 입을 다물었다가 말을 이었다.

죽으면 천국이나 지옥에 간대.

남자는 라디오 안테나를 벽 모서리 쪽으로 움직였다.

근데 그거 정말일까?

라디오에서 잔잔한 피아노 소리가 흘러나왔다.

그럴 수도 있지.

흡족한 방송을 찾았는지 남자가 머리를 벽에 기대며 중얼거렸다.

이건 뭐야?

나는 라디오를 가리키며 물었다.

슈베르트. 아르페지오 소나타.

아니, 이 소리.

첼로.

첼로.

남자가 고개를 끄덕였다.

이건 좀 늦었나 봐.

첼로가?

응.

남자가 살짝 웃었다.

정말일까?

남자가 나를 쳐다봤다. 달빛 아래 남자의 가슴엔 산 그림자보다 짙은 어둠이 깃들어 있었다.

천국이나 지옥 같은 거.

부처님은 극락에 간다고 했어. 죽으면. 환생한다고도 했고.

환생이 뭐야?

다시 태어나는 거지.

부활 같은 거네.

남자가 고개를 끄덕였다.

부처님은 누군데?

하나님 같은 거야.

신이야?

그런 거야.

신은 많아?

수없이 많지.

오직 하나뿐이라던데.

욕심이 많은 신은 그렇게 말하기도 해.

자기는 어떻게 자기밖에 몰라? 아, 내가 또 뭘. 지금도 봐. 아까도 내가 분명히 그러지 말라고 했잖아. 근데 그 새를 못 참고 또. 별것도 아닌 것 같고 그러지 좀 마라, 제발. 숨 막히게. 뭐? 숨 막힌다고. 작은 소리로 싸우는 남녀의 목소리가 점점 커지다가, 폐가에서 멀어질수록 또 점점 작아졌다. 그들의 발소리가 들리지 않을 때에야 나는 다시 숨을 내뱉었다. 남자가 라디오 소리를 조금 키웠다.

이 책 주인공은.

나는《죄와 벌》이란 책을 가리켰다.

사람을 죽였잖아.

남자가 고개를 끄덕였다.

그럼 지옥에 갈까?

사람을 죽인다고 다 지옥에 갈까.

남자가 되물었다.

전쟁이 나면, 수도 없이 사람을 죽이는데.

그럼 지옥이 꽉 차겠네.

사람을 죽이면 지옥에 가고, 원숭이나 개를 죽이면 지옥에
안 갈까.

그럼 다들 지옥에 가야 해. 한 사람도 빠짐없이.

죽여도 될 사람이 있고, 죽이면 안 될 사람이 있고, 그럴까.

대답을 기다리는 내게 남자는 더 많은 질문을 했다. 나는 엎
드려 누운 채 바닥의 소리에 귀를 기울이며 말했다.

나는 그냥, 죽는 순간 다 끝이면 좋겠는데. 아무 데도 안
가고.

그럼 그렇게 될 거야.

내 말에 남자가 작은 소리로 대꾸했다.

천국에 갈 거라고 생각하면 천국에 가고?

남자가 고개를 끄덕였다.

지옥에 갈 거라고 생각하면 지옥에 가고?

죽는 순간 생각하는 대로.

극락에 갈 거라고 생각하면?

그렇게 되겠지.

다시 태어난다고 생각하면?

그렇게 될 거야.

저기.

남자가 나를 쳐다봤다. 남자의 어깨 위로 내려앉은 달빛이 환했다.

아저씨는 어떻게 되고 싶은데?

나는…….

베토벤의 피아노 소나타 제8번 비창 C단조, 에밀 길렐스의 연주로 들려드리겠습니다.

…… 우리 엄마 아들로 다시 태어날 거야.

할머니는 가족이 아니란 이유로 나를 버렸다. 내가 만약 미정이었다면, 달수 삼촌은 절대로 나를 그렇게 떠나보내지는 않았을 것이다. 찬수는 자기 아들이고 나는 자기 딸이 아니기 때문에 마담은 내게 늘 욕을 퍼부었다. 하지만 나리의 새아빠는 자기 자식인 나리를 수십 번 강간하고 결국 죽였다. 우리 엄마 아빠는 내가 자기 자식이라서 밥을 굶기고 나를 때렸다. 폐가의 남자와 나는 꼭 오누이 같았다. 그를 오빠라고 불러보고 싶었다. 아빠라고도 불러보고 싶었다. 하지만 나는 도망쳤다. 그들에게서 버려지거나 도망치면서, 다들 바보 멍청이에 등신이라고 수십 번도 더 생각했지만, 생각대로 그들을 만들 수는 없었다. 그들은 누구보다 나를 아끼고 보호해줬으니까. 나를 웃고 싶게 했고, 행복하게 했으니까. 그런데 왜 나는 결국 혼자일까? 왜 아직 아무도 찾지 못했지? 모르겠다. 진짜엄마를 찾고 싶었지만, 이제 더 이상 그런 건 믿지 않는다. 진짜엄마는 거리에 널렸다. 아무나 붙잡고 엄마라고 부르면, 그는 내 엄마가 될 것이다. 그리고 나는 순식간에 버려질 것이다. 여태까지 그래온 것처럼. 순간순간 평생 웃을 웃음을 다 웃었고, 평생 먹을 나이를 다 먹었고, 평생 흘릴 눈물을 다 흘렸지만, 그래도 아직 소모해야 할 것들이 너무 많이 남은 것 같아 생각만 해도 지치고 침이 마른다.

보호소에서는 나의 이름을 지어주려고 했다.

내 이름은 수진이야. 이수진.

눈이 예쁜 여자가 말했다.

어떤 이름을 갖고 싶니.

나는 언나와 간나와 이년과 저년과 유나를 차례로 떠올렸다. 한때는 장미라는 이름을 갖고 싶었고 드드럭이라는 이름을 원하기도 했으나, 이름 따윈 없어도 상관없다고 생각한 적이 더 많았다. 어디에나 어울리는, 누구에게나 갖다 붙일 수 있는 이름은 싫다. 내가 아무 대답을 안 하자 그들은 자기들끼리 이마를 맞대고 내게 줄 이름을 연구했다. 최초로 살았던 곳이 어디인 줄 알면, 부모를 찾을 수 있을 거라고 했다. 내가 최초로 살았던 곳은 엄마다. 나는 아직 그때를 기억한다. 내가 그렇게 말하면, 아무도 그 말을 믿지 않았다. 보호소에서 지내며 공부도 하고 친구도 사귀고 앞으로의 일을 함께 고민해보자고 그들은 말했다. 보호소는 지금까지 내가 지낸 그 어떤 곳보다 안전한 곳이었다. 굶지 않아도 되고, 구겨져서 잠들지 않아도 되고, 아무도 나를 해치려 들지 않았으니까. 사람들은 늘 선한 얼굴로 나를 대했다. 꼭 교회에서 살던 지난날로 돌아간 것 같았다. 나도 착해져야 할 것 같았다. 좋은 말만, 바른 생각만 해야 할 것 같았다. 하지만 그럴 수 없다. 나는 나리의 새아빠를 죽여야 하니까. 지금 내겐 그것만이 유일한 선이니까.

그곳엔 나 말고도 일곱 명의 아이들이 더 있었다. 아빠가 때려서. 그냥 집이 싫어서. 학교 다니기 싫어서. 제각각의 이유로 집을 나온 아이들 속에서 나는 자주 토하고 밥을 못 먹었다. 나를 유심히 보던 수진 씨가 하얀 플라스틱을 주며 오줌을 묻혀오라고 했다. 그러곤 함께 병원에 가자고 했다. 남자친구가 있느냐고 물었고, 보호소로 오기 전에 어떤 일을 했는지도 물었다. 나는 입을 다물었다.

있잖아.

어둠 속에서 눈을 깜빡이다 입을 열었다.

할머니.

창 너머 느릿느릿 흘러가는 세상을 바라보던 할머니가 응,
대답한다.

왜 나를 간나라고 불렀어?

간나였으니까.

우리 처음 만났을 때, 나는 어렸지.

그랬지.

할머니의 얼굴에 깊은 주름이 새겨진다.

그런데 할머니.

응.

난, 어린애에서 바로 노인이 된 것만 같아.

할머니가 가죽만 남은 손으로 내 머리를 쓱쓱 쓰다듬었다.

오래오래 살아서 훌륭한 사람이 되어야지.

훌륭한 사람은 어떤 사람인데.

엄마.

폐가의 남자가 할머니의 손에 얼굴을 묻고 울었다.

아이, 영감.

할머니가 남자의 손을 꼭 잡으며 눈을 껌뻑였다.

엄마.

남자는 엉엉 울며 중얼거렸다.

미안해, 엄마. 미안해.

오랫동안 몸을 뒤척이다 몰래 보호소를 빠져나왔다. 거리
가득한 사람과 건물과 차와 유령을 지나 어디로 가야 하는지,
나는 알 수 없었다. 하지만 상관없다. 가야 할 곳을 알고 걸었던
적은 단 한 번도 없으니까.

다시, *19...*

나리의 아파트로 갔다. 나리가 떨어진 곳에는 거뭇거뭇한 흔적이 남아 있었다. 바닥에 손을 댔다. 뜨거웠다. 눅눅한 바람이 불었다. 마른 흙 우는 냄새. 검은 구름이 태양을 가린다. 하늘 어그러지는 소리가 연이어 들린다. 곧 소나기가 쏟아지겠지.

거센 비를 아무리 쏟아부어도, 이 흔적을 씻어낼 순 없을 것이다.

상호가 일하는 피시방을 찾아갔다. 배고파. 상호를 보자마자 말했다. 상호는 내가 올 것을 알고 있었던 듯 아무것도 묻지 않고 볶음밥을 시켜줬다. 무척 허기졌는데, 밥알이 돌처럼 씹혔다. 목구멍으로 잘 넘어가지 않았다. 밥을 반 넘게 남겼다. 상호가 대신

다 먹었다. 상호에게 담배를 한 대 달래서 피웠다. 보호소에서 나
왔다며? 상호가 물었다. 나는 아무 말 없이 담배만 피웠다.

그냥 나랑 같이 살래?

상호가 숟가락으로 접시에 붙은 밥알을 싹싹 긁어 먹으며
말했다.

어떻게 알았어?

뭘?

나, 나온 거.

거기서 유미한테 전화했대. 너 만나면 연락 달라고.

유미는 어디 있어?

좀 전까지 여기 있다가, 돈 벌러 갔어.

어디로.

몰라.

……피곤해.

갈 덴 있어?

…….

거기, 헐렸어. 너 있던 데.

…….

나는 폐가에 모아뒀던 흔적들을 떠올렸다. 작은 아이의 백
일 사진. 짝 잃은 젓가락. 유통기한이 지난 라면. 고장 난 라디
오. 손잡이 한 짝 떨어진 냄비. 봄날 가족사진. 쓰다 만 로션. 낡

은 팬티. 빛바랜 책. 타다 만 전화번호부. 옆구리 터진 이불. 동
그란 구슬 속에서 입을 맞추는 신혼부부 인형. 색연필로 엄마,
라고 적은 부분만 남은 편지. 그다음엔 무슨 내용이 있었을까?
어두운 밤이면, 물건들은 울거나 웃거나 이야기를 시작했다. 모
두가 담고 있는 추억은 저마다 달랐지만, 이것 하나만큼은 다들
알고 있었다. 우린 모두 버려졌으며, 아무도 우리를 찾지 않을
거란 것. 그 속에서, 나는 마음 편히 잘 수 있었다. 굳이 좋은 상
상을 하지 않더라도 악몽 따윈 꾸지 않을 수 있었다.

아침이 되어 일을 마친 상호를 따라 그가 사는 방으로 갔
다. 출근하는 사람들로 거리는 북새통이었다. 무가지를 집어 지
하철역으로 내려가는 사람들의 얼굴엔 어떤 표정도 없었다. 쥐
떼…… 같았다. 쥐에겐 표정 같은 게 없으니까. 그저 맛있고 배
부르고 위험한 것에만 반응하니까. 지하철과 버스마다 가득 찬
쥐 떼를 상상하니 구역질이 났다. 거리 한가운데서 허리를 굽힌
채 구역질을 했다. 사람들이 나를 툭툭 치고 갔다. 어지러웠다.
넘어졌다. 커다란 발이 내 손을 밟았다. 상호가 뛰어와 나를 잡
아 일으켰다.
상호는 으슥한 골목을 지나 낡은 복도 끝의 지하 방으로 나
를 데려갔다. 현관문을 열자 복도 가득 쇠 끌리는 소리가 들렸
다. 과자 봉지와 라면 부스러기로 난장판이 된 주방과 빨래로

가득 찬 화장실이 정면으로 보였다. 상호는 왼쪽 방문을 열어본 뒤 반대편 방으로 나를 데려갔다. 이 집에서 대여섯 명쯤 산다고, 상호가 말했다.

근데 거의 마주칠 일이 없어. 일하는 시간이 다들 다르니까.

바닥에 펼쳐진 이불에서 장마철 걸레 냄새가 났다. 문을 닫자마자 상호는 내 입에 혀를 집어넣고 내 가슴을 주물렀다. 벽 모서리로 기어가는 바퀴벌레 한 마리가 보였다. 한 손으론 내 가슴을 만지고, 다른 손으론 내 바지를 벗기고, 또 틈틈이 자기 바지도 벗느라 상호는 정신이 없었다. 나도 상호처럼 아주 잠깐이나마 단 한 곳에만 집중할 수 있으면 좋겠다. 상호를 보면 섹스 생각이 나고, 섹스를 할 땐 다른 생각이 안 들고, 오직 벗기고 빨고 씹고 집어넣는 데만 집중할 수 있다면.

현관문 열리는 소리가 들렸다. 신발 벗는 소리, 냉장고에서 물을 꺼내 마시고, 하품을 하며 방문을 열다가, 뒤엉켜 헐떡대는 우리를 보고 지친 눈으로 다시 문을 닫는 젊은 남자. 놀라기보다는, 실망하는 눈빛이었다. 잠잘 곳을 뺏긴 것에 대해. 당장에라도 쓰러져 잠들고 싶은데, 건넛방은 이미 사람들로 가득 찼고 이 방에선 어린 남녀가 섹스를 하고 있으니, 나는 어디서 자야 하나 하는 낭패감. 미안했다. 남자만 괜찮다면, 이곳에 들어와 우리 옆에서 눈 좀 붙이라 말하고 싶었다. 섹스는 금방 끝날 테니까.

같이 살자.

상호가 팬티를 입으며 말했다.

됐어.

갈 데도 없잖아.

…….

같이 있고 싶은데.

영원히?

내 입에서 나온 영원이란 말에 스스로도 놀라 흠칫 몸을 떨었다.

그것도 좋지. 근데 나, 군대도 가야 되는데.

상호가 티셔츠를 머리에 집어넣으며 대답했다.

그래, 잘 가.

아니, 당장 간다는 게 아니라.

언제 가든, 잘 가라고.

왜 그래?

뭐.

왜 시비야.

내가?

됐다.

상호가 엉덩이와 무릎이 심하게 늘어진 청바지를 탁, 털어 입었다.

상호야.

왜.

너, 몇 살이니.

너보다는 많다.

스무 살 됐어?

내년에 돼.

내년에.

응.

상호야.

응?

세계가 언제 망한다고?

뭐?

다 망할 거라고 했잖아.

아, 그거. 2년 후에. 근데 그거 그냥 나도는 말이야. 진짜 망
하진 않을걸.

그럼 너, 스무 살 되자마자 죽는 거네.

진짜 진짜로 다 멸망하면 그럴 수도 있지.

우리 머리보다 높은 지상에서 아줌마들의 욕지거리가 들려
왔다. 하품을 하며 드러눕던 상호가 바닥에서 비실대던 바퀴벌
레 한 마리를 플라스틱 접시로 때려잡았다.

상호야.

……

너, 사람 죽여봤니.

미쳤냐.

상호야.

왜, 자꾸.

너, 사랑한다고 말해본 적 있어?

……아니.

한번 해볼래?

너한테?

……

……

……

아, 못 해.

왜.

웃기잖아.

그래도 해봐.

너부터 하면.

웃지 마.

알았어.

사랑해.

……

너도 해.

…….

…….

아, 열라 웃겨.

아파트 지하 주차장에서 이틀 밤을 지냈다. 경비가 돌아다니는 시간을 알아두고 그때마다 계단 통로에 피해 있었다. 가끔 헛구역질이 올라와 입을 틀어막았다. 나는 어떻게 생겨났을까. 그런 게, 궁금하기도 했다. 원래 나는 아주 작았지. 먼지처럼 작아서 귀찮지도 불편하지도 않았어. 나는 왜 이렇게 커버린 것일까. 죽으면 짐짝처럼 남겨지는 몸. 손톱 밑이 까매지고 가죽이 뻣뻣해지도록 이생에 남겨둘 수밖에 없는 물질. 살거나 죽거나 의지대로 할 수 없는 것은 몸뿐이다. 죽는 순간, 영혼이 사라지듯 육체도 사라지면 좋겠다.

사흘째 되던 날, 검은색 차에서 나리 새아빠가 내리는 걸 봤다. 고양이처럼 발끝을 세워 그 뒤를 따라갔다. 지독한 향수 냄새에 속이 울렁거렸다. 경찰서에서 봤던 때보다 살이 더 찐 것 같았다. 엘리베이터 앞에 선 그는 버튼을 누르고 1초마다 바뀌는 숫자를 멍하게 쳐다봤다. 은색 양복엔 구불구불한 여자 머리카락 두어 개가 붙어 있었다.

처음이 어렵지 두 번은 어렵지 않다. 버려지는 것도, 도망가는 것도, 섹스도.

사람을 칼로 찌르는 것도 마찬가지다.

등을 둥글게 말고 그에게 달려든다. 은색 양복 옆구리가 새빨간 피로 물든다. 퉁퉁하게 겹쳐진 살이 칼을 앙 물고 놓아주지 않는다. 주문처럼 중얼거린다. 너는 지옥으로 간다. 너는 지옥으로 떨어진다. 네가 갈 곳은 지옥뿐이다. 꿀렁꿀렁, 피가 솟는다. 칼을 쥔 손이 끈적끈적하다. 엄마는 겁이 많아서 고기는 만지지도 못했다. 새빨간 피만 보면 소리를 질렀다. 아빠는 깡말라서 살 아래로 뼈의 흔적이 다 보였다. 술만 마시지 않으면 얌전하다고 했다. 사람이 그렇게 좋을 수 없다고, 동네 사람들은 종종 말했다. 얌전해지기 싫어서 아빠는 늘 술을 마셨다. 세상 사람들이 자기를 좆같이 본다고 항상 원망했다. 그가 내 머리채를 움켜쥐고 바닥에 패대기친다. 피 묻은 손으로 벽을 짚는다. 미끄럽다. 넘어진다. 손을 뻗어 그의 살집에 박힌 칼을 빼낸다. 괴물의 비명 소리. 그는 너무 뚱뚱해서, 칼끝엔 그저 살만 닿는다. 그의 심장을, 폐를, 가슴 속에 든 숨주머니를 찔러야 하는데. 깡말랐지만, 아빠의 주먹은 너무 단단했다. 뭐든 다 부술 수 있었다. 엄마는 방 안을 늘 텅 비워놨다. 아빠의 눈에 띄면 뭐든 무기가 될 테니까. 무기가 없으면 아빠는 옷걸이처럼 나를 들고 엄마를 때렸다. 아빠 손에 잡히지 않으려고 엄마 등 뒤로 숨기도 했다. 뼈만 남은 세 사람이 좁은 방에서 주먹을 휘두르고 비명을 지르고 물건을 던지면, 사방에서 찍찍찍찍 쥐가 웃어댔다. 깨진 거울에 부서진 라디오에, 걷는 걸음마다 핏자국이 생겼다. 종이인형처럼 가냘픈 우린, 아무도, 원치 않았어. 그랬잖아. 다치기 싫었고, 상처 주기 싫었잖아. 나를 때리면서도 비명을 지르면서도 우리 아무도 웃지 않았잖아. 좋아하지 않았잖아. 괴로워서, 울었어. 화를 내고. 욕을 하면서. 그랬지. 그랬잖아.

칼은 분명 내 손에 있는데, 칼끝은 그가 아니라 내 아랫배에 꽂힌다. 칼에 찔리고도 너무나 멀쩡한 그가, 송곳니를 드러내며 내 손목을 우그러뜨린다. 뚝. 뚜둑. 뼈마디 부서지는 소리. 바닥에 떨어진 칼이 그의 손으로 넘어간다. 엄마가 운다. 입술을 자근자근 씹으며 운다. 아빠도 운다. 나를 집어 던지며 운다. 누구라도 웃어주면 좋겠어. 유일한 소원이었다. 한 명이라도 먼저 웃어줘. 밥상을 뒤엎고, 텔레비전을 던지고, 부엌으로 달려간 아빠가 밥솥을, 냄비를, 도마를 닥치는 대로 집어 던졌다. 이미 한번 던져진 나는 바닥에 너부러져 겨우 숨만 쉬었다. 누군 이래 살고 싶은지 알아! 니가 나를 망쳤어! 니가! 아빠 목의 핏줄이 울컥, 돋아났다. 무릎을 꿇고 바닥을 긁어대며 우는 엄마를 발로 걷어차며 아빠는, 끝도 없이, 너 때문, 너 때문이라고 했다. 아빠가 울며불며 휘두른 칼끝에 내 옷이 찢어졌다. 아빠는 제 손과 내 눈을 번갈아 쳐다봤다. 날카로운 이빨로 아빠의 손목을 물었다. 바닥에 떨어진 칼을 엄마가 잡았다.

눈앞이 뿌옇다. 눈. 눈을 뜰 수가 없어. 품속에 숨겨뒀던 작은 칼 하나를 꺼내 든다. 사람 살려! 사람 살려! 경비! 경비! 벽을 짚고 선 채로 소리 지르는 그. 목에 핏줄이 서면, 내가 다 잘라놓을 것이다. 내가 죽어도 슬퍼할 사람은 없다. 내가 죽어 없어진 것도 모르고 다들 살아갈 테니까. 헐떡대는 나를 보고 그가 서서히 주저앉는다. 옆구리에선 샘물처럼 피가 솟구친다. 작은 칼을 들고 엉금엉금 그에게로 기어간다. 그가 칼을 다잡는다. 섬뜩한 아랫배. 피. 피가 너무 많이 나. 그와 나의 피가 콘크리트 바닥에서 뒤섞인다. 아빠와 딸이 다정하게 맞잡은 손처럼, 차가운 벽에 찍힌 그와 나의 빨간 손도장. 작은 칼이 그의 가슴을 스친다. 목. 목을 끊어놔야 해. 그의 얼굴로 손을 뻗는다. 눈앞에서 칼날이 번뜩인다. 세상이 새빨간 눈물을 쏟아낸다. 어지럽다. 목구멍까지 핏물이 차오른 것처럼, 숨 막혀. 엄마.

엄마가 아빠의 심장을 망치로 내려쳤다. 엘리베이터 문이 열린다. 망치? 집에 망치가 있었나? 그가 칼을 휘두르며 엘리베이터 안으로 기어간다. 칼인가? 망치가 아니라 칼? 칼은 내 손에도 있었다. 그의 몸을 타고 올라 작은 칼을 휘두른다. 그의 눈이 빨간 피로 차오른다. 푹. 푹. 그의 품에 안긴 채 그를 찌른다. 아빠 심장에 꽂힌 칼을 보고 나를 멍청히 쳐다보던 엄마. 죽어가던 아빠의 몸이 한 번, 단 한 번 바르르 떨릴 때 우린 약속이나 한 듯 눈을 감았다.

누군가 급히 달려온다. 사람 살려! 사람 살려! 끝까지 살려 달라고 울부짖는 그와, 너는 지옥에 간다. 너는 지옥으로 간다. 끊임없이 중얼거리는 나. 울컥, 피를 토해낸다. 출렁거리는 세상. 아득해지는 소리들. 찍찍찍찍. 쥐가 웃는다. 더 이상 버려지지 않을 거야. 다시 태어나면. 도망치지 않을 거야.

엘리베이터 문이 닫힌다.

손바닥만 한 사진이 있었다. 그 속엔 젊은 아빠 엄마가 있다. 하얀색 원피스를 입은 엄마는 아빠의 팔짱을 끼고 천사처럼 웃는다. 아빠의 얼굴엔 부끄러움과 만족감이 사이좋게 내려앉았다. 맑고 밝고 향기로운 봄날. 그 속엔 나도 있다. 엄마 배 속에서 작은 손으로 두 눈을 가리고 입을 하나로 모은 나. 평화야. 엄마가 배에 손을 얹고 나를 부른다.

찰칵.

카메라도 나도 사이좋게 윙크.

그 속에서 나는 평화였다.

O...

천년의 세월 중 내가 들었던 가장 달콤한 말은,

사랑하는 우리 아가.

내가 보았던 가장 아름다운 것은,

엄마의 자그맣고 부지런한 심장.

가장 황홀했던 건,

아빠가 엄마 안에 들어와 우리 셋이 완전한 하나가 되던 느낌.

그 안에서 짐작했던 최고의 행복은,

당신이 나를 안고

내 눈을 보며

내 이름을 불러주는 그 순간.

작가의 말

1997년 열일곱 살 봄. 그때 내 관심사는 단 하나뿐이었다. 학교에서 돌아오자마자 내 방 창가에 붙어 서쪽 하늘을 바라보는 것. 그곳엔 헤일-밥 혜성이 있었다. 며칠 동안 낮은 동산으로 서서히 숨어들던 혜성은, 비현실적으로 진짜 같았다. 창밖으로 얼굴을 내밀고 혜성을 바라보며 나는,

저거, 언제 사라질까. 언제쯤이면 안 보일까.

내내, 그 생각만 했다.

신문에서 오려낸 기사를 책상 정면에 붙여놓고 혜성이 나타나기만을 기다렸으면서, 정작 그날이 오자 그것이 사라지기만을 바랐던 거다. 왜냐면, 너무 권태로웠으니까. 육안으로 그 정도의 혜성을 보기 힘들다는 걸 이제는 잘 안다. 그때도 그건 알았다. 하지만 너무 권태로웠다.

그때 내가 기다렸던 건 도대체 뭐였을까.

어느 순간부터 성장을 멈췄다. 조숙해서가 아니라 미숙해

서. 성장의 방법을 몰랐다. 자연스럽지 않았다. 사람들은 어른이 될수록 점점 바빠지고 신경 쓸 게 많아지고 힘들어지고, 그렇게 자꾸 다른 세계로 이사를 갔다. 불안했다. 아무와도 대화할 수 없을까 봐. 서로의 언어를 알아듣지 못하게 될까 봐. 그때마다 글을 썼다.

왜냐고, 묻길 좋아한다. 대답 대신 물음표로 돌아오는 또 다른 질문을 기다린다. 수많은 질문을 모아 얼개를 짜면 그 안에 평범한 진실이 있곤 했다. 답보다 흥미로운 구조(構造)의 세계. 글을 다 쓴 후 스스로에게 물었다.
그래서 소녀는 불행하냐고.
네가 말하는 불행이 뭐냐는 질문이 돌아왔다.

나이 들수록 아는 게 많아질 줄 알았는데, 점점 멍청해진다. 알 수 없는 세계에 대해 구체적 짐작을 시도할 때, 그리고 그것을 물질로 풀어낼 때면 당연하다 믿던 것들이 기이한 세상으로 이동한다. 소녀가 진짜인 척하는 가짜를 수집하듯, 나는 당연한 척하는 부조리를 모으는 중이다. 이러다 더 멍청해질 수도 있다. 상관없다. 밑져야 본전이다. 소설 같은 건 한 번도 안 써본 사람처럼, 앞으로도 계속 글을 쓸 것이다. 불안하니까. 미안하니까. 궁금하니까. 하고 싶으니까. 내가 기다리는 게 뭔지, 아직 잘 모르니까.

내 맘속의 A와 당신의 A가 조금은 맞닿아 있길. 긴장을 풀고 당신과 오랫동안 이야기 나누고 싶다. 그렇게 서로의 진심을 알아가고 싶다. 서로의 진심을 모른다면 혹은 오해한다면, 그건 우리가 충분히 대화를 나누지 않았다는 뜻이고, 주눅 든 내가 진심을 드러내길 주저했다는 뜻일 테다. 그건 곧 나 역시 당신을 오해했다는 뜻이고.

사전으로 '격려'라는 단어를 찾아보았다. '용기나 의욕이 솟아나도록 북돋워줌'이라 한다. 구멍 많은 글에 격려를 보내주신 심사위원 여러분과 한겨레출판 분들께 깊은 감사를 드린다. 철부지 딸의 대책 없는 고집을 묵묵히 지켜봐주신 부모님께, 어린 날 나의 든든한 보호자였던 오빠와, 만날 때마다 맛있는 것만 골라 듬뿍듬뿍 사 주던 친구들에게, 어떤 수식도 필요 없는 그에게 세상에서 가장 커다란 감사와 사랑을 전한다.

개정판 작가의 말

2010년 여름 《당신 옆을 스쳐간 그 소녀의 이름은》은 책의 형태로 세상에 나왔다. 지금까지 이 책을 지칭할 때 나는 '소녀'라고 했다. '소녀가 나왔을 때' '소녀의 경우에는' 하고 말하면 상대는 대부분 잠깐 생각하는 표정을 지었다가 따로 설명을 덧붙이지 않아도 '소녀'의 의미를 알아차렸다. 이제 2022년이므로 '소녀'가 세상에 나온 지 11년이 지났고 '소녀'는 한국 나이로 열세 살일 것이다. 이렇게 계산하는 게 맞나? 나는 햇수나 나이 계산을 자주 틀린다. 나의 계산이 왜 틀렸는지 설명을 들어도 이해하지 못할 때가 많고, 이해하지 못한 채로도 아, 알겠습니다, 이해했습니다, 라는 느낌을 주기 위해 고개를 끄덕이지만 속으로는 '그런 건 중요하지 않아'라고 생각한다. '소녀'를 쓸 당시에 소녀의 나이를 몇 살 정도로 정하고 소설을 썼는지도 기억나지 않는다. 그것 역시 중요하지 않았으니까. 그럼 뭐가 중요했나. 소녀에게 중요한 것이 내게도 중요했다. 사랑. 당신이 내 눈을 보며 내 이름을 불러주는 그 순간.

  '세상은 어째서 이따위인가'라는 질문만을 단검처럼 손에 쥐고 달려갈 수 있었던 시절을 지나 이제는 '이따위 세상에서 어떻게 살아가야 하는가'라는 질문을 방패처럼 손에 쥐고 느리게 한 걸음 한 걸음…… 오래 멈추었다가 다시 한 걸음 나아가거나 물러서는 시절을 통과하고 있다. 10여 년 전 내가 쓴 문장이 지금의 나를 공격하는 순간도 있다. 나는 제대로 방어하지 못하고…… 사실 방어하고 싶은 마음도 없다. 방패는 소녀를 위해 들고 있는 것만 같다. 지금 내게 이것이 있으니 너는 망설이지 말고 내게로 돌진하면 돼. 소녀는 나를 눈여겨보지 않고 스쳐간다. 스쳐가면서 소녀는 나를 비웃었을지도 모른다. 소녀의 뒷모습을 보며 나는 중얼거린다. 하지만 내겐 여전히 사랑이 중요해. 사랑한다고 말하는 내가 우습지 않아. 소녀는 뒤돌아보지 않는다. 내게서 멀어지며 소녀는 사랑을 생각할 것이다. 내가 나의 사랑을 생각하듯 소녀는 소녀의 사랑을.

  《당신 옆을 스쳐간 그 소녀의 이름은》을 쓰지 않았다면, 쓰는 존재로 살아가지 않았을 가능성이 크다. 두자와 수선과 봉선을, 원도를, 구와 담을, 도리와 지나를 만나지 못했을 것이며 이제야는 나에게 걸어오지 않았을 것이다. 지금과는 다른 사람으로 살았을 것이다. 나는 그 가능성의 세계가 궁금하지 않다. 10여 년 후에는 무엇을 손에 들고 있을까. 글을 계속 쓰고 있을까? 사랑한다고 말할 줄 아는 존재일까? 아무것도 예측할 수 없으나 내가 바라는 삶을 위해 지금 여기서 글을 쓸 수 있다. 10여 년 전 소녀의 이야기를 쓰던 방식으로 지금 여기에서.

그때 내게 생존과 사랑은 거의 같은 의미였지.
나는 요즘 생존과 사랑의 다른 점을 찾아내려 애쓰고 있어.
죽음은 이별이 아니라는 말에 집중하고 있다.

'소녀'를 다시 돌아볼 기회를 열어준 한겨레출판 여러분 감사합니다. 제 소설을 읽어준 독자 여러분에게도 감사 인사를 전합니다. 저는 계속 "못된 소설가"[*]가 되기 위해서…… 그러나 모쪼록 다정함을 잃지 않으려고 노력할 겁니다. 파이팅.

2022년 1월
최진영

---

[*] 2010년 황현산 선생님께서 쓰신 《당신 옆을 스쳐간 그 소녀의 이름은》의 심사평 중 일부.

추천의 말

이런 느낌을 주는 소설을 읽은 건 꽤 오랜만이다. 개념어나 추상어를 사용하지 않고도 모진 세상의 풍경을 생생히 느끼게 하는, 말을 다루는 재주와 신선한 감수성이 빼어나다. 소설의 존재 이유가 삶이나 관계에 대한 새로운 시선을 던지는 데 있다면, 최진영은 고정화되고 정형화된 모든 것을 뒤집어 보고 거꾸로 보는 매서운 눈썰미를 지녔다. 맹랑한 신인 작가의 탄생을 진심으로 축하한다.

- 공지영(소설가)

고드름 녹은 차디찬 물에 머리통을 들이밀며 단련한 듯한 문장이다. 단단하고 야무지다. '이년', '저년' 혹은 '언나'라 불리는 한 소녀의 막장세상 주유기. 소녀 속엔 신생아 마녀부터 늙어 고부라져 쉰 냄새 풍기는 치매 마녀까지 다 들어 있다. 빗자루 타고 세상 후미진 곳을 떠도는 새끼 마녀의 전갈을 읽으며 가슴 한편이 찌르르하다. 마녀계 족보의 진화, '외롭고 높고 쓸쓸한' 명랑파 마녀의 등장이다.

- 김선우(시인·소설가)

'세상의 가짜를 다 모아서 태워버리면 결국 진짜만 남을 것'이라고 믿는 가출 소녀, 이 나라 구석구석을 종횡하며 저토록 밑바닥인 인생들을 생생히 보듬는다. 못나고 실패하여 가짜 취급받는 생애들, 소녀와 소통하자, 결국 진짜일 수밖에 없는 유의미의 생애로 거듭난다. 내 옆을 스쳐간 소녀의 이름은 심청이 아닐까. 멀어버린 눈을 깨우는 연꽃!

- 김종광(소설가)

잘 읽히는 것은 결함인가 미덕인가. 확실한 것은 이 작품 《당신 옆을 스쳐간 그 소녀의 이름은》의 경우, 가독성은 재능이자 문학적 미덕이라는 것이다. 귀하고 탁월한 감수성이다. 내밀하고 팽팽히 조인 리듬감이 서사를 힘 있게 밀어내고 있다. 소녀가 찾는 '어머니'는 단순히 어머니에만 머물지 않는다. 무거운 주제를 재기발랄하면서도 가볍지 않게 다루는 작가의 장인다운 손끝 역시 아름답고 믿음직하다. 우리 소설 문학의 새로운 아이콘이자 희망이 되리라는 예감을 갖는 데 손색이 없다.

- 박범신(소설가)

소녀는 말한다. '엄마의 구멍을 찢고 바깥으로 나왔던 그 순간, 이미 끝을 경험'했다고. 이 얼마나 지독한 문장인가? 성장이 슬픈 것은 자연스러워야 할 성장을 인위적인 것들이 가로막기 때문이다. 이름조차 행방불명된 한 소녀의 성장이 우리를 당혹하게 만들고, 무겁게 만드는 것은 그 무게만큼 함몰된 사회가 있기 때문이다. 비판하진 않지만 질긴 사유가 있고, 건조한 삶이지만 그 속엔 우리들의 치부가 칼날처럼 서 있다. 이처럼 당돌한 성장기는 없었다. 이런 소녀가 없었다고 발뺌하지 말자. 당신 옆을 스쳐간, 우리들을 스쳐간 그 소녀는 먼 곳에 있던 게 아니었다. 고작 우리들과 한 뼘의 차이가 날 뿐이었다.

- 박성원(소설가)

이 작품을 꿰뚫는 것은, 선혈이 뚝뚝 듣는 어떤 목소리다. 이 작품을 읽는 일은, 매일같이 내 귓전을 스쳤으나 듣지 못했거나 듣지 않으려 했거나 들었어도 외면해온 그 목소리에 귀를 내주는 행위다. 순식간에 내 귓속으로 침투하여 에일리언처럼 내 안일을 파괴하고 내 심장을 울리고 말 그 목소리에.

- 박정애(소설가)

진짜/가짜의 대립 구도 위에서 작동하는 낭만적 아이러니가 이 이야기의 동력이라면, 그 부정성이 환기하는 윤리와 의지는 이 이야기의 전망이라고 할 수 있다. 그 점에서 이 이야기는 기본적으로 고전적이며 그에 부합하는 진정성과 품격을 갖추고 있지만, 그 주인공이 세계와의 조화로운 화해라는 낭만적 이념을 따르지 않는 분열적이고 충동적인 여성 주체라는 점에서는 현대성의 극단에 맞닿아 있다. 이 고전성과 현대성이 만나 빚어내는 긴장과 실감이야말로 이 단순하지만 강렬한 이야기가 드러내고 있는 리얼리티의 근거이다.

- 손정수(문학평론가)

소설은 영화나 드라마로 만들 만한 이야기를 담고 있는 주머니가 아니라, 내용물을 꺼내려 하면 깨지고 마는 도자기여야 한다. 콘텐츠가 아니라 아트여야 한다는 말이다. 그러려면 적어도 서너 페이지에 한 번쯤은, 이야기를 실어 나르는 컨베이어벨트가, 그 자체가 목적인 아름다운 문장들 때문에 멈추는 일이 벌어져야 한다. 그런 의미에서 소설이라 부를 수 있는 것은 응모작 중에 이 작품뿐이었다.

- 신형철(문학평론가)

《당신 옆을 스쳐간 그 소녀의 이름은》은 흔히 있을 수 있는 성장담이자 모험담이다. 그럼에도 불구하고 기꺼이 이 작품에 한 표를 던진 것은, "예술가의 사명은 논쟁의 여지가 없도록 해결책을 제시하는 것이 아니라, 독자들이 삶에 애착을 지니게 해주는 것"이라고 했던 톨스토이의 저 오랜 신념을 신봉하기 때문이다. 낯선 세상에 오직 '물음표'를 앞세우고 전진하는 천진난만한 소녀의 이야기를 읽고 나면, 회색빛 세상이 어느새 '드드덕' 소리를 내며 움직이는 것을 느낄 수 있다. 그때, 우리는 문득 뒤돌아볼 것이다. 내 옆을 스쳐간 소녀의 표정을, 그토록 심드렁했던 풍광을. 삶의 감각은 언제나 우리를 둘러싼 위대한 단순성 속에서 새로워질 수 있다.

- 정은경(문학평론가)

때로는 '못됐다'는 표현이 '문학적'이라는 말을 대신해서 쓰이기도 한다. 풀어 말한다면 그것은 한 작가가, 더 정확하게는 이제 글을 쓰기 시작하는 한 작가가, 기존 문단에 자신의 주제와 문체를 들이대면서 글 쓰는 사람으로서 자신의 존재 이유를 제법 건방지게 선언한다는 뜻이다. 아마도 선배들은 '우리가 그걸 몰랐던 것은 아니야'라고 말할지도 모른다. 그러나 아는 것과 실천 사이에는 한 세대가 붙잡아낸 자신감이 있다. 최진영의 소설에는 그 자신감이 가득하다. 주인공 소녀는 어머니를, 어머니의 사랑을 찾는다. 소녀는 찾는 것을 발견하지 못하지만 그것이 무엇인지 배울 수는 있었다. 그녀는 마침내 지극히 못된 방식으로, 유혈낭자하게, 제가 찾던 것이 된다. 아는 것이

모르는 것과 다를 것이 없는 세계에서 아는 것을 실천한다는 것은 우리가 얼마나 못될 때만 가능한 일인가. 최진영이 오랫동안 못된 소설가로 남아 있기를 바랄 뿐이다.

- 황현산(문학평론가)

당신 옆을 스쳐간 그 소녀의 이름은
제15회 한겨레문학상 수상작
ⓒ 최진영 2022

초판 1쇄 발행 2010년 7월 15일
개정 1판 1쇄 발행 2022년 1월 14일
개정 1판 4쇄 발행 2024년 6월 14일

지은이 최진영
펴낸이 이상훈
문학팀 최해경 박선우 김다인
마케팅 김한성 조재성 박신영 김효진 김애린 오민정

펴낸곳 (주)한겨레엔 www.hanibook.co.kr
등록 2006년 1월 4일 제313-2006-00003호
주소 서울시 마포구 창전로 70 (신수동) 화수목빌딩 5층
전화 02-6383-1602~3 **팩스** 02-6383-1610
대표메일 munhak@hanien.co.kr

ISBN 979-11-6040-683-2 03810